惡夏

印刷簽名版

台湾のみなさん、こんにちは。
みなさんが『悪い夏』に巻き込
まれないように、心から祈っています。

各位台灣的讀者大家好
衷心祈願諸位不要被捲進『惡夏』之中

讀小說
Reading Novel

惡夏
染井為人
瑞昇文化

目次

1

肌膚感覺到些微寒意，但是在枕邊的鬧鐘把人挖起來前，他都沒有採取任何行動，結果醒來時便覺喉嚨發痛。只要一吞口水，喉頭就會殘留一種不舒服的異物感。

二十六歲的佐佐木守揉了揉惺忪的睡眼，忿忿瞪著頭頂的冷氣。

昨晚就寢前他明明已經設定好定時器，但頭上的機器現在卻依舊不停奮力吐出冷風。這幾天，這位仁兄的心情奇差無比，滿不在乎地無視主人的命令。這台冷氣在一年前守搬來這棟公寓時便存在，他很想問問房東和冷氣廠商究竟是怎麼回事。

守像隻毛毛蟲似地扭動著自己的身軀爬出被窩。因為那台笨冷氣的關係，整個房間充滿了不必要的冷意。守拉開窗簾、打開窗戶，讓全身沐浴在強烈的陽光下，然後伸了個懶腰。儘管好天氣一如往常，但身體果然還是疲軟無力。

守從醫藥箱中取出感冒藥配著溫開水吞了下去，不過他不認為這麼做有用就是了，市售的感冒藥只是吃個心安。

坐到沙發上戴上眼鏡，守在視線變得清晰後打開了電視。他望著新聞，暫時陷入思索。今天是星期二，距離六日休假還有很長的時間，平日行程塞得滿滿的也沒空去醫院。

電視畫面裡那個可愛的主播不斷呼籲大家要小心中暑。從初春開始，氣象專家便一直嚷嚷著

惡夏

今年夏天的高溫會比去年的灼熱地獄更加猛烈，而每一天的天氣也的確沒有辜負大家的預測。上週梅雨季好不容易才結束，太陽便立刻迫不及待展現出熱烈的幹勁。一想到現在才七月，到了下個月不知道又會怎麼樣，守的心情就已經不是擔憂，而是感到害怕了。

守抬起沉重的身體走向浴室洗臉刷牙，同時脫掉睡衣丟入洗衣機。他打開衣櫃，拿出夏季西裝。由於自己的西裝是輪著穿，所以不用為了挑衣服煩惱。

前往車站途中，守順道去了趟便利商店買了喉糖和運動飲料。原本還猶豫是不是該買口罩，但最後還是放棄了。炎炎夏日戴口罩，就算是藝人也會卻步吧。

守將西裝外套掛在肩上，口中含著喉糖、有氣無力地走在柏油路上。就算是夏天也實在太熱了。帶著殺意的太陽光從頭頂直射而下，吸入體內的空氣都是熱風。他拿出手帕擦了擦額頭，襯衫早已緊緊地黏在背上。不知道是不是因為身體不太舒服的關係，感覺汗水比平常還多了兩成，令人渾身不痛快。

守排在車站月台隊伍的最後方等待電車。比預定時刻晚了兩分鐘抵達的電車除了女性優先車廂以外全都擠滿了人。每天都是如此。

對身材嬌小纖細的守而言，車廂裡連好好呼吸都無法如願，只能一個勁地忍耐，形同一種酷刑。守的身高不到一百六十公分，體重也比一般女孩子輕得多，在學生時期的綽號是小鬼。

經歷十五分鐘的搖晃，當守被車廂釋放出來時已筋疲力盡。穿過驗票閘門，走出車站再步行約五分鐘後即是船岡市政廳，那是守工作的地方。

位於千葉縣西北部的船岡市是人口規模三十萬人的中型地方城市。日本戰敗後，船岡市由於躲過了戰火摧殘，再加上鄰近海邊、是貨物的集散地，因此黑市貿易曾盛極一時，當時似乎還有「日本上海」這麼個誇張的別稱，如今則是典型的「睡城❶」。由於人口眾多，主要車站周邊也發展出一定的商業設施，但所有的東西都是二級程度。要說的話，就是個鄉下地方的城市。這種不上不下的特質也使船岡市成為三教九流聚集之處。

守之所以住在鄰鎮而非船岡，單純是想和工作場域保持距離。當然，這是為了精神健康考量。

穿過高架橋下來到大馬路後，遠遠便能看見緊鄰馬路而建的嶄新市政廳。

船岡市政府大樓約在半年前左右全面翻新，重生為擁有現代化設計的市政廳。在超高齡社會、無障礙空間等名義下，市府大樓地板鋪設了密密麻麻的導盲磚，每面牆壁皆設有木製扶手，並為高齡訪客提供出借電動輪椅的服務，相當奢華。

守和四、五十歲的警衛打了招呼，穿過入口大門，爬上階梯往四樓走去。這棟大樓的四樓駐有社會福祉事務所，守便是其中的生活福祉・保護承辦課❷的一員。

守於一年前調派過來，地位處於課裡的最底層。順帶一提，之前他分配到的單位是極度悠哉清閒的產業觀光課。確認異動後，前任上司對守說：「忍耐三年吧。」然後新任上司迎接他的時候同樣也說：「忍個三年吧。」

生活福祉課就是這樣的一個地方，名不虛傳。守的確每天都過著得忍耐的日子，如今，他只求三年的時光能盡快飛逝。為什麼說是三年，這是因為根據過往慣例，只要三年一到，調動請求便有很高的機率可以獲得同意。

一踏進辦公室，只見課長嶺本已經坐在桌前攤開報紙，這位年近五十的上司總是努力保持第一個進辦公室。嶺本的興趣似乎是健身，胸膛跟運動員一樣厚實，他本人大概也引以為豪吧，熱愛穿緊身的襯衫。用「忍個三年」這句話迎接守的上司就是嶺本。

「呦，佐佐木。」

嶺本放下報紙露出臉龐，頭皮也從稀疏的髮絲間隙裡露了出來。

「課長早安。」

「怎麼回事，你看起來比平常還沒精神耶。」

「我喉嚨有點痛。」

「不會吧，是夏天感冒嗎？」

「有可能。」

「我看看。」嶺本立即伸手貼在守的額頭上。「欸，很燙耶。」

❶意指位於大都市周遭、以居住為主要機能的衛星城鎮。居民多為白天通勤前往都市工作，下班後才回到當地休息，因此晝夜人口的急遽變化是其常態特徵。

❷原文為「保護担当課」。負責當地居民生活保障與補助、協助生活窘困者自立等業務的單位。

「呃，那是因為我剛從外面進來。」

「啊啊，這樣啊。對了，你這週要獨老訪視吧？是哪一天？」

「預計是星期四。」

「那就在那之前治好，否則一不小心就是攸關生死的問題。」

守苦笑著點頭，走向座位。

所謂的獨老訪視，顧名思義就是訪視轄區內的獨居老人住所，是社福圈的慣用語。獨老訪視是生活福祉課的業務之一，主要由團隊裡的新人負責。

表面上的理由是協助獨居年長者的生活，但真正的目的是要確認他們的生死。或許會有人覺得如果只是要確認生死，應該不需要特地登門拜訪吧，但這世上有許多老人很怕麻煩，不只沒手機，連室內電話也懶得裝。

幸好，守至今還未在訪視時遇過前往西方極樂世界的人。儘管祈禱未來也不會碰到，但守自己也覺得那是痴人說夢，對此也已經不抱希望了。

日本社會持續高齡化，不斷有年長者孤獨死亡，每天都有老人在某個地方無聲無息地死去，只是沒上新聞罷了。而守的工作就是要確認這件事，將來一定會有遇到的一天吧。

當所有職員都進辦公室後，朝會就開始了。一如往常分秒不差，就在正式開始上班的時間。

「大家早。」辦公室響起課長渾厚的嗓音。「給我兩分鐘的時間。你們知道我昨天去參加市鄉鎮例行聯合會議吧？每次討論的議題都是生活保護❸補助個案增加的問題。雖然也有講到基本收入怎樣怎樣之類的，但那是很久以後的事，與我們無關。再來，上面的大人物彎來繞去地說什麼『適切判斷新進個案，徹底訪查既有個案』，簡而言之就是「拒絕申請，停止給付」。然後從下個月開始，他們很貼心地為各地區訂下了目標，同時也會在例行會議上公布達成率。據說根據達成率的高低，會有縣廳的大人物蒞臨給予親切的指導，至少會待上一個月。這麼一來，大家就得每天把皮繃得緊緊的，你們應該不想那樣吧？我更不想。所以，今天也打起精神，好好努力吧。以上。」

嶺本就是一個會這樣說話的人。雖然表裡如一是很好相處，但因為還是單身的關係，他沒事就會約年輕職員去喝酒，讓人大感吃不消。守並不會只因為不討厭一個主管，就願意獻上自己的私人時間。重點是他們年齡差了兩輪，根本談不來。老人家可能會感嘆地說著什麼「現在的年輕人啊……」之類的，不過守卻覺得他們這一代的主張比較健康。

然而，事實上守幾乎沒有拒絕過嶺本的邀約，他的個性就是這樣。

「唉——」

隔壁座位的高野洋司像是怕沒人聽見似地嘆了一大口氣。

❸基於日本國憲法第25條與生活保護法的理念，對生活陷入困境的國民進行經濟狀況調查後，再依據其窮困程度對其提供必要的扶助，以保障其最基本的生活水準，進而協助其自立更生。主要針對生活、住宅、教育、醫療、照護、生產、生計、喪葬等八大類別酌情給予補助。

高野今年三十三歲，以年齡來說是大守七年的前輩，但因為沒事就會蹺班去圖書館、打柏青哥，所以絕不是什麼值得尊敬的前輩。

「怎麼了嗎？」

守雖然沒什麼興趣卻還是給了回應，因為這個人自言自語的目的總是為了要講給別人聽。

「我今天有三個『這種』家訪。」講到「這種」時，高野用食指劃過臉頰，做了個暗指流氓的動作。「說三家都沒人在應該行不通吧？我該怎麼辦啊！」

「噢。」

「那些傢伙，只要一催他們取消申請就會語帶威脅說什麼『如果我死在路邊你就要負責』。你再繼續逼下去、惹他們生氣看看，會被做成消波塊的！」

「這麼誇張……」

「你不懂吧。那些傢伙沒什麼好失去的，一旦被逼到懸崖邊，什麼事都可能做得出來。」

「沒有東西好失去」這點守非常同意，所以他們才有辦法厚著臉皮擺爛。

「欸，佐佐木。」高野抬頭看向守，一口氣湊上前。「你可以代替我去嗎？」

「拜託啦。」

守懷疑自己的耳朵。

「我才不要呢，我自己也有這種個案。」

守連忙搖頭拒絕。他自己現在手上也有好幾件類似黑道流氓的個案。而且，守今天還預計要去訪視負責個案中最棘手的案主。

「你待人處事溫和，那些傢伙一定也會願意聽你說話吧。」

「就說不行了。而且，更換個案必須跟課長討論才行。」

「別擔心，只要沒人發現就好。」

「什麼沒人發現就好——重點是，日誌也寫不出來吧？」

「日誌？那種東西根本不是問題吧？」

「可是……」

「那、一間就好，這樣總行了吧？」高野雙手合十。

就在守束手無策之際，背後傳來女人的聲音。

「那個案子，要不要我替你去呢？」

守回過頭去，只見同事宮田有子面帶微笑，但眼裡透著寒光。

「高野前輩，有困難的話可以找我商量喔。」

「不，可是，那個——」高野支支吾吾。

「怎麼樣呢？」

「就是，唉，我只是開個小玩笑啦。」

「是嗎，那這樣就解決了呢。」

宮田有子嘴角勾起一抹更深的微笑，轉身離開了。西裝褲包覆下的臀部有韻律地左右晃動。這人還是一樣這麼強勢呢——守以敬畏的眼神望著宮田有子的背影。

「……臭女人。」高野嘖了一聲，嘴裡咕噥道。

宮田有子不只跟守同期，也在同一時間調來這個單位，是課裡萬綠叢中一點紅。但或許是因為有話直說的個性，周圍的人都沒把宮田有子當年輕女性看待，甚至還對她退避三舍，全課的男人都害怕這個二十六歲的女生。據說，宮田有子似乎是自願請調來生活福祉課，雖然不清楚理由，但她一定是個怪人吧。

順帶一提，所謂個案或案主，指的是領取生活保護補助的弱勢人士，所以守這些相關職員也被稱為社會個案工作員。

個案家訪比獨老訪視更令人提不起勁，因為那不是閒話家常一下就可以結束的工作。重點是，沒有一個案主期待社會個案工作員的訪視。對案主而言，守他們就是令人厭惡的存在。

尤其是不當領取補助的案主——

不當領取弱勢者生活保護補助是當今社會的一大問題。有一群人偽裝成弱勢，貪圖從國家那裡撈錢，而那些金錢皆由國民的勞動所支付，也難怪一般奉公守法的人會因此忿忿不平了。既然如此，憤怒的矛頭指向允許這種狀況發生的公家機關人員或許也是情有可原。

然而，那也是前人審核隨便馬虎所導致的，因為不可抗力因素才新分發到這個單位的守也應該要覺得愧疚、抬不起頭嗎？雖然世人根本不關心這些內情，但守想說的是：「我也不想做啊。」

近來，由於電視新聞經常報導不當領取補助的議題，有些人會對他們這些工作者冷嘲熱諷，所以現在別人問起職業時，守只會說自己「在市府工作」。這世界實在太不可理喻了。

守迅速完成文書作業，將需要的文件塞入包包後便踏出了辦公室。接下來，他要騎著市府的腳踏車一間一間訪視個案的家。

今天有四家。光是用想的就忍不住嘆息。

第一個案主是山田吉男，四十二歲，離婚的單身男性。

直到半年前，山田都還是計程車司機，後來因椎間盤突出併發靜脈栓塞，迫不得已離職。姑且不論事實如何，但結論就是山田因腰痛無法重回職場，因而向國家求助。

守來到山田居住的平房公寓前，今天是第七次的訪視。這棟公寓的屋齡約有三十年了吧，外牆有著醒目的裂痕、爬牆虎四處蔓生，整棟房子被沉重的氛圍給籠罩著。公寓的名字是「常綠公寓」，實在諷刺。

守在大門前深呼吸了一口氣，按下門鈴。等了一會兒都無人回應。守環顧四周後，就把耳朵貼在門板上側耳傾聽。屋裡傳來了微弱的電視聲。

咚、咚、咚，守握拳敲門。「山田先生——我是船岡市政府的佐佐木——來做訪視——請開門——」

守高聲喊了幾次後，裡面就響起砰、砰、砰的腳步聲。

大門被粗魯拉開，出現在門後的是眉頭緊皺的山田。山田穿著一套灰色棉衣棉褲，亂蓬蓬的頭髮如柴魚片般輕飄飄地晃來晃去。

「佐佐木，你太大聲了。」

「不好意思，因為我不確定您在不在家。」

「我們是約十點，我當然在家啊，真是的。」

想當然耳，每個案主對外都想隱瞞自己在領取生活保護補助的事。因此社會個案工作員就是不受歡迎的客人。

「我說啊，還是不要來家裡啦，裡面髒兮兮的。」

這個案主每次到了這一步都會這樣說。

「那麼也可以去附近的咖啡店。不過，咖啡店的消費不能算公費，還請您諒解。」

守之前曾和這個案主一起去咖啡店，結果對方理所當然地把帳單拿給守。

「不能在這裡嗎？」

「您是說站在這裡談嗎？」

「對。」

「這裡有點不太適合，請選一個能好好說話的地方。」

山田瞪著守，嘔氣似地說了聲「請進」後，領著守進入家門。

這間屋子一如既往，慘不忍睹。四坪大的套房中央由一床彷彿萬年沒動過的被褥坐鎮，周圍淨是泡麵或超商便當的空碗空盒，散落一地的空罐則大多是啤酒罐，世間以氣泡酒勉強湊合的父親們看到這般光景應該會氣死吧。不過，有開冷氣可謂幫了大忙，即使有霉味也比沒空調來得強。

山田撥開垃圾騰出一塊空間後就丟下坐墊。守在墊子上正坐，山田則是盤腿坐在對面的棉被上。這個家的主人從來不曾端茶給客人過，雖然就算有拿出來，守也絕對不會喝就是了。

「那麼我們直接開始吧。山田先生近況怎麼樣呢？工作有眉目了嗎？」

守一開口便進入正題，這名個案不需要跟他閒話家常。

「怎麼可能有，我的腰不好啊。」

山田哼了一聲，彷彿覺得那是個蠢問題。

「可是啊，有很多像您這樣身上有老毛病的人也都還是在工作。」

「你說的那些是氣喘還是怎樣的人吧。」

「不，也有腰痛的人。」

「那是他們的腰痛還在可以忍受的範圍，痛得受不了的人是沒辦法工作的。彎腰駝背的老爺爺能去當整天站著的警衛嗎？不能吧？我也是一樣的道理。」

「也有可以坐著的工作喔。」

「你明知道我這是很麻煩的椎間盤突出，怎麼有辦法說出那種話呢？一直坐著也一樣，腰會非常難受。」

「那麼，就在Hello Work[4]上找相對比較能坐著的工作——」

「哪裡有這麼好康的工作。」山田打斷守。「話說回來，那個什麼Hello Work的都是些血汗缺吧。如果真有那麼夢幻的工作，你介紹給我啊。那種可以在腰痛的日子休息、狀況好的時候再上班的地方，那樣我還可以考慮考慮。」

山田臉上浮現了冷笑。

「山田先生，」守咳了一聲，中指推了一下眼鏡。「我們現在是帶著一些不利的條件找工作，僱用門檻當然不會太低。可是——」

「夠了。」山田揮了揮手拒絕再聽下去。「就算去上班也只是落得窮忙的下場。倒是我說，你能不能考慮提高我每個月的補助額啊？一個月只能拿那一咪咪的九萬塊，我也很苦啊。我這樣跟現在外面打工的高中生有什麼兩樣？吃飯都吃超商、衣服也只買得起UNIQLO，心情也會很低落吧？就算這樣，也沒辦法去電影院轉換心情。」

「您到底在說什麼啊！」這番話讓守也火大起來。「吃飯請您自己煮，不但更便宜也有益身體健康。還有，您說一個月只有九萬，但除了這些，我們還幫您出了住宅費，醫療費也是全免吧？」

「佐佐木，」山田食指放在嘴唇前方道：「這裡隔音不好。」

守的臉頰發燙。可以的話，他想現在就立刻中止補助。

「總而言之，請您先去Hello Work，再來就是努力復健。您還年輕，不趁現在回歸職場的話，以後會一直像這樣拖拖拉拉過著不像樣的日子喔。麻煩您好嗎？下次訪視的時候，如果看不出您有努力改善——」

「等一下。」山田臉色丕變。「你說誰每天過著不像樣的日子？」

「呃，那個……抱歉，我說得過頭了。」

「你這傢伙，瞧不起我是吧？」

「沒這回事——」

「不，就是這樣。你就是瞧不起我這個社會弱勢者。欸、佐佐木，你有腰痛的經驗嗎？」

山田見守答不上來，又質問了一次：「有嗎？」

「……沒有。」

❹日本由國家經營的職業介紹所，正式名稱為公共職業安定所。

「那你就不了解我的痛苦吧？」

「……」

「我問你是不是不了解。」

「對。」

「明明沒遇過同樣的事，怎麼還能用一副了不起的樣子說教？你有那麼偉大嗎？話說回來，你幾歲啊？應該比我小個一輪吧？剛畢業沒多久的小鬼頭對著身體出問題的長輩高高在上地說什麼：『別偷懶，給我工作！』沒禮貌也要有個限度吧，真是讓人不爽。」

「……對不起。」

「真是的。話說，你們這些人是靠我們繳的稅才有飯吃的吧。」

你沒有繳吧？守在心中反駁。

「痛痛痛痛痛。啊啊，我一大聲喊腰就會痛，光是這樣，我今天一整天就會很鬱卒。」

山田誇張地皺起臉，生怕人沒看到似地搓揉著腰部。

這個人的腰痛到底有多嚴重呢？話說回來，他真的有椎間盤突出嗎？可是山田每次都一定會給守看診斷證明，所以他有去醫院的這件事是毋庸置疑的。

「所以，怎麼樣？」山田抬眼看著守嘟囔。

守歪了歪腦袋表示不解。

「就是提高補助額的事啦，不能想想辦法嗎？」

「這件事是沒辦法商量的。」

守毫不猶豫地回絕。他有股想對山田大吼的衝動，胡鬧也要有分寸吧！

「是喔，真是冷淡啊，你們這些公務員……」

到了這個地步，守開始在某種程度上佩服起眼前這個男人。一個人到底要經歷什麼樣的人生才能變得這麼厚臉皮啊？自尊心和羞恥心全都能拋下嗎？

守成為社會個案工作員後學到了一件事，在這個這社會上，比起想工作卻不能工作的人，還有更多、更多能工作卻不工作的人。

山田叼起一根香菸點燃，從鼻子吐出煙霧。

「怎麼？領生活保護補助的人不能抽菸嗎？」

見守凝視著自己，山田忿忿道。

「那個，」守指向山田的身旁。「那個打火機是站前那間柏青哥店的吧？」

「啊啊，這個啊，這是人家送我的。」山田露出一口亂牙笑道。

「山田先生，您有在賭博嗎？」

「不是跟你說這是人家送我的嗎？」

「真的嗎？」

「你這個人還真討厭耶。」山田叼著香菸，雙手撐在身後仰頭說道。「不過我想問一下，領生活保護補助的弱勢者不能賭博嗎？我沒聽過這種規定耶。」

「這還用問嗎？當然不行啊。」

「我是問你，有那種規定嗎？」

「雖然法律上沒有規定，但不行就是不行，這是道德問題。」

「哼。」山田嗤笑一聲。「沒規定的話，你就沒有權力禁止不是嗎？但我沒賭就是了。」

山田將菸蒂彈到空啤酒罐裡面，罐裡傳出「咻——」的聲音。由於沒開窗，屋裡瀰漫著白色的煙霧。

這時山田用小指掏起耳朵，視線轉向守。他瞇起眼睛，像是在探尋什麼。

就這樣過了一段奇妙的時間後——

「對了，佐佐木，你未婚對吧？」

山田盯著從耳裡拔出來的小指，突兀地問了這麼一句。

「我是未婚沒錯。」

「你有女朋友嗎？沒有吧？」

這個人真的很沒禮貌。「嗯……」守點頭。

其實，守沒有交往對象，他唯一和人交往的經驗是二十歲時的事。對方是大學同學，由於兩人都沒有對象便走到了一塊。不過，那段感情也是在一個星期內就結束了。女方突然甩了守。老實說，那是一段守不太願意回想的過去。

「欸，你知道榮町有家叫『覓珊思[5]』的店嗎？」

「覓珊思？不知道，那是什麼店？」

「摸乳酒店。」

「啊？」

「就是那種摸乳酒店啊。可以邊和美眉們一起喝酒邊摸摸她們的店，你不可能沒聽過吧？」

守不明白山田說這些話的用意。「請問，那怎麼了嗎？」

「唉呀，其實呢，我最近意外地跟那裡的老闆稍微有了點交情，那個老闆很同情我的處境，說我可以去他那裡玩，會算我便宜一點。啊，當然，對方是正經——」

「等一下。」守舉起手掌阻止山田繼續說下去。「山田先生，您該不會流連那種場所吧？」

「我沒去啊。」山田搖頭。「我都這個樣子了也沒辦法去玩吧。我也是有道德的。」

你肯定去了吧。守很確定，同時也感到無力。因為那些錢都是奉公守法的人民辛辛苦苦繳納的稅金。

[5] 原文為「ミザンス」，源於法文中的「Mise-en-scène」，為影劇、舞台相關用語，意指畫面或舞台上的整體配置。

「然後啊，接下來的事不能講太大聲。」山田開了個頭，身體傾向守。「據說，有的女人商量之後也可以帶出場約會喔，也就是說可以真槍實彈來一發的意思。這部分談得順利的話，價錢會非——常便宜。啊，那些當然都不是什麼老太婆，是水嫩嫩的妹仔呢。欸，你有在聽我說話嗎？」

守沒有回答。

「怎麼樣啊佐佐木，你要不要代替我去玩玩？只要說是我介紹的，就可以得到優惠——」

「夠了。」守厲聲打斷山田。

「佐佐木，跟你說過幾次了，音量！」山田把食指抵在唇上。「不過，你稍微考慮一下吧。比起一般的風俗店，那裡更——」

「我說夠了。我原本就不會去那樣的地方，以後也不會。」

「怎麼可能啊，意思是你從沒找過小姐？」

「……」

「那你都是怎麼解決的？難道都是這樣？」山田露出被尼古丁和焦油染黃的牙齒，右手握拳在胯下前方上下擺動。「啊，你該不會是處男吧？」

「請您適可而止。」

守從包包中拿出一張列印文件，那是取消生活保護補助的同意書。

「如果您還是一直像這樣看不出有任何改善的地方，就請您立刻在這裡簽名。國家補助只是暫時的幫助，並沒有承諾給付一輩子。重點是，補助對象是因不得已之情事而生活艱困的窮困者。現在的山田先生在我看來實在不覺得有符合這項條件。」

守氣得臉紅脖子粗，大聲吼道。他平常很少顯露自己的情緒，因此不知道該如何控制滿腔憤怒。

「你也是講不聽耶。我有符合條件吧？一個人生活，身體壞了又沒工作，不是艱困的窮人是什麼？」

語畢，山田立刻起身從櫃子裡拿出一張紙，舉到守的面前。

是醫院的診斷證明，上面寫著「椎間盤突出」和「需要靜養」。

守抬起視線。山田一臉得意，彷彿拿著免死金牌般露出勝利的笑容。

走出山田家後，守再次跨上腳踏車朝下一名個案的家中前進。

途中，守在自動販賣機買了一罐可樂。他立刻拉開拉環，大口大口將可樂灌入喉中。碳酸氣泡沿著喉嚨彈跳落入胃裡。雖然喉嚨不舒服應該要避免刺激，但守想解解怨氣，暢快一下。

他下定決心，一定要逼山田取消申請補助。雖然現階段還沒想到什麼妙法，但他一定會這麼做——守踩著腳踏車，在船岡的街道上前進。

下一個案主是矢野潔子，女性，七十二歲。

矢野原本在地方經營小酒館，五年前把店收起來以後，如今是一個人住在市營的社會住宅裡。以年齡而論，矢野理應是年金給付的對象，但她因為長年未繳納的關係而失去了領取資格，所以才會申請生活保護補助。矢野的戶籍上有一個五十二歲的獨生子，但據說兩人關係疏遠，實際上已經斷絕往來，也沒有其他親近的親戚。

然而，這都是本人的說詞。上個月，附近的鄰居向所裡通報「有個像是兒子的人經常出入矢野家」。

雖然不知道消息真偽，但通報若屬實，矢野說自己已經和兒子斷絕往來就是謊言了。她有可能從兒子那裡拿到生活費。

「歡迎歡迎，快進來。」

矢野像是迎接回鄉的兒子般邀請守入內。

這位老太太是唯一一個不討厭個案工作員，不，是不討厭守的個案。先前家訪時似乎是聊得還不夠，她一直不願放守離開。當然，說的都是些與工作無關的閒話。跟時間太多的人談話總是看不到終點。

這一天，矢野脂粉未施，穿著皺巴巴的T恤和棉質短褲，一身休閒的打扮。然而，大概是長年待在夜生活世界的緣故，身上還是散發出一股特種行業的氣息。矢野本人曾自嘲是「郊區小酒館的魔女」，實際上就是那種感覺。

客廳裡有兩隻貓，雙雙趴在窗邊享受日光浴，以懶洋洋的眼神望著守。

「佐佐木，你要喝麥茶還是冰咖啡？」

打開冰箱的矢野回頭問道。矢野的聲音沙啞，說話不容易聽清楚，想必是長年喝酒造成的傷害吧。

「那麻煩給我冰咖啡。」

「來。」不一會兒工夫，矢野便端來加入冰塊的冰咖啡放到守的面前。兩人隔著餐桌相對而坐。

「這麼熱的天你也很辛苦呢，小心不要中暑囉。」

矢野舉起裝了麥茶的玻璃杯，杯中清涼的冰塊發出清脆的哐啷聲。

「話說回來，天氣這麼熱讓人哪兒都不想去，我連去個超市都提不起勁呢。」

「是啊，我能理解。」

「真的很糟糕。啊，對了，你有聽說嗎？沒多久前有個老婆婆倒在那邊的馬路上，是脫水症狀呢。老人家啊，水分攝取不足。你想想，常常跑廁所很討厭對吧？可是，老人家得補充足夠的水分才行，電視上也有呼籲要大口大口喝水。」

矢野經常提到「老人家」的話題，但並沒有把自己算進去，似乎是想藉由刻意說出這些事，來表現出自己與他們是不同的。

矢野看起來的確比實際年齡年輕。然而，她的肌膚不僅深深受到重力的影響，也被刻上了深邃的歲月痕跡。只要一動手臂，皮膚就會劇烈晃動。

「這一點您也一樣，必須攝取充足的水分喔。」守有些壞心眼地提醒，結果對方開朗笑著回應：「我有喝啊，而且還喝得太多了呢，全都是酒精，哈哈哈哈！」諷刺對這種人毫無用處。

「您現在還會喝很多酒嗎？」

「跟工作的時候比起來少很多了，畢竟一個人喝很無聊吧。啊，對了，佐佐木，你下次晚上來啦，來當我的晚餐酒伴。」

「有機會的話。」守苦笑帶過。「那麼矢野女士，關於之前提到令郎的事……」

守一提起這個話題，矢野立刻毫不掩飾地皺起眉頭。

「不行不行，我不想聽。」

「別這麼說嘛。我這邊調查後發現，令郎果然在埼玉開了一間公司呢。」

由於矢野聲稱不清楚兒子的消息，守便徹查了一番。循著住民票❻，很容易便能得知住所。

「另外，雖然內容有點陽春，但我也有找到令郎公司的網頁。根據上面的資訊，他似乎是在經營清潔業，員工也有十人左右。」

「哦，那孩子啊。」矢野手支著臉頰，雙眼瞪著天花板。「反正就算是清潔業，也不是什麼正經工作啦。」

「這是很正正當當的工作啊。」

「他大概是在幫地方上的黑道處理事情吧。」

根據矢野的說法，她的兒子是個不折不扣的混混，成年後也跟道上的人有所往來。

「這部分的內情我就不得而知了……」

「那孩子當老闆的公司怎麼樣都不會是正經的工作吧。小桃，過來。」

矢野出聲叫喚。一隻貓咪不耐煩地起身，一邊打著哈欠一邊靠近。矢野迅速將貓咪抱進懷裡。

「這孩子很厲害吧？那邊那個就不行，叫了也不會來。」

守明明沒問這些，矢野卻自顧自地說著。

「回到我們的話題。」守咳了一聲，坐直身體。「如果親近的家人有固定收入的話，會希望您盡可能請他們幫忙。」

「我不是說了嗎，我已經和那種不肖子斷絕關係了。之前也說過，我和他二十年前大吵一架後就再也沒聯絡了。」

「再不肖也還是您的兒子啊。」

---

❻類似戶籍謄本，是日本人乃至於居住在日本的外國人各項資訊登錄以及相關權益福利的依據。

「不，才不是我兒子。」

守嘆了一口氣。「您能不能聯絡他一次看看呢？」

「就算想，我也不知道他的聯絡方式。」

「網頁上有公司電話。」守從包包中取出筆記本。「這是他們公司的電話。」

「既然知道電話，你打不就好了嗎？對吧，小桃。」

「我打過了，可是一直沒辦法傳話給令郎。」

實際上，守打過好幾次電話，但矢野的兒子總是不在。雖然有請員工轉達讓老闆回電，但最後還是音信全無。

「既然如此，我打過去也是一樣吧。」

「若說是老闆母親的話，就不可能無視——」

「當然可能。」矢野點了點頭。「話說回來，我是要跟他談什麼？跟他說我沒錢，叫他給我生活費嗎？開什麼玩笑！我絕對不想讓那種人養我。要那麼丟臉的話，我寧可一死了之。」

「您別這麼說，他也是您懷胎十月生下的孩子啊。」

說出這樣的話令守渾身不自在，畢竟對面這位女性遠比自己母親還年長。

「令郎要是知道矢野女士現在的情況，一定不會袖手旁觀的。」

「就說那孩子不是那種人了。」矢野毫不猶疑地斷言。她拉下T恤領口，身體向前傾。「這傷，是以前那孩子對我施暴，我因此跌倒時割到的，看起來很可怕吧？會讓母親受這種傷的人不可能會拿錢出來吧？」

守下意識撇開視線。矢野身上的確有一道撕裂的舊傷疤，但守的目光之所以無法直視，是因為矢野沒有穿內衣。

「真是的，這孩子為什麼會變成那種廢物呢？唉，說起來我也有錯。我年輕的時候啊，身邊總有兩、三個男人，所以根本沒精力顧好那孩子，放任他不管後就變成那副德性了。這是報應吧。」

矢野發出咯咯咯的笑聲，裡頭帶著自嘲的感覺。

就在這個時候，矢野擺在桌上的手機亮了起來，似乎是有誰來電。守瞥了一眼螢幕，看到了「宏一」兩個字。矢野一把將電話抓到自己身前，收進口袋。動作精準快速，簡直就像隻捕食獵物的青蛙。

矢野的兒子就叫「宏一」。

「您不接電話嗎？」守瞇起眼睛看著矢野。

「沒關係沒關係，是很麻煩的人。」

矢野的手伸向玻璃杯，她的喉頭上下移動，將杯中的麥茶一飲而盡。侷促不安顯而易見。

「剛剛的電話不是令郎嗎？」

「不是，不是。是平常會幫我忙的熟人。」

「那個人的名字跟令郎一樣呢。」

「唉呀，你這麼一說我才發現耶，真巧。」

這隻老狐狸——守咬著下唇。

「說到底，你的目的就是要停止我的補助吧？」

矢野撐著臉頰，斜眼看向守。

「不是這樣的。我們是希望幫助大家確立穩定的生活基礎，不用倚賴國家救助也能過著健全的日常生活。」

「主管逼你撤回我的補助啊。」

「不，就跟您說不是那樣——」

「我先說好，不可能。我沒財產、沒收入，也沒人願意僱用我。補助被撤回的話我就只能上吊了。」

矢野說得直截了當。看來她對於過去從未繳納年金保險這件事一定沒有絲毫愧疚之意吧。

許多生活保護補助者領的錢比仰賴年金生活的人還多。沒繳年金的人比認真繳的人更划算，這就是現實。真是令人難以接受，如果這不能說是不公平的話，什麼才算呢？

日本是個擁有救濟國民胸懷的國家，然而，卻有一群傢伙反過來利用這點。雖然不知道矢野這類的人是不是看中這點才沒繳交年金的，但就結果而言，他們就是得利者。

守有時候會想，拋棄這些人，告訴他們那全都是他們自己的責任，這樣是不是對這個世界比較好。

矢野放開了貓。重獲自由的貓走向另一隻貓的身邊，再次趴下閉目。

「只是一個人也沒關係吧？」矢野嘀咕。

「您說什麼？」

「逼迫我這樣的老奶奶也不會有誰因此得救吧？」

矢野的手伸向籃子裡的煎餅。

「話不是這樣說的吧。」守目瞪口呆。這種時候又變成老奶奶了嗎？

「可是我也沒辦法啊。沒錢就是沒錢。這樣也只能依賴國家了吧。」

矢野沒有將煎餅放進口中，而是隨便擺到桌上。煎餅在桌上滾啊滾，撞到守的杯子才停下。

「跟你說，我父親當年是奉國家的命令進行特攻，才為國捐軀的。」

「啊？」守偏頭表示不解。

「留下來的母親得養活年幼的我，所以才開始經營小酒館。當然，她僱不起什麼員工，於是我小小年紀就要幫忙。才不過十歲左右，就要幫客人調酒還是做什麼的，很可憐吧？」

「啊……但是這跟我們現在討論的事情有什麼關——」

「聽我說完。結果，我母親也因為太過勉強身體，早早就過世了。這麼一來，我也只能繼承那間店了吧。對我來說，升學是遙不可及的夢想。我的人生從一開始就只有燈紅酒綠這個選項。我當時還不懂，現在覺得那是件很不幸的事。你想想，無法選擇自己的人生，這在現代社會根本無法想像吧？佐佐木，你應該也是在各式各樣的選擇中挑選了現在的工作對嗎？」

「嗯……是這樣沒錯。」

「我啊，到了這把年紀才在想，如果當年父親沒有死的話，我的人生是不是就會稍微不一樣了呢？當然，如果說那個時代就是那樣的話或許就沒什麼好說的了。但國家的罪行並不會因此消失吧？我不會要國家還我人生，但面對時代的犧牲品，他們至少該拿出誠意。」

「這是不是有點太跳——」

「不，沒這回事。」矢野大力地搖著頭。「畢竟，我現在不就是這個樣子嗎？從懂事起就拚死拚活努力工作，到頭來也還是欠了一屁股債。追根究柢，是生活方式本身就有問題。但就像我剛才說的，國家只給了我這條路。考量到這些情況，對我這樣的人稍微偏心一點也不為過吧？」

矢野自己用力點頭，為毫無邏輯可言的內容做了結論。

儘管守實在無法接受這種極度推卸責任的主張，但矢野也成功讓守覺得要讓她取消補助是件難事。這個老太太不會輕易讓守拿到證據，證明她和兒子確實有接觸、還接受他的金援吧。老實說，一想到這場攻防戰所要耗費的精力，守就想退卻了。到頭來，就是「會吵的孩子有糖吃」。

守的意志因此消沉。拜此之賜，之後的時間他一如往常聽著矢野閒聊，卻完全不記得內容。最後，等到守離開矢野家的時候早已過了十二點。就這樣待了將近兩個鐘頭。「你下次什麼時候來啊？」要回去時矢野還這麼問他，而守回給對方一記無力的微笑。

離開矢野家後，守決定到附近的連鎖中華料理店吃午餐。

正當守吃著冷麵時，單位要他們隨身攜帶的手機響了起來。是同事宮田有子打來的電話。守挑起一邊的眉毛。他沒有宮田有子曾經主動打電話給自己的印象。

守喝了口水灌下嘴裡的食物，接起了電話。

「您好，我是佐佐木。」

〈抱歉突然打給你。佐佐木，你現在一個人嗎？〉

宮田有子的聲音透著嚴肅。

「嗯，我一個人，怎麼了嗎？」

〈我有點事想找你商量，你今天下班後可以騰出一點時間給我嗎？〉

「啊，好，我知道了。」守反射性地回答，接著馬上想到身體不舒服的事。他好討厭自己這種個性。「你想談哪方面的事呢？」

電話那端暫時沒有回應。過了一會兒，宮田有子才開口。

〈是……高野的事，詳情等見了面後再說。〉

「啊，高野……嗎？」

〈嗯。那就等下班後囉。時間和地點我會再跟你說。還有，這件事請務必保密。〉

宮田有子單方面掛斷了電話。

守看向手中的電話任思緒馳騁。到底是什麼事呢？雖然毫無頭緒，卻有種不好的預感。若是自己想太多就好，但守從以前就只有不好的預感很靈驗。宮田有子該不會要說她喜歡高野吧？應該不可能。重點是，即便真的是這樣，她也不會找守商量。

多思無益。守決定先把這件事放到一旁。

守收好手機後再次拿起筷子。雖然沒食慾，但還是得吃東西才行。因為在這樣的夏天，即使是年輕男子昏倒也不奇怪。

2

午後，門鈴響起。林野愛美透過屋裡的對講機螢幕確認是一個小時前訂的外送後，就走向了玄關。

打開大門，門外是外送打工的年輕男子，他汗流浹背，額頭上冒出無數汗珠。看來，今天外頭依舊是瘋狂的炎熱吧。

就算這樣也與愛美沒什麼關係。因為她大部分的生活都待在家裡，上次外出已經是三天前的事了。

愛美將錢拿給外送員時，男子瞄了眼愛美的胸口。愛美身上還穿著睡衣，胸前敞開一個大洞。但她並不是那麼介意，既不覺得丟臉，也不覺得讓人看了會少塊肉。

將親子丼和蕎麥麵擺到餐桌上後，愛美便叫了待在房裡的女兒美空。

老樣子，美空沒有出來。一定又在畫畫了吧。即將四歲的女兒不知為何只要一投入畫畫，就好像聽不到周遭的聲音。

愛美嘖了一聲，粗魯地拉開和室拉門。「我說要吃飯了吧！」

美空的身體因尖銳的叫喊抖了一下，緩緩起身。

美空是個沉默寡言的孩子，最近說的話更是大幅減少。愛美不清楚原因，但就算問美空，她也說不出個所以然，因此愛美決定當成美空本來就個性陰沉。

愛美從冰箱拿出柳橙汁倒進兩個杯子。

「親子丼和蕎麥麵，你要吃哪一個？」愛美問美空。

「不知道。」

「那就吃蕎麥麵吧。」

愛美盯著電視，焦躁地動著筷子。

愛美已經看膩綜藝節目了。雖然明白那是不一樣的世界，但有時看到那些悠悠哉哉的藝人她就會感到非常不爽，心想「我呸！你們還真好命！」話雖如此，愛美也沒有其他的事可做，最後還是忍不住去依賴電視。家裡沒有網路，手機的網路也只能用三天。

「你為什麼會吃得那麼髒？」

愛美不耐煩地大喊。美空前方的桌子有一大片食物殘渣，蕎麥醬汁也噴得到處都是。

「好好拿筷子啊。」

自己為什麼會生下這麼沒用的孩子呢？雖然愛美不記得自己曾教過美空怎麼拿筷子，但這種東西是自然而然學會的。自己小時候應該也是這樣。

美空以右手把四散的食物殘渣集合在一起，左手同時捲著頭髮。

那個樣子也讓愛美看得很火大。

美空染成棕色的頭髮長度參差不齊，像狗啃過一樣，那是上週她自己拿剪刀亂剪的成果。愛美發現時瞬間引爆怒火，一回神才發現自己正用力拍打美空的頭。愛美兇狠地命女兒自己收拾滿地亂七八糟的頭髮。當時，看著默默將落髮聚在一起的美空，愛美的眼淚不知為何落了下來。儘管思考了自己落淚的原因，但愛美還是不明白。

美空是愛美十七歲時與當時交往的對象所生下的孩子。對方的年紀比愛美大了一輪，在知道愛美懷孕後便消失得無影無蹤。愛美後來才知道，那個男人除了愛美以外似乎另有認真交往的對象。愛美不是男人的女朋友，只是玩玩的對象。

儘管如此，愛美還是決定生下孩子。不是因為母親的天性如何如何等等的，而是她覺得生了孩子後，自己或許就會有所不同。愛美期待這個孩子或許能為自己無趣的人生帶來變化。

愛美的親子丼還剩下一半。她最近有慢性食慾不振的問題，不過卻沒有什麼瘦下來的感覺，人體的機制真是既複雜又不講道理。

飯後，愛美伸手拿起菸盒，裡頭卻空空如也。她嘖了一聲，打開庫存的那一條香菸盒。然而，裡面也是空的。現在想想，剛剛那盒或許是家裡最後一包香菸。

愛美嘆了一口氣。為了買菸不得不出門一趟了。洗澡、挑衣服、化妝——麻煩得令愛美考慮是否要放棄香菸。但是她馬上打消了這個念頭，自己一定無法忍耐的。

就在這樣東想西想時，身體開始隱隱發疼。香菸這種東西就是知道沒有了以後就會變得更想抽。愛美從菸灰缸裡面拿起較長的菸蒂點燃，一股苦澀和臭味在嘴裡蔓延開來。即便如此，她還是深深將其吸進肺裡。由於菸身很短，火過沒多久便燒到了濾嘴旁邊。愛美立刻找出第二根菸蒂，再次點燃。

過了一會兒，愛美去沖了個澡。她望著浴室鏡子裡的自己，手臂和肚子還是一樣鬆鬆垮垮，不過由於沒出門的關係，肌膚白皙如雪。雖然偏食，但膚質也沒有變粗糙，這讓她鬆了一口氣。

這麼說來，美空最近一次洗澡是什麼時候呢——沖著澡的愛美突然想起這個問題，她好像一個星期沒幫美空洗澡了。

「美空——」愛美打開浴室門喊道。

不出所料，沒有任何反應。反正一定又在畫畫了吧，算了。愛美關上門。反正小孩子不會臭，一定沒差。

難得有這段時間，愛美便悉心護髮。她慢慢讓髮尾吸收護髮素，心情也自然而然平靜下來。

離開浴室，她站在洗臉台的鏡子前吹頭髮。差不多該去美髮院了，頭頂已經長出黑色的髮根，樣子變得很難看。

愛美在客廳的桌子上擺好鏡子化妝。一旦起了頭，她也專注仔細上妝。戴上變色片、貼好假睫毛。愛美為這樣的自己感到可笑，她只不過是要去附近買個菸而已。

出門前，愛美打開拉門。果然沒錯，美空正埋頭畫畫。她手裡拿著蠟筆，認真地在廣告傳單背後畫著什麼東西。愛美完全看不懂那是什麼。美空畫的不是人類、動植物、交通工具，也不是風景，只是一片單純的色彩集合，抽象，而且沒有秩序。

那到底是什麼呢？一次也好，愛美希望能從美空口中聽到那個答案。

「我要去買東西，你要一起去嗎？」愛美姑且問了一聲。

什麼反應都沒有。

愛美轉身後又突然停下，再次回頭。

「有沒有什麼想要的東西？」

美空果然還是沒有任何回應。

愛美走到室外才三十秒就想回家了。

天上的太陽彷彿對地球抱有恨意，憤怒抓狂地燃燒。帶著熱意的柏油路從腳下釋放一陣陣強烈的熱氣。愛美撐著陽傘，盡可能走在行道樹下。

她覺得自己穿錯衣服了。早知道就挑露少一點的衣服。現在這樣，感覺肌膚稍微照到一點陽光就會立刻燒起來。

愛美穿的夏季洋裝上半身是細肩帶，露出大片肩膀和背部，膝蓋以下的雙腿也清晰可見。

她抵達了便利商店，走進店裡，感激有冷氣的存在。

愛美站著看了五分鐘左右的雜誌，接著拿了兩個布丁走向收銀台。當她指定香菸品牌、說出「買一條」時，男性中年店員停下了手中的動作。

「很抱歉，請問您可以提供年滿二十歲的證明嗎？」

店員露出營業用的笑容問道。胸前的名牌寫著「店長」。

「像駕照、健保卡這類的東西就可以了。」

愛美翻找錢包。裡頭沒有駕照，因為愛美根本沒有駕照。不過，健保卡的話——也還是沒看到。不，認真找的話一定可以找到的，但太麻煩了。愛美的錢包裡塞著雜七雜八的收據和卡片，大部分都是不需要的東西。

「我已經二十二歲了，還有個小孩。」

愛美語氣尖銳地說道。店長瞬間露出驚訝的表情，接著馬上擺出假笑打圓場：「那就沒問題了。因為您看起來很年輕……」

後來發生了麻煩的事。愛美的錢不夠。明明才五千圓左右，錢包裡卻只有三千塊。愛美有那麼一瞬間考慮用ＡＴＭ領錢，最後卻作罷。她不想知道戶頭的餘額。

最後，愛美放棄布丁，香菸也改買還能用手邊現金支付的零散盒數。

愛美抽著菸踏上回家的路，吐出的煙霧冉冉飛向藍天，擴散，消失。

錢的事不太妙。戶頭裡到底還剩下多少錢呢？

一回到家，只見玄關前有雙男人的皮鞋。看到那雙鞋，愛美的心情立刻沉入谷底。

「回來啦。你這樣不行啦，竟然把年紀這麼小的孩子留在家裡，連門都沒鎖就出去了。」

社會福祉事務所的高野洋司一派輕鬆地坐在客廳的沙發上。一旁是坐在地上吃著冰淇淋的美空。

「我只是去附近買個東西而已。」

愛美沒有移動腳步，就這麼直立在原地，離得遠遠地回答。

「就算這樣也還是太不小心了，這個世界上有很多壞人喔。」

你有什麼資格說這種話？

「而且，手機也丟在家裡。」高野舉起愛美的手機。「這樣不就失去手機的意義了嗎？」

愛美甚至沒發覺自己把手機忘在家裡，因為她也沒有特別需要聯絡的人。

「我可是打了好幾通電話呢。你之前罵過我、叫我來之前要先聯絡一下，我有好好遵守，可是你卻沒接電話。我因為擔心就跑來了。」

高野說著，露出了齷齪的笑容。

「對了，你要吃冰嗎？我也買了你的份，放到冷凍庫裡了。」

「我不用了。」

「是喔。」高野苦笑。「話說回來，你今天化了全妝呢，等一下還要去哪裡嗎？」

「沒有。」

「這樣啊。」高野的視線肆無忌憚地一路從愛美的頭頂沿著身軀滑向腳尖。「你很適合這種衣服，證明你果然很年輕呢。」

三十三歲的高野感慨地說道。

「不要一直呆呆站在那裡啊，過來吧。」高野噁心地向愛美招了招手。

愛美無可奈何，走到高野身邊。「不是啦，是這裡。」高野拍了拍身旁的位子。

愛美從鼻子嘆出一口氣，坐到沙發上。高野的手立刻放上她的大腿。愛美竭力壓下撥開對方的衝動。

「我等一下還有家訪行程所以沒什麼時間，可以快點開始嗎。」高野在愛美耳畔低喃。

高野拿下了左手無名指上的戒指，他每次都會這麼做。是顧慮愛美的心情嗎？但愛美根本無所謂。還是說，即使是高野這種人也會對妻子產生罪惡感？或許，就是這種男人才更會在家裡扮演一個好丈夫的角色。高野曾經向愛美展示手機裡的孩子照片，自豪地說：「很可愛吧？」

「美空，去畫畫。」

愛美揚了揚下巴，示意女兒去一旁的房間。美空將吃完的冰淇淋空盒留在原地後便起身。

「美空對不起喔，叔叔下次再買冰淇淋過來。」

高野語氣輕浮地對著美空的背影說道。

美空沒有特別的反應，迅速關上了拉門。與此同時，高野的唇已貼上愛美的頸窩。

「我突然忍不住……」高野將臉埋在愛美的胸前粗喘。

他脫去了愛美的洋裝、扒下她的胸罩，然後像章魚般噘起嘴唇、忘我地吸吮愛美的乳頭，嘖嘖作響。

愛美面無表情地俯視這一切。

認識高野大約是一年前開始領生活保護補助後的事。

愛美會申請生活保護補助是因為有朋友莉華在一旁指點，告訴她申請「很輕鬆」。莉華當然也有領生活保護補助，每個月大約十三萬。「如果是無依無靠的單親媽媽一定沒問題的。」雖然莉華如此保證，但是要通過社會福祉事務所審核並不容易。愛美原以為三兩下便能立即拿到錢，現實卻沒有那麼美好。

社會福祉事務所把愛美叫去好幾次、反覆打探她們生活的相關情形，甚至還調查愛美的所有物是否有可歸於財產的內容，感覺和莉華當初申請時的狀況已經大不相同了。

最後愛美的申請終於被核准，已經是她向社會福祉事務所遞出申請兩個月後的事了。他們還規定愛美以後每兩週要去一次社會福祉事務所。另外，大概是為了探查近況，社會個案工作員每月會來家中一趟。而那個人就是高野。

起初，高野看起來是個很認真的人，至少在愛美眼中是如此。高野會告訴愛美一個正常的社會人士該怎麼做，時而鼓勵她、時而斥責她。見愛美沒有打算找工作的樣子還曾威嚇她：「生活保護補助只是政府的借貸而非贈送，當然會要你償還的。」

然而，就在半年前——當時莉華強硬地拜託愛美、要她去隔壁鎮的酒店工作一段時間。雖然麻煩，但因為愛美欠莉華一份人情，也只好答應了。

但愛美去了之後才發現那裡並不是一般的陪酒酒店，而是摸乳酒店。愛美向莉華抗議，結果她竟然說：「沒差吧？只摸上面又沒摸下面。」毫無愧疚的意思。

結果，愛美還是忍氣吞聲開始工作了。那當然不是份愉快的工作，可是也意外地沒那麼難以忍受，而且當天就可以拿到工資這點也讓愛美相當感激。儘管如此，愛美打算做到約定好的期限便離開。讓人摸身體愛美是無所謂，痛苦的是要邊喝酒邊跟男人聊天。愛美甚至會覺得如果要這樣的話，簡單明瞭的泡泡浴或半套服務的養生會館或許都還比較好。

在過了幾個那樣的夜晚後，與莉華約定的期限即將到來。

就在愛美最後一天上班時——高野以客人的身分出現在店裡。在老天爺的捉弄下，負責接待高野的人正是愛美。

愛美無法蒙混過去。坐到高野身邊後，雙方便已認出了彼此。

兩人默默無語了一陣子。高野似乎剛剛先在別的地方小酌，身上散發著酒臭。

愛美主動開口：「您要喝點什麼嗎？」

「……那就，一杯威士忌兌水。」

沉默再度降臨。

過了一會兒，高野的肩膀開始搖晃。

愛美側眸看去，只見高野嘴角浮現笑容，盯著酒杯中旋轉的冰塊一個人念念有詞：「真糟糕……」、「怎麼會有這種事？」、「竟然會在這種地方碰到……」

愛美靜靜聽著。

「難得都來了。」高野看向天花板咕噥了一句後，便將威士忌給一口氣灌下。

他看向愛美。那並不是社會個案工作員看案主的眼神。

高野伸出手一把抓住愛美的乳房。當然，這裡就是那種店，所以並沒有什麼問題。愛美沒有抵抗，接受高野的動作。

令人吃驚的是，高野延長了愛美的時間。當少爺過來通知換人時，高野把對方趕了出去，要求繼續讓愛美服務。愛美實在想不通高野是什麼意思。

在那之後過了三天，高野都沒有任何的音訊，這讓愛美鬆了一口氣。一般來說，領取生活保護補助者未經告知便從事特種行業而獲得收入這種事，作為公務人員是不可能不追究的。然而，這次高野自己的立場也很尷尬，所以才會佯裝不知情吧。愛美樂觀地想著。

可是她太天真了。第四天，高野沒有任何聯絡便突然來到愛美家中，並要求和她上床，當做自己睜一隻眼閉一隻眼的報償。

「這件事如果被揭穿，你也會很慘吧。」

當然，愛美也表現出抵抗的態度。

「不會啊。法律又沒規定我們不能上酒店。」

「我會說出你威脅我的事。」

「請便請便，我只要否定說沒這回事就好。」

「……」

「當然，你也可以拒絕我。不過，補助會立刻中止。由於你的行為是詐欺，過去給付的金額也必須全數歸還。」

高野冷淡地拋下這段話，但他隨即又變了個態度、柔聲說道：

「不過你若是聽我的話，補助就不會被撤銷，視情況我也可以幫你大幅調高額度，畢竟給付額度根據我的斟酌判斷會截然不同。這點決定權我還是有的。」

愛美覺得自己似乎看到了人類這種生物的黑暗面。

就這樣，愛美和高野開始了肉體上的關係。愛美沒有放棄生活保護補助的選項，當然，是為了生活。想不工作就拿錢，這是最好的選擇。

高野進入愛美的體內。最近，他連保險套都不願意戴了。

高野在愛美的身上大口大口喘息，像條狗一樣擺動著腰身，順勢吻了上來。愛美別過了臉龐。高野的觸碰中，愛美最討厭的就是接吻。那比起逼她用嘴巴服務、被性器插入都還更加痛苦。

高野加快了速度。愛美立刻把手伸向衛生紙盒，迅速抽了幾張衛生紙。「不要射在裡面。」每一次，她只會說這句話。

高野睜開雙眼，發出短促的呻吟——

「你可以給我三萬嗎？」

高野站在窗邊望著窗外、自言自語似地低聲道。不過，他說話的對象是在自己身後抽菸的愛美。

愛美將香菸捻入菸灰缸內。「我也沒錢，連吃飯都有問題了。」

「你拿那麼多錢還真好意思說。」高野露出受不了的表情，抖著肩膀笑道。「不過我的手頭也真的很緊。老實說，我太太前陣子發現我外遇了——啊，不是你。我們這不算外遇，什麼都不是。反正因為種種原因我的零用錢被砍半了。也就是說，現在是反省期，雖然這應該跟你無關啦。但我這不是在求你，是已經決定好的事。」

從三個月前開始，高野除了強要愛美的身體外也開始索討金錢了。「我幫你提高給付額度，給錢是理所當然的吧？」他高高在上地說著狗屁不通的話，命令愛美每個月付他兩萬圓。

愛美面露難色後高野便威脅她：「不然我就停止補助。」這麼一來，愛美也只能聽從。

事到如今，高野竟然要求將金額改成三萬圓。

高野焦躁地看向手錶。「我差不多該離開了。啊啊，好懶喔。這種熱死人的天氣還要面對那些社會底層的人，真不是人幹的。」

高野起身整理儀容。

「那，下個月開始就拜託你囉。」

高野拍拍愛美的肩膀後便踏出了客廳。沒多久，玄關傳來大門打開又闔上的聲音。屋裡同時變得寂靜。

高野能不能去死一死呢……

愛美抽著菸靜靜想著。如果高野死掉的話……不行嗎？這樣一來，愛美同時也會失去生活保護補助了。不——不對，高野死的話就會有別的社會個案工作員過來吧？那個人什麼都不知道，雖然補助額度可能會減少，但相對的也就不用再付高野錢了，一切都會回到原本的狀態。此外，也可以不用再跟高野上床。果然，高野死了對愛美比較有利……

愛美苦笑著搖搖頭。自己沉浸在多麼空虛的思考裡啊，她明明就沒有讓高野死掉的方法。

突然，愛美想到了美空。她起身拉開一旁房間的門。

美空果然正跪在地上，以前屈的姿勢畫畫。小孩子應該不知道母親在客廳裡跟男人做了什麼事吧？畢竟是美空，可能連想都沒有想。

愛美蹲到美空身邊，覷著用來代替圖畫紙的傳單。傳單上填滿了顏色，幾乎看不到空白。美空的畫還是一樣那麼不可思議。

「你這些都在畫什麼？」

愛美的手伸向美空，一邊梳開她的頭髮一邊輕撫。

就在愛美伸手觸碰的瞬間，美空改變身體的角度，轉向朝著愛美的另一頭。

愛美頓時臉頰發燙，僅僅只是這點小事，怒火便宛如烈焰般衝上腦袋。當她回過神時，自己已經狠狠踹了美空的臀部一腳。「咚！」的一記悶響。身體前傾的美空，頭部因而撞向了牆壁。

美空雙手抱頭，蜷縮著身體蹲下。

「沒事吧？」愛美戰戰兢兢詢問。

美空沒有回答。

「欸，我問你有沒有事！」愛美搖晃美空的身體。「說你沒事！快說！」

「……沒事。」美空的聲音細如蚊蚋。

「那就起來。」

愛美撐住美空的腋下強迫她起身。

然而美空卻軟綿綿的，一放開手就馬上倒了下來。

愛美嘴唇發顫，頃刻間，顫抖便感染了全身。

她逃也似地離開房間，關上拉門。無論如何，總之先點根菸。愛美吸了一口菸後就馬上捻熄。接著她打開水龍頭倒了一杯水喝，然後又點了一根菸，接著又立刻捻熄。就這樣反覆了數次。

大約過了五分鐘吧，愛美再次悄悄地拉開拉門。

和室裡，美空彷彿沒發生過任何事般、又重新回去畫畫了。愛美沒有鬆了一口氣的感覺，反而感到一肚子火。這孩子剛剛竟然還那麼誇張地倒下來——當意識到這份心情後，愛美開始害怕起自己這個人的存在。

是夜。

愛美盯著一點也不想看的電視。到頭來，這是停止思考最有效的方法。然而，今天腦袋卻完全無法接收電視機裡的內容。

愛美的內心十分無力。自己又對女兒動手了。她對女兒施暴，這次是第幾次了呢?認真數起來的話一定雙手都不夠用。

儘管如此，美空果然還是沒有哭。美空的淚腺不知道是不是堵住了，不管發生什麼事都不會流淚，即使遭母親狠狠踹了一腳也一樣。先不管踢人的愛美，美空果然是哪裡不太正常。

那種事怎樣都無所謂吧。愛美用門牙細細啃著指甲。自己踢女兒才是更嚴重的問題。

不過，比起對美空的罪惡感，愛美其實是對自己更加失望。因為她做了跟自己最討厭的母親相同的事。

愛美的母親以前也對自己施暴，次數並不頻繁。只是母親心情不好的時候，就會把愛美揍得連路都走不好。

內心深處的厭惡與憐憫突然浮出水面，一點一滴滲透、擴散到愛美身上的每一個細胞。

多麼糟糕的人生啊。愛美的人生究竟是從什麼時候開始變得這麼悽慘？

是從領取生活保護補助開始？

從產下美空開始？

從母親對自己施暴開始？

……還是從出生就開始了呢？

那是愛美過去一直刻意不去思考的情感。不知從何時起，愛美對人生就已不抱太多期待。一開始就放棄的話便不會受到傷害。愛美的人生不曾有過幸福的時期。或許也有，但想不起來的話其實跟沒有是一樣的。

今後一定也是一樣吧。無論怎麼掙扎，自己的人生都已經是死局了，註定要落敗。

旁人一定難以理解愛美在痛苦些什麼，只會嘲笑她：「只不過是單親媽媽而已啊。」一定是因為自己缺乏活力吧。愛美雖然隱隱約約也有想改變的心情，可是卻沒有任何具體的想法與作為。意思就是，想改變的心情也就只有那種程度而已吧。結果，是自己對於活著這件事太隨便了。

感覺越想身體越累，內心愈發疲憊。

死了也好吧。愛美內心的某個角落偷偷這樣想著。

愛美雖沒有自殺的念頭，卻覺得就算自己明天會因某些原因而死去，她也不會做任何抵抗，選擇默默接受。

愛美把手伸向菸盒，裡頭空空如也。她半天就抽完了一包菸。

這一天，愛美在朋友莉華的邀約下前往站前的柏青哥店。美空留在家裡。即使母親離開身邊也沒有一聲哭鬧，就這層意義而言很省事，幫了愛美一個大忙。要是美空哇哇大哭的話，愛美可能會抓狂也不一定。

柏青哥店裡無數的電子音效四處穿梭碰撞，機台大約坐滿了四成。先不說自己好了，明明是平日白天卻有這麼多的人，愛美不禁感到佩服。或許，這世上的人意外地跟自己一樣都很閒。

愛美走到一圓柏青哥區，她坐在角落的機台前，點燃了香菸。液晶螢幕裡的動畫角色正與數字奮戰——用繩子綁住數字七後再以拔河的訣竅拉過來。接下來，只要推倒數字六就中獎了。

結果失敗了。動畫角色倒在地上嚎啕大哭，液晶螢幕再次開始旋轉。

愛美不是那麼在意輸贏，會來這裡只是要打發時間。

打了三十分鐘左右，愛美終於中獎了。然而，她馬上就知道那只是單發，沒有連莊獎勵。

「喔，滿行的嘛。」

莉華從愛美身後探出頭，強烈的香水味令愛美差點嗆到。

「哪有，就只是單發而已。跑完後我要換一台。」

「你再打一下嘛，這台不錯啊。」

莉華檢視機台上標示的中獎率，說著不負責任的話。

「那可以給你打。」

「不了，我喜歡自己現在那台。欸，玩得差不多後要不要去吃個飯？我沒吃早餐。」

「好啊，可以。」

過了一會兒，兩人離開了柏青哥店。

愛美和莉華走進對面的家庭餐廳，自行坐到吸菸區的空位上。

莉華一坐下便點燃香菸，按下服務鈴。

「久等了，這邊為您點餐。」女服務生馬上來到桌邊。

「嗯……要吃什麼呢？」

莉華翻開菜單深思。這個女人還沒決定要點什麼就叫服務生過來。但她也不著急，慢吞吞地思考。

「愛美你要點什麼？」

「我喝飲料吧就好。」

「真假？」

「我不餓。」

「我要大吃一頓。要點什麼呢……」

女服務生始終保持笑容，耐心等待莉華點餐。

之前這間店有個店員曾表現出不耐的態度，結果莉華就抓狂了。她像隻小狗般又吠又叫，喚來店長還逼對方要免費招待飲料和餐點，事後還若無其事地繼續光顧這間店。莉華和愛美這個同伴肯定成為這間店需要特別注意的人物了吧。

愛美起身走向飲料吧，倒了杯哈密瓜蘇打。

回到座位後，已不見女服務生的身影。看來，莉華終於點餐了。

「欸、愛美，我有件事想拜託你。」莉華捲著金色的頭髮說道。「你可不可以再去那裡工作？」

「那裡」指的，就是莉華以前拜託愛美短期工作過的摸乳酒店吧，也就是愛美和高野撞個正著的地方。

「不行。」

「為什麼？」

「我懶得動。」

「不要這麼說嘛，可以拿錢不是很好嗎？」

「不要。」

「那你有沒有認識可以去工作的女生?」

「沒有。」

愛美沒有朋友。老實說,連莉華也很難算是她的朋友。

「是老闆拜託你的對吧。」

愛美點燃香菸後問道。

莉華迷上了那間摸乳酒店的老闆。雖然本人沒說,但愛美一看便知曉,然後也了解到莉華當初為何會找上自己。一定是因為那個老闆拜託莉華幫他找能去工作的女生。這次也是一樣吧。

「對啊。」莉華承認得乾脆。「我們在交往。」

為了會讓自己的女朋友在那種店工作的男人而四處奔走。莉華可能比愛美還蠢。

「現在店裡女生好像不夠。」

「我最後在那裡的時候不是還很多嗎?有一次我還先回家等店裡聯絡。」

「那時候是那樣啦,但現在人手不足。那間店薪水不高,聽說女孩子就算來了也馬上就跑到條件更好的地方,所以我才想幫幫他。拜託。」

莉華雙手合十。

「辦不到就是辦不到。」

「拜託你幫幫忙。」莉華不肯輕易罷休。「你當時不是很受歡迎嗎?像你這樣的大奶很好賺喔。」

莉華堆起笑臉吹捧愛美。

「你好囉唆。」愛美厭煩地拒絕。

莉華嘖了一聲，嘟起嘴巴賭氣地靠在椅背上。

莉華點燃香菸，抬頭看向天花板，呼出白霧。

「愛美，你能拿到補助都是我的功勞吧？」莉華突然換了個兇狠的口氣。「是因為我的介紹，你才會知道的。」

愛美不發一語，靜靜聽著。

「所以啊，你應該稍微聽一下我的請求吧。」

「所以我上次不是聽了嗎？」

「這次也拜託你，然後就扯平。」

「扯平什麼？」

「意思是你去工作的話，我就當你報答我的恩情了。」

賤女人——愛美瞪向莉華。莉華也怒目圓睜。

兩人持續互瞪了幾秒。

「愛美，你想找麻煩的話我奉陪。」

莉華拍著桌子威脅。一旁的人都看向這裡，好奇發生了什麼事。

「兩位小姐。」

一個坐在隔壁桌的老爺爺出聲。他原本正一邊喝著咖啡一邊看著文庫本。

「這裡不是吵架的地方吧。兩位都冷靜一下。」

老人露出安撫的微笑。

「吵屁啊，臭老頭。」

莉華朝對方大喝。這個女人本來就是暴走族出身。

老人嘆了一口氣，就沒有再說任何話了。

「算了，我決定了。我要拜託阿龍給你好看！」

阿龍指的是那間摸乳酒店的老闆，愛美記得他好像叫金本龍也。眾所皆知，金本龍也是混黑道的不良分子。

「現在是在威脅我嗎？真是的，每個人都來這套。」

愛美嘖了一聲。而莉華則是挑了挑眉。

「每個人都來這套？怎麼，有別人恐嚇你嗎？」

「沒有。」

「說嘛，我可以當你的軍師，我們不是朋友嗎？」

莉華態度一變，放柔了聲音。

這女人是怎樣？現在這樣只會讓人覺得混亂。

「就說沒什麼了。」

「快說啦。然後我解決你的煩惱，你就來工作囉？」莉華擅自下結論。

兩人之間來回了幾次「說」與「不說」的爭執後，愛美還是讓步了。一方面她也是想藉機諷刺莉華。混帳王八蛋高野是社會福祉事務所的人，介紹那裡的人是莉華，自己會在摸乳酒店和高野碰個正著，真要追根究柢也都是這個女人的緣故。

然而莉華卻絲毫不以為意的樣子，冷冷聽著愛美的話。

「你也真笨耶，竟然輸給那種威脅。」

「我有什麼辦法。」

「如果要把身體賣給那個叫高野的傢伙，去做泡泡浴就好啦。」

「但那傢伙一星期大概只會來我們家一次。」

「原來如此。也就是說，只要一個月讓他上四次就有二十萬的補助嗎？滿划算的耶。」

「就是這樣。」

「兩位小姐，」剛才那個老人又開口了。「你們剛才說的是真的嗎？」

「嘰嘰歪歪個屁啊！」莉華尖聲叫罵。「是說，你在偷聽我們講話嗎？」

「我沒有那個意思，是你們說的話自己飄過來。」老人冷靜回應。「所以，你們剛才說的都是真的嗎？」

老人看向愛美，眼鏡後方是犀利的眼神。

「如果剛才那些話是真的，就是很嚴重的事。公務人員竟然做出這種威脅恐嚇的行為。」

「干你屁事！」莉華口氣非常兇狠。「閃一邊去啦！」

「我不是多管閒事，你們應該找警察商量。」

「我已經說——」

「聽我說。」老人舉起手阻止莉華。「你們好像覺得不當領取生活保護補助是賺到了，但那是天大的誤解，這樣做其實是你們的損失。那些錢說到底是不勞而獲，一點分量都沒有，就算拿來享用高級料理、打扮得光鮮亮麗，也絕對得不到幸福。如果你們現在覺得幸福，那也是假的、是不幸。你們的年紀看起來都可以當我的孫子了，當然是屬於還有未來的人吧，請重新來過吧。」

「愛美，我們該走了。」

莉華從座位上起身。

這時，女服務生剛好端著熱騰騰的鐵板過來。是莉華點的食物。

「久等了，漢堡排米飯套餐。」

「不用了。」

「啊？」
「來得太慢，已經不用了。我要去別間店吃。」
莉華快步離開。女服務生呆站原地，一臉茫然地望著莉華的背影。
「請等一下。」就在愛美起身，準備跟著莉華離開的時候，老人叫住她。
「你們手上還有時間，但時間並非無限。請珍惜現在，讓每一天過著有意義的生活。」
老人用慈祥的眼神看著愛美。
愛美轉過身追上莉華，離開了餐廳。

「那種傢伙最煩了。」
莉華嘴裡塞著滿滿的漢堡，開口怒罵。愛美陪著錯過午餐的莉華來到了附近的麥當勞。
愛美也有同感。那種類型的老人，內心都存在視教導年輕人為生命意義的部分，今晚的酒想必會喝得特別香吧。
「對了，你家女兒現在在幹嘛？」
莉華把手伸向薯條，意興闌珊地問。
「一個人在家裡玩。」
「哼嗯……她今年幾歲啦？」

「四歲。」

「不去幼兒園什麼的嗎？」

「不去。幼兒園沒名額，我也沒錢。」

「是喔。」

「莉華的小孩現在呢？」

「我媽在顧。比起我，他跟我媽更親。」

莉華也有小孩，是個名叫華蓮的小男生，好像才兩歲。孩子的父親愛美也認識，叫做裕二，年輕時是地方上的暴走族小嘍囉。當然，兩人已經離婚了。

「說真的，如果我和阿龍在一起的話會很礙事吧？」

不用說也知道莉華講的是兒子。

「阿龍討厭小孩，我原本想請媽媽幫我養，結果才一提出來她就爆炸了。我也想過讓裕二接手，但就算我求他、他也一定會拒絕的。」

愛美聽著聽著，想起了美空。如果自己拋下美空的話會怎麼樣呢？她稍微思考了一下卻沒有答案。

「年輕時就生小孩很綁手綁腳對吧？跟我們年紀差不多的女生每天都在玩，我連聯誼都沒去過。」

「我也沒去過喔。」

「也不是說多想參加那種活動，只是想到自己沒有自由就很痛苦。累的時候小孩子半夜再一哭，真的會想要掐死他。」

「他不是已經兩歲了嗎？半夜還會哭？」

「會——他好像發育比較慢，尿布也完全戒不掉。」

美空那時候……是怎麼樣呢？她是什麼時候戒掉尿布的？明明是自己帶大的孩子，這一類的記憶卻模糊不清，無法確定。

「唉……雖然可愛的時候是很可愛啦。」

可愛……嗎？愛美在心裡咀嚼這兩個字。自己是怎麼看待美空的呢？覺得她可愛嗎？

愛美的視線移到大片玻璃窗外，反射性地瞇起了眼睛，輕輕嘖了一聲。惱人的太陽照亮了觸目所及的一切。

3

「高野恐嚇個案？」

拉高嗓音的佐佐木守探出了身體。宮田有子立刻看了一下四周。

「抱歉。」守壓低聲音低頭道歉。「等一下，宮田，你說的是什麼意思？」

宮田有子指定的酒吧門可羅雀，只有零星幾名客人，其中還有歐美商務客的身影。守從來不知道船岡也有這麼時尚的酒吧。不過，這也是守第一次踏進酒吧這種地方。

酒吧裡燈光昏暗，輕輕流洩著引人入睡的水晶音樂。然而守此刻毫無睡意，因為他剛剛聽到一件不得了的大事。

「你說他跟別人要錢，怎麼可能有這麼誇張的事。到底怎麼做的？」

守隔著高腳圓桌，朝坐在對面的宮田有子發問。

「好像是案主隱瞞自己有收入，高野掌握到這件事後就以此為要脅。也就是說，他繼續發放補助，但要求對方回饋幾成的補助金，還有……」宮田有子瞬間皺起鼻子。「聽說還強迫對方發生性關係。」

守目瞪口呆。他喚出腦海裡高野的模樣。雖然知道高野會翹班去打柏青哥，但也僅止於此。高野這個人或許的確欠缺勤懇的美德，但他還有妻小，感覺不像是會做出這種犯罪行為的人。

「對了，你從哪裡取得這個情報的？」

「就說是密報了。一位老先生打電話到事務所，說什麼『貴單位有惡質社會個案工作員』，剛好是我接到電話。」

「那位老先生又是怎麼知道的呢？」

「老先生說他去家庭餐廳吃飯時聽到隔壁桌有兩個年輕女性在聊天，其中一位是被害者，好像正在跟朋友商量這件事。」

有這麼隨隨便便的故事嗎？也太不真實了。

「所以，她們的對話中出現了高野的名字。」

「沒有，只聽到是社會個案工作員。」

守歪著腦袋。「那你為什麼認為就是高野？」

「直覺。」

「咦？直覺……嗎？」

「沒錯。」

「意思是，你沒有任何確切的證據對吧？」

「沒錯。」

「等一下，這太誇張了。因為如果真有其事的話，我也有嫌疑吧？」

守指著自己。宮田有子舉起調酒啜了一口。她喝的那款酒名叫夜吻，守沒有聽過。順帶一提，守點的是卡魯哇咖啡利口酒。

「我啊，看人很準的。人類大致分成兩種人對吧？好人與壞人。你是前者，高野是後者。」

「呃……謝謝。」

「不客氣。」

「可是，也還有其他男性職員啊。」

「是啊，不過，我覺得是高野。」

宮田有子毫無根據卻一口咬定。看來，高野在她心目中的評價相當低。不過，如果課裡所有職員中非要舉一個人出來的話，守也會選高野吧。

「可是話說回來，這件事本身的可信度又如何呢……我實在不覺得這是真的。」

「很遺憾，我覺得是事實。我剛剛是挑重點跟你說，實際上那位先生講的內容有種莫名的真實感，我不認為他在說謊。當然，我也希望是他搞錯了。」

真的嗎？雖然這樣說不太好聽，但守覺得宮田有子似乎對眼前的情況樂在其中。比起伸張正義，她更想打擊罪惡。兩者雖然相同卻又有著微妙的差異，而宮田有子屬於後者。

「佐佐木，這些事你絕對不能跟任何人說喔。」

「但如果是這樣的話，應該跟課長報告才行。」

「不行。」宮田有子搖頭，散發出「萬萬不可」的氣勢。「你試試，在這種狀況不明的條件下上報，那個課長很可能什麼像樣的調查都沒做，就把事情給壓下去了吧。」

看來，宮田有子對嶺本的評價也很苛刻。

「抱歉，說了課長壞話。」

守感到不解。「為什麼要跟我道歉？」

「因為你和課長感情很好啊。」

「我和課長感情雖然不差，但也沒有特別好，就是一般主管和下屬的關係而已。」

宮田有子瞇起眼睛看著守。「真的嗎？」

「什麼意思？」

「你們……沒有在交往吧？」

「啊？」

「因為……」宮田有子不知為何欲言又止。「課長不是喜歡男人嗎？」

守說不出話。「……你在開玩笑吧？」

「一看就知道了吧？我以為大家心裡都有數。」

守完全沒數。出乎意料的話題令他的太陽穴隱隱發疼。自己太遲鈍了嗎？

接著，一股惡寒竄上他的背脊。守想起早上嶺本把手貼在自己額頭上的事。這麼說來，守是有感受到嶺本這個人很喜歡肢體接觸。嶺本經常邀守吃晚餐，那應該是一種主管與下屬關係的延伸，不多也不少。守想這樣相信。

「你是課長的菜，這點應該沒錯。」

「等一下，別說了啦。」

「呵呵。」宮田有子露出調皮的眼神。

「先不論課長是不是……同志，但我認為這件事還是應該跟主管商量，交由他判斷。」

「就說不行了。現在這個時間點上報沒有意義，必須在高野絕對無法抵賴的狀況下報告才行。而且，沒有掌握確實的證據也不能公諸於世吧？」

「公諸於世？」守不自覺拉高音量。「啊，抱歉。宮田，你打算公開這件事嗎？」

「這不是理所當然的嗎？」宮田有子一臉若無其事的樣子。

「可是，這件事若是浮上檯面的話一定會鬧得很大。」

這件事一旦公諸於世，後果將不堪設想。社會大眾絕不會將它視為高野一個人的惡行，而是會當成整個社會福祉事務所的問題。警察和老師就是很好的例子。只因為百分之一的蠢蛋，其他百分之九十九的人也都變得跟著抬不起頭。

「這也沒辦法吧。畢竟做壞事就是做壞事。」

「但我們在同一個職場，大眾也會用非常嚴苛的眼光看待我們。」

「這也無可奈何。」

「可是——」

「我好驚訝。佐佐木，你也是保身主義派的嗎？」宮田有子冷冷望著守，像是在說自己看錯人一樣。「原來你想壓下這件事啊，我不該跟你說的嗎……」

「不，那個，我不是要假裝沒有這回事。只是，這件事一旦公開可不是鬧著玩的。媒體也不會放過這種案件吧？你想想，現在社會大眾對生活保護補助的問題不是很敏感嗎？本來大家的神經就夠緊繃了，要是在這種情況下公布這件事，全日本社會福祉事務所的社會個案工作員都會失去立場，到時候可能還會出現一些奇奇怪怪、得寸進尺的案主。當然，我也明白你的意思，但我還是不太贊成公開。那樣一定只會造成混亂，沒有人能獲得幸福，不是嗎？」

「你想說的就是這些？」宮田有子的眼神自始至終都冷靜決絕。「你說公開可不是鬧著玩的，這不是當然的嗎。因為這件事本身就不是在鬧著玩。而且我說過，包含這些影響在內都是無可奈何的事，請不要無視我說的話。好，假設如你所說，所裡私下懲戒高野，用免職處分解決這件事好了。結果最後東窗事發的時候，因為我們刻意隱瞞的關係，才真的會變得慘不忍睹。如果是那樣的話，你能負責嗎？」

「不是啊，那個……我不能。」

「是吧。既然如此，你的判斷就是錯的。你應該要想得更遠才行。」

宮田有子最後端出諄諄教誨的口氣，守再也無話可說了，並且也再次覺得宮田有子這個人很可怕。在總是滿口大道理的宮田有子面前，人們會立刻陷入自我厭惡的情緒裡，覺得自己醜陋不堪。

守暗暗嘆了口氣，覺得怎樣都無所謂了。到頭來，這些都是上層的判斷，不是底層的自己要背負的問題。守感到有些渾身無力，一定是因為被迫聽了這種駭人聽聞的祕密才會這樣的。

「話說回來，你為什麼要告訴我這件事呢？」守突然好奇起來，向宮田有子問道。

「因為我有很多事想請你幫忙。」

「很多事？」

「多喝一些以後再說吧。」宮田有子勾起嘴角，向吧檯後的的調酒師點單：「這裡來一杯俄羅斯。」

宮田有子故弄玄虛的態度莫名令人害怕。這個人到底想讓自己做什麼呢……

「我換個話題。佐佐木，你為什麼會當社會個案工作員呢？」

宮田有子收下那杯叫俄羅斯什麼的酒之後便這麼問道。她已經喝了五杯以上。順帶一提，守還在第一杯。

「該說是當上了還是意外變成了呢……因為單位調動分配的關係。」

「那，你為什麼會當公務員？」

「這個嘛……」這個問題也很難，守回答得有些遲疑。「大概是因為我的個性不適合民間企業吧。」

「這什麼理由啊。」宮田有子爆笑出聲。

然而，這是事實。守的個性溫吞纖細，從以前就覺得自己無法在講求競爭和數字的世界生存。

在他稚嫩的想法中，就以為公家機關的風氣應該多少比民間企業溫和，結果現在卻每天過著被數字追著跑的日子，欲哭無淚。

之後宮田有子沉默下來，對話就此中斷。宮田有子默默舉起調酒一口接一口地喝，酒杯一下就空了。接著，她又點了一杯守沒聽過的「尼古拉斯」。

「對了，山田先生和矢野女士怎麼樣了？你今天上午去訪視他們吧？」

宮田有子將盛著砂糖的檸檬片對折。

守皺起眉頭。「你知道得還真清楚。」

「行程表上不是都有寫嗎？」

守很訝異。行程表上面確實有紀錄，但沒有人會記得其他職員預定家訪的個案。如果現在問自己宮田有子今天去了哪裡、訪視了誰，守也一無所知。

「很難纏，兩個都是。」

「畢竟兩邊都不是普通人嘛。」

宮田有子連這點都知道嗎？守再次露出驚訝的神色。宮田有子補充：「我有好好看完你寫的日誌。」守的工作單位規定大家每天都要將自己的工作內容寄給全部的職員，他以為只有主管會認真看那些東西，底下的人光忙自己的事就一個頭兩個大了，

宮田有子將對折後的檸檬片放入口中，接著飲下調酒。看來，這款叫做尼古拉斯的調酒在品

嚐時就是要這樣在嘴裡調和味道。守差一點就忘了宮田有子與自己同年。

守偷偷打量起宮田有子。雖然臉上只略施淡妝，但一定可以算在美女的範圍內吧，微微的鷹鉤鼻則表現出她的強勢。

「佐佐木，你不能放棄喔。」

「咦？」

「不管是山田先生還是矢野女士都一樣。如果他們是不當領取補助的話就更不能放棄了。」

「是啊，我會努力的。」

「這種事就是在比耐力。如果我們輸的話，日本就會淪為一個小人得志的國家，沒有尊嚴也沒有驕傲。我認為就這層意義而言，我們就是防止國家道德淪喪的防波堤。」

這個人說了好偉大的話啊。宮田有子到底是從哪湧現這些正義感的呢？老實說，她的主張雖然正確，卻還是感覺哪裡怪怪的。

然而，宮田有子毫無疑問是生活福祉課的王牌，在數字方面無人可超越。宮田有子每個月一定會逼退兩個不當領取輔助的人。如果她是民營企業裡的業務，一定每個月都會接受表揚。

「宮田，你好厲害喔。」守坦率地說出自己的想法。

「怎麼說？」

「該說你幹勁十足還是有滿滿的原動力呢……」

「意思是佐佐木你沒有動力嗎？」

「不不不，我當然也是以自己的方式全力以赴，不過我對你甘拜下風。」

「你這樣不行啦。」宮田有子拍著桌子、橫眉怒目道：「不該碰的事就不該去碰，理所當然的事就要理所當然地去做，這是再普通不過的道理！」

「說得也是，我知道了。」出乎意料的斥責令守繃緊身體。

仔細一看，宮田有子的目光有些呆滯。

「佐佐木你啊……」宮田有子探出身體。「雖然是個好人，但有時候卻會發揮在不對的地方，扮好人扮過頭了。說到這個，上星期不是有個二十幾歲的單親媽媽來事務所？你記得嗎？」

上週，有位女性帶著兩個孩子來所裡諮商，負責的窗口就是守。

「要我來說的話，她那根本是咎由自取吧。十六歲有了小孩，結了婚又離婚，然後又馬上重蹈覆轍跟人交往、生小孩、離婚，反覆這個過程。最後說我沒錢了，幫幫我。這也太自私自利了吧。」

「你說得沒錯。」

她在旁邊仔細聽著守和對方的談話內容嗎……果然，不能小看宮田有子。

「但你很有耐心地應對吧。一直『嗯嗯嗯』地點頭，還安慰對方。」

「畢竟還是要認真聽對方說話啊……」

「我先說，那個女人是假哭。」

那位單親媽媽邊哭邊訴說自己的生活多麼窘迫。

「佐佐木，你該不會受理她的申請了吧？」

宮田有子向守投以懷疑的目光。

「我當然不會隨隨便便就受理，但那位單親媽媽的生活似乎真的很艱難，不是沒有討論空間。」

「你太天真了。」宮田有子杏眼圓睜、又拍了一次桌子。「如果那種人也通過的話，申請就沒完沒了了。你有仔細看那個女人的手機嗎？是最近剛出的機型吧，這樣不就跟她的陳述矛盾了嗎？聽好了佐佐木，那種人必須趕走才行。因為繞了一大圈後，最後被掐住脖子的人會是我們啊。」

「你的話確實很有道理，但是……」

「但是什麼？」

「不，沒什麼。」

宮田有子聳聳肩，將杯中的調酒一飲而盡。她拿出手帕擦擦嘴唇後便自顧自地站起來說道：

「好，我們再去下一間。」

「那、那個……我差不多該走了。」

「不——行，你也要去。」宮田有子緊緊抓住守的手臂。

這個人是怎麼回事啊——守無言地抬眼看向宮田有子。

「重點是我還沒說要拜託你什麼事吧？」

「不能在這裡說嗎？」

「不能。」

守深深嘆了一口氣。她到底要自己做什麼？

準備結帳時，守向前一步阻止宮田有子。今天早上，宮田有子從高野手中救了自己，守認為他現在應該請客。

然而，察覺到守心思的宮田有子卻用「我們一半一半」來牽制守。

「我請你，當做今天早上的回禮。」

「我這個人啊，最討厭請別人或是別人請我了。」

守再次意識到——自己果然很不會應付這個女人。

4

最近，他總是在同樣的時間醒來。明明每晚就寢的時間都不同，起床時間卻十分規律固定。

由於自己並沒有那麼大的時間壓力，所以想盡可能多貪睡些，但身體卻不允許他這麼做。

現在這個瞬間也一樣。他確認時鐘——果然跟平常一樣，是接近中午的時刻。就算想再繼續躺著，一定也無法入眠吧。

我也不年輕了啊。四十二歲的山田吉男頂著還沒清醒的腦袋，深深陷入感慨。

他粗暴地揉了揉眼睛、一一撥掉眼屎，接著朝枕邊的空泡麵碗吐了口痰，並伸手拿起一旁已經打開的罐裝氣泡酒。那是昨晚喝剩的，確認罐子裡的液體大概還剩一半後，他便送往嘴裡。詭異的口感令吉男立刻吐了出來。他忘記自己拿那個罐子來代替菸灰缸、將菸灰彈進去的事了。他用廚房的自來水漱了好幾次口，一股難以言喻的苦澀一直殘留在口中，不肯消散。

吉男踏進廁所小便，大概是沒看準，一片尿灑到了馬桶外。雖然弄濕了地板，他卻打算裝作沒看見。

走出廁所，腳底踩到了某個軟趴趴的東西，可是他沒有確認那是什麼。一方面覺得麻煩、另一方面則是害怕那會是什麼怪東西。

環境不打掃就會變髒。吉男是在三十五歲之後才對如此天經地義的事有了真實的感受。在那之前都是妻子在打掃，而那個幫他打掃的妻子在七年前帶著當時八歲的女兒離開了。

肚子發出咕嚕聲。即使沒有工作、不做任何事，依然會肚子餓。誕生在這個世上光是這樣就是一種不幸，因為吃喝都是要花錢的。

吉男拿了茶壺燒了開水，從櫃子裡隨便拿出兩碗泡麵。由於一碗泡麵吃不飽，他總是吃兩碗。等不到三分鐘，吉男便直接開動。他機械式地將硬梆梆的麵條吞入腹中，一邊吸著麵一邊茫然地望向牆上的月曆。今天的日期上畫了一個紅色的圈圈。

啊，對了。吉男默默拍打自己的膝蓋。今天是要去醫院的日子，他忘得一乾二淨。吉男以前曾經放鳥過醫院的掛號，結果挨了那個庸醫好一頓冷嘲熱諷。還好今天有想起來。

吉男聯絡計程車公司預約到府接送的時間。他完全無法想像這麼熱的天氣要怎麼徒步去醫院。

吉男將散落在屋裡的襪子一一撿起又聞一聞，發現了一隻味道相對不重的襪子。這隻襪子的伙伴去哪了呢……吉男彎著腰、在狹小的房間裡來回繞圈，怎麼都找不著另一隻襪子。正當他準備放棄時，終於發現了目標的蹤影。另一隻襪子藏在自己平常沒在用的坐墊底下。吉男嘖了一聲。這張坐墊是昨天社會福祉事務所的佐佐木過來的時候鋪在那傢伙屁股下的東西。佐佐木這個人，明明是個弱不禁風的小鬼卻擺出大人的嘴臉滔滔不絕，實在令人厭惡到了極點。

不過，吉男昨天講贏佐佐木了，看佐佐木氣得滿臉通紅還真是痛快啊。但考量到以後的事，太過跟佐佐木為敵對自己的處境並不有利。

如果佐佐木是個好說話的人就好了，但他似乎很死腦筋。難得吉男都要招待女人了，他卻始終不肯買單，反而變得更加強硬。現在的年輕人都是這個德性嗎？

「呼啊——」吉男打了一個大大的呵欠。今晚，他打算久違地前往「覓珊思」，必須去拿上個月的酬勞才行。

吉男若不作聲，錢永遠不會進來。

位於船岡市內的和平慈惠綜合醫院，候診室內的吉男正攤開報紙等待看病。之所以會看經濟版這個與如今的自己毫無瓜葛的版面，一定是因為吉男年輕時在證券公司工作的緣故。

如今回想起來，當時的自己乖巧單純，堅守公司與主管的教導，沒有絲毫懷疑。就是因為這樣，他們才會讓吉男當代罪羔羊吧。也是這個原因，才會把完全無關的工作失敗責任推到他身上，將吉男趕出公司。

吉男無聊地環顧周遭一圈。這裡無論何時都擠滿了老人，每次來到這裡，便會深刻感受到日本真的是一個超高齡社會。不過，考量到這裡是醫院的話，就某種意義而言也是很正常的吧。要是這裡都是年輕人的話才更可怕。

話說回來，老人家還真是長舌，到處和身邊的人嘰嘰喳喳地說些沒用的話。不知道是不是錯覺，他們的身上似乎也都飄著老人臭。

就這樣，吉男的視線到處遊走，最後停在一處。一名三十歲左右的母親與看似念小學低年級的男孩並肩坐在一起哭泣。哭的人是母親。

那個母親戴著米色報童帽，帽簷壓得低低的，垂頭拿手帕按著眼角，身旁的兒子則是一邊搓著母親的手臂、一邊看著她，臉上寫滿擔心。

奇妙的光景令吉男心中一凜。

突然，那個母親抬起頭和吉男對上視線。由於母親微微行了個禮，吉男也反射性地點頭，但對方早已撇開視線。

真是令人不舒服的女人。吉男第一時間產生了這樣的想法。這個女人的情緒一定很不穩定吧。吉男替孩子感到同情。那個男孩讀幾年級了呢？從身高來看，大概是二年級嗎？

妻子與女兒離開吉男身邊時，女兒彩乃也是二年級。彩乃是個活潑頑皮的女孩，甚至曾經跟男孩子打架時弄哭過對方。不過，那已經是七年前的事了，現在……彩乃應該是中學生了。吉男瞬間發揮了一下想像力，可是卻完全無法想像女兒的那個模樣。

「山田吉男先生。」

廣播報出吉男的名字，他便走入指定的診間。

門的另一邊，吉男的主治醫生石鄉將巨大的身軀靠在椅背上，一副大剌剌的樣子。

「好久不見。」

石鄉語氣諷刺。吉男上週和上上週都有來這間醫院。

「你的腰後來覺得怎麼樣了？」

「醫生，你又在開完笑了。」

石鄉哼笑一聲就轉向電腦，敲打起鍵盤。

「每次都一樣好無聊喔，要不要我幫你加個新的病？」

他的嘴角勾起邪惡的笑容，自言自語。無論外表還是發言都沒有像個醫生的樣子。

「山田先生，你今天要不要照個X光？」

石鄉突然問道。

「為什麼？」

「因為最適合報帳啊。」

「那就做個已經照過的樣子吧。」

「不行啦，基本上還是得留個紀錄才行。」

「那就快點照吧。」

吉男自動自發地走向X光室。

他脫下T恤赤裸著上半身，拉下褲子和內褲露出半顆屁股。醫生拍了好幾種角度的X光片。

當然，這些片子都不會放到燈箱上確認。

「好，辛苦了。」

「謝謝。」吉男邊回應邊穿上衣服。

「你要不要再住一次院?現在應該有床位。」

「請別這樣，我已經學乖了。」

「我會馬上讓你出院。」

「拜託饒了我吧，反正你很快又會說必須住院了對吧?」

石鄉發出混濁的笑聲。

繞圈圈醫院——這是這間醫院在地下社會中的俗稱。因為醫院將吉男這種不需要支付醫療費用的生活保護補助者當成病患一網打盡，然後短時間內讓他們頻繁地住院和出院，反覆在同一個地方繞圈圈，因而得名。此外，醫院每次還會開一大堆完全沒必要的藥。藉由這些行為，醫院便能向國家請求高額的醫療費用，而國家支付的金錢當然都是國民繳納的稅金。

「對了，山田先生，聽說你最近在幫忙金本那裡工作啊?」

重新回到診間面對面後，石鄉搔著粗胖的脖子問道。

吉男動作一僵。「……醫生，你是聽誰說的?」

「八卦都傳得很快。」石鄉嘴角勾起。「所以，你是推銷員嗎?」

「不是，只是被人雇的而已。」

「是運冰塊嗎?」

「不是不是。」

「那是紙？糖？」

若是在不久之前，吉男聽到石鄉這些話一定會滿頭霧水吧。然而現在卻不同了，他已經明白這些全是暗指毒品種類的黑話。

吉男略微思索後開口：「是叉叉。」

「叉叉啊。」石鄉撫著鬆弛的下巴。「嗯，算是比冰塊那些容易上手吧。不過你要小心啊，一個沒留神，連自己都會陷進去喔。」

「我明白，那些東西很可怕。」

「大家一開始都是這樣說，最後都陷進去了。」

有那麼一瞬間，石鄉從吉男身上撇開了視線。

看見石鄉那個樣子，吉男內心感嘆「果然是真的」。有一次，命令吉男去賣藥的黑道金本龍也，在跟石鄉講完電話後脫口說了句：「臭毒蟲。」但神奇的是，石鄉看起來一點都不像有吸毒的樣子。他臉色紅潤，言行舉止也從沒出現過異樣。當然，石鄉勾結黑道賺骯髒錢，肯定不是什麼好東西，但這點吉男也一樣。

「你要是見到金本，告訴他偶爾也請我吃個飯。」

離開診間之際，石鄉這麼告訴吉男。

吉男模稜兩可地點點頭後，離開了醫院。

太陽下山前，吉男決定到柏青哥店去殺殺時間。上個月的酬勞還沒拿到，他必須去覓珊思堵金本龍也才行。

吉男姑且還是先打了通電話給金本，在語音信箱裡留下自己會去店裡的訊息。金本基本上不會接吉男打去的電話，但要是吉男沒接到他的電話就會很不開心，個性相當惡劣。

長時間以同樣的姿勢坐著，吉男的腰部久違地隱隱作痛。

吉男有腰痛的老毛病並非假話。椎間盤突出也是正經醫生而非石鄉看診後的判斷，應該不會有錯。但他早就痊癒了，儘管腰部偶爾會像現在這樣犯疼，對生活卻沒有任何影響。

不過，吉男不得不辭去計程車司機一職的原因真的是因為腰痛。之前，吉男一直忽略腰部的疼痛不予理會，但情況始終沒有好轉。於是，他狠下心遞出休假申請，結果就直接被趕出公司了。當時公司正值積極調整雇員的時期，所以趁機對吉男施壓，最後他實在扛不住便離職了。

那間計程車公司是吉男輾轉換了好幾間公司後好不容易定下來的地方。他資歷淺、工作態度差，公司當然不可能留他。

吉男遇見金本龍也就是在那個時候。在反覆幾次壞朋友又介紹壞朋友的過程中進而認識的。

慫恿吉男去申請生活保護補助的正是金本。「什麼都不用做就會有錢進來，不是很爽嗎？」沒有一個失業的人會拒絕這樣的建議。

關於生活保護補助該準備什麼、要如何申請，這個黑道知之甚詳。金本表示，申請生活保護補助是有訣竅的，只要掌握關鍵就會順利受理成功。金本得意地告訴吉男：「就結論來說都是口才好的人會通過，跟業務員一樣。」金本之所以精通此道，是因為這是他的工作之一、是他們那個世界的「生財工具」。

吉男按照金本的建議申請後，社會福祉事務所的確很乾脆地受理了，但吉男每個月必須將一半的補助金上繳給金本。第一次收到生活保護補助金的那天，吉男才知道這是半永久性質的規定。

仔細想想也是，黑道怎麼可能不計得失出手助人呢。吉男再次深刻地感受到金本是黑道的這個事實。當然，一半的錢被拿走根本無法過活，但吉男也不能工作。他只能怨恨自己既天真又愚蠢。

「喂，大叔。」

一聲叫喚令吉男把頭扭向一旁。

坐在隔壁機台的年輕男子正滿臉不悅地瞪著吉男。男子穿著坦克背心、染著一頭褐髮、肩上還刺著俗氣的紋身。

「──啦！」

「啊？」店內的喧囂讓吉男聽不清楚男子到底講了什麼。

「大叔，你他媽臭死了！去別的地方打啦。」男子揮了揮手，想趕走吉男。

啊啊，原來是體臭啊。這麼說來，自己已經三天沒洗澡了。如果有很臭的傢伙靠近自己，吉男也會想趕走對方吧。人類對自己的氣味往往很寬容。

「這位小兄弟。」

吉男在盯著機台的褐髮男子耳邊低語。男子迅速退開了。

「你聽過森野組嗎？」

「啊啊？」褐髮男有些訝異。

「我是那邊的人。我原諒你剛剛的無禮，現在就給我消失。」

吉男語氣淡然地警告對方。這不算說謊，吉男和他們真的有些關係。

褐髮男咬著下唇，眨了眨眼睛，大概是在評估吉男話中的真偽。

「不然，要我現在叫家裡的年輕人過來嗎？」吉男拿出手機晃了晃。

「……剛剛是我不對。」

褐髮男低頭道歉，把手邊的小鋼珠都留在原地就離開了。

吉男吸了吸鼻子，有股小小的快感。我是森野組的人——然後這類的小摩擦大致上都能靠這句話解決。只要是在這個地方混的人，不可能沒聽過森野組的名號。

雖然森野組是個成員不到十人的小組織，但怎麼說也還是黑道。順帶一提，金本龍也既是森野組的成員、也是摸乳酒店「覓珊思」的老闆，好像是組裡半強迫他經營酒店的。

之後，吉男每隔一段時間便會中個獎，小鋼珠增增減減的，然後在差不多告一段落的時候離開了柏青哥店。若以輸贏來論，吉男贏是贏了，但打了四小時才賺六千圓也讓他心情不是很好。

前往覓珊思前，吉男在膠囊旅館沖了個澡。雖然男人怎麼看他都無所謂，但吉男並不想被女人嫌棄。從金本那裡拿到酬勞後，吉男打算直接在店裡買個女人樂一下再回家。

走出柏青哥店時，天空已覆上暮色。太陽沉沒在地平線的另一端，昏暗的天空透出一抹淡淡的黃色月光。

吉男大搖大擺地走進霓虹燈閃爍光彩的鬧區，每隔十公尺就會有皮條客向他搭話，他也和其中一些熟面孔隨意閒聊了幾句。

覓珊思所在的大樓出現在眼前，穿西裝、打著蝴蝶領結的少爺站在路旁。

少爺一看到吉男，遠遠便彎腰鞠躬，臉上透著緊張。這個才二十歲左右的男孩應該不知道經常出入店裡的吉男和老闆之間是什麼關係吧。可能以為吉男也是黑道分子也說不定。

「金本老闆在嗎？」吉男問。

「老闆出去了，但應該很快就會回來。」

「是嗎，加油啊。」吉男拍拍少爺的肩膀，步上階梯。

打開大門進入店裡後，又有一個少爺小跑步過來。這個人肯定也跟剛才那個少爺一樣不知道吉男的身分。大概是覺得不能失禮吧，對方始終站得筆挺。店裡播著音樂，似乎正好要開始營業的樣子。只是因為時間尚早，還沒有看到客人的蹤影。

「山田先生，歡迎光臨。」

「我是來找金本老闆的，但聽說他現在不在店裡。」

「是的，老闆應該等一下就會回來了。」

「嗯，我聽說了。那，我就稍微玩一下等等他吧。小姐們都已經上班了吧？」

聽到吉男的問題，少爺的表情倏地一暗。

「怎麼了？」

少爺抬眼看著吉男，一臉難以啟齒地開口。

「山田先生，從這次開始，能不能請您稍微支付一些費用呢？當然，不是全額也沒有關係。」

吉男沒想到會聽到對方這麼說，臉色沉了下來。

「是金本老闆說我可以放手玩的喔。」

「可是，也是老闆交代我們接下來就要請您付費，很抱歉。」

「這是幹嘛啊？」

「很抱歉。」

「不是什麼抱歉，老子身上沒帶錢啊。」

「真的很抱歉。」

少爺只是一個勁地鞠躬，無法溝通。

就在這個時候，背後傳來了開門聲。吉男回頭，就看到身穿灰色西裝的金本龍也正站在自己身後。金本身材高䠷纖瘦，三白眼射出的光芒彷彿能將人貫穿。即使已經認識一年了，吉男至今看到金本仍會感到微微的緊張。

「啊，金本老闆，您好您好。」吉男低頭道。

「怎麼？在吵架嗎？」

少爺立刻附到金本耳邊說話，聲音雖小，但吉男聽到了「山田先生好像又想賒帳」。

「啊啊，是這個啊，剛好。喂，山田，招待期間結束了，以後給我付錢，玩多少算多少。」

金本的話語不帶感情。

「可是——」

「可是什麼？你的那些享樂對店裡來說都是損失，那可不是一筆小數目。而且，聽說你連玩女人都跟店裡賒帳，我可沒答應你能這樣搞喔。」

「怎麼這樣，那、您當時說就當成辦那些事的酬勞——」

話還沒說完，金本突然一把揪住吉男的後領，強行將他拖進了店內深處的貴賓室。

「王八蛋，你想在店裡講什麼？」一進門，金本的臉便貼到吉男面前幾公分的位置、惡狠狠地說道。「這裡沒人知道你在做威而鋼的事！」

金本順勢將吉男甩向沙發。這裡雖說是貴賓室，用的卻是便宜沙發，吉男的後背撞了上去，受到強烈的衝擊。

「對不起，我不小心就說出來了。」吉男邊咳嗽邊道歉。

吉男和金本之間說的威而鋼並不是指那種治療勃起功能障礙的藥物，而是名為搖頭丸的禁藥，也就是毒品。搖頭丸因為具有刺激精神使人興奮的作用而聞名，但若攝取過量便會引發強烈的幻覺。至於為什麼會將搖頭丸稱為威而鋼呢？那是因為金本經手的搖頭丸外觀和威而鋼一樣都是藍色的小藥丸，乍看之下幾乎無法分辨的緣故。另外，不知該說是好事還是壞事，搖頭丸也有促進性興奮的效果，這也是它另一個俗稱「狂喜」（Ecstasy）的由來。

不久前，電視新聞才報導過有男子以為自己吃的是威而鋼，結果竟然是毒品的鬧劇，那個毒品就是金本在經手的搖頭丸。

「所以，你今天有什麼事？不會只是來找樂子的吧。」

金本將歪掉的桌子擺正，以袖子拂去桌上的灰塵。這個黑道在某些地方莫名地一絲不苟。

「我想說能不能拿上個月的薪水。」

「啊？」金本再次拉高嗓門。「你沒聽到我剛才說的嗎？你在我們店裡玩得多兇啊！聽說上次還得寸進尺開了香檳是吧？王八蛋，你知道自己總共玩了多少錢嗎？上個月全部加起來超過十萬。玩這麼多還想要我給你錢，作夢去吧！」

吉男沒有反駁。在額頭爆出青筋的金本面前還能再說什麼呢。傳聞，金本曾經殺過人。

但這實在太不合理了。事情的來龍去脈是這樣的——吉男問金本能不能取消上繳一半生活保護補助金的規定，然後金本就向他抛出了一個提議。

如果吉男願意接受俗稱「推銷員」、也就是販毒者的工作，金本就不從他的生活保護補助金中抽取佣金了。相反的，金本還可以付吉男錢。而金本之所以提出這樣的提案有兩個理由。其一，警察對吉男這種一般人的監視比較鬆懈，不容易被抓。其二則是金本是瞞著組裡經手毒品。

金本隸屬的森野組似乎禁止觸碰毒品，一旦扯上了就會被逐出組內。金本雖然在吉男面前一副很了不起的樣子，但由於年輕還輕，所以在森野組內也只不過是個沒有頭銜的組員罷了。

無論如何，那都不是吉男能夠二話不說就答應的提案。畢竟，那可是毒品，沒人能保證不會被抓。況且就算能拿錢，一個月也才八萬圓，考量到風險實在太不划算了。但吉男才表示不能接受，金本便說：「我這間店隨你玩。」儘管覺得那又如何，可是再要求下去也很危險，吉男便不再說什麼了。另外，其實也是因為吉男根本沒有拒絕這個選項。

「啊，阿龍，你在這！」

貴賓室的門突然被打開，兩個年輕女生一齊擠了進來。吉男對其中一個女的有印象，是這間店的小姐。

「我在忙，等一下再說。」

「怎麼這樣……難得人家抓了個女生過來耶。」

吉男有印象的那個金髮女子嘟著嘴道。

「喔喔，是嗎？」金本重新看向她們。「你好，我叫金本，是這裡的老闆，請多多指教。」

金本禮貌地彎下腰。

「哈哈，阿龍，她是愛美啦，愛美。她之前也在這裡工作過啊，花名叫美麗。」

「美麗？抱歉，我這邊女孩子太多了，沒辦法全都記住。原來你是回來工作的呀，那就再請你多多幫忙啦。」

「等一下，莉華，我沒說要在這裡工作。」一直沉默不語的褐髮女子提出異議。

「為什麼？都來到這裡了，哪有這樣的。」

「是你硬拉我來的吧？」

「愛美，夠了喔。」金髮女子口氣兇了起來。「你是要讓我丟臉嗎？」

「喂，莉華，要吵架去外面吵，已經是營業時間了。」

金本的語氣很不耐煩，下巴指著門外、示意她們到外面去。

「不是啦，阿龍，愛美有個煩惱，如果能幫她解決的話她就願意工作。」

「我沒那樣說。」

「夠了，愛美你閉嘴。」

「莉華，我沒那種閒工夫，不要把我扯進去。」

金本嘆了一口氣，開始按起手機。應該是在打工作上的訊息。

「好啦，你聽我說嘛。愛美她啊，被社會福祉事務所的個案工作員威脅，對方不但拿她的錢、還逼她上床。你不覺得這樣很過分嗎？阿龍，你教訓教訓那個人啦！」

金本的手瞬間停下，接著目不轉睛地盯著愛美。一陣沉默後——

「你叫愛美嗎？你那邊坐吧，告訴我詳細的情形。」

兩個年輕女子在金本的示意下坐到了沙發上。

隨著事情發展，吉男也就跟著一起待在房裡了。不，應該說金本沒有指示他留下，但也沒有要他出去。

不過，那個叫做愛美的女孩始終低垂著頭、不發一語，從頭到尾保持沉默。代替她說明前因後果的人是莉華。

莉華口中說出來的事連不相干的吉男都被勾起了興趣。據說同樣在領取生活保護補助的愛美之前在這裡工作時，負責她案子的個案工作員也來店裡尋歡，結果兩個人撞個正著。對方便以此要脅愛美。

如果那個人是佐佐木就有趣了，可惜是個叫高野的男人，吉男並不認識。

「你看，那傢伙很壞對吧？阿龍，你修理他一頓啦！」

莉華單手握拳擊向另一手的手掌。

金本自始至終都摀著嘴巴，眼神認真地聽著莉華說話。突然，他像是按捺不住似地發出「嘻嘻嘻」的笑聲。

「這件事的確不能放任不管，那種惡劣的傢伙必須懲罰一下才行。」

「對吧。」

「愛美你放心，我一定會解決這件事。但現在客人差不多要變多了，你們兩個接下來可以直接去工作嗎？」

「我沒辦法，小孩子一個人在家等我。」愛美冷漠地拒絕。

「啊——！」莉華再次尖聲大喊：「那種事怎樣都沒關係吧！」

「莉華，夠了。」金本制止了莉華。「愛美，你的小孩幾歲了？」

「四歲。」

「這樣真的得回去才行呢。」

「我家裡還有更小的小孩耶。」莉華嘟起嘴巴抗議。

「你是給媽媽照顧吧。愛美，你快回家吧。這件事我們明天再好好談談。總之你今天先回去吧。」

金本從西裝的內口袋掏出皮夾，抽出一張近乎全新的一萬圓鈔票遞給愛美。愛美也毫不客氣地收下了。

「真讓人火大。」莉華鼓起雙頰。「阿龍，你只對愛美好。」

「白癡，你是自己人吧。我還要去顧慮自己人嗎？」

大概是對於讓金本說出這句話感到很滿意吧，莉華笑逐顏開。

不久，莉華和愛美離開了貴賓室。在她們關上門的同時，金本的大笑聲瞬間響徹屋裡。

「喂，山田。這件事跟你又沒關係。你幹嘛一直待在這？」

金本終於說了句正常的話，但臉上還是掛著無比開懷的笑容。

「你聽到了嗎？」金本拍打吉男的頭。「有一個惡質的人民公僕呢，喂！」然後又踢了幾腳。

「是啊。」吉男一邊防禦一邊附和。「那個叫莉華的女孩子是金本老闆的女人嗎？」

「嗯？那個啊。她人面很廣，是很珍貴的寶物。三兩下就能幫我把這一帶的蠢女人拉過來，她帶來這間店的人好像超過十個了吧。」

「原來如此。」

「那不重要……」金本舔了舔嘴唇。「如果是你，聽到剛剛的事情會怎麼做？」

「勒索那個叫高野的人吧。」

「哦，你也沒有白長年紀嘛。」

吉男邊苦笑邊低下頭。吉男今年是四十二歲，而金本外表看起來雖然冷酷，但恐怕不到三十吧。

「然後，你會怎麼規劃？」

「啊？」

「我是問你，你會怎麼勒索對方？」

「嗯……就簡單告訴他，不希望我們說出去的話就給錢吧。因為這件事要是敗露，他一定會被開除。」

「你真的什麼都不懂耶。」金本一臉愉快地搖搖頭。「嗯，反正你大概就是這種程度吧。」

「還有其他做法嗎？」金本一副希望有人問他的樣子，所以吉男便提問。

「聽好了，以個人為目標沒什麼了不起，再怎麼死逼活逼也拿不到大錢。可是，這傢伙的職業是什麼？是社會個案工作員吧。既然這樣，就只有把那些睡在路邊的流浪漢聚集起來、攻進社會福祉事務所這個手法了吧。」

「噢……」吉男模稜兩可地點點頭。

「你真的不懂啊。」金本的嘴角噙著笑意。「聽好了，流浪漢這種人啊，其實是最能領取生活保護補助的人才。沒錢、沒家人，當然也沒房子，完美！可是這些傢伙的申請卻沒辦法那麼簡單通過，你知道為什麼嗎？」

「不知道……」

「因為國家沒有把他們當成國民啊。」

「啊……」

「所謂的生活保護補助，是國家給國民的補助對吧？如果對方不是國民的話就沒道理出錢了。不過呢，如果有心地善良的社會個案工作員當我們的窗口，應該輕輕鬆鬆就能過關。所以，接下來我只要收管這些流浪漢就好。」

「您的意思是？」

「就是幫助他們，讓他們有得吃、有得住。對那些傢伙來說，這是天底下最幸福的事了吧。」

「喔……」

「四坪的公寓放兩張上下鋪就能住四個人。飯錢一個人每個月一萬就夠了，這樣一來……」

金本看向天花板。「再怎麼保守估算，一個人頭每個月也會拿到七萬吧。光是十個人，一個月就會有七十萬的收入，二十個人就是一百四十萬。而且這些都是被動收入喔，只要人沒死，就能一直拿下去。」

「聽起來很不錯耶。」

「蒐集流浪漢的事就交給底下的小嘍囉，房子拜託山根那邊的房仲應該很快就能準備好了。

銀行開戶雖然需要花點工夫，但總會有辦法的。剩下是什麼——關鍵的場合應該只能由我親自出馬……啊啊，對了，也得把石鄉那個蒙古大夫拉進來。」金本一個人念念有詞。

「那個，金本老闆。」吉男戰戰兢兢開口。

「啊？」

「這個月的——」

「啊啊，等一下，我先講。這件事你也要幫忙。」

「欸！」

「我需要人手，順利的話也可以考慮給你酬勞。」

反正一定又沒多少吧。當然，吉男沒有說出口。

「你今天先去一趟秋葉原，買一台迷你攝影機回來。」

「攝影機？這種的嗎？」

吉男手中攤出一個手持攝影機的樣子。

「不是，是那種可以用來偷拍的攝影機，大小跟豆子一樣。」

「偷拍？那種東西一般店家就有在賣嗎？」

「嗯嗯，日本可是偷拍王國，那種東西要多少有多少。你不清楚的話就問店員。」

金本是要吉男跟店員說「你好，我想找偷拍用的攝影機」嗎？就算賭一口氣，吉男也要靠自己的力量找出來，這點羞恥心他還有。

「所以，你要說什麼？」

「啊啊，對。這週得請你多給我一點威而鋼才行，否則可能會不夠。」

「沒那麼多人訂吧？」

「您也知道，最近很多臨時單。」

金本目光凌厲地盯著吉男，彷彿要在他臉上開出一個洞。「我知道了，這兩天我會準備。還有，這個月有兩個新客戶，我等一下再告訴你他們的聯絡方式。」

「我知道了。」

吉男本來的角色只是送貨的。金本收到客戶下的搖頭丸（威而鋼）訂單後，吉男再根據指定的時間和地點送達。但最近卻冒出許多突發訂單，也就是顧客希望現在立刻就要拿到貨。這種情況如果再透過忙碌的金本，不管怎樣應對都會忙不過來。因此，金本便給了吉男一些額外的搖頭丸，讓他能夠因應客戶突如其來的要求。

然而，金本不太喜歡這樣。他似乎要求客戶最慢要在三天前完成預約。儘管吉男覺得考量到他們經手的商品特性，完全預約制並不合適，但他沒必要跟金本說這些。

金本腦筋那麼好，一定也明白這個道理，只是即便如此他也不想冒險吧。這裡的「險」，指的是突發訂單可能會帶來的麻煩，另外就是讓吉男持有額外的搖頭丸這個問題了。吉男不可能拿著那種東西落跑，但這是吉男的論述，疑心病重的金本絕對不可能輕信他人。

「終於輪到我走運了，這筆一定要成功，這樣我也能跟這個城市說再見了。」

金本喃喃自語著奇特的話。吉男以眼角餘光瞄向金本，金本的眼神就像鎖定目標的肉食性動物，隱隱透著猙獰的光芒。

5

一滴眼淚沿著臉頰落到了左手手背上。古川佳澄猛然回過神來。

她收好靠在右耳的手機，慌慌張張地從包包裡拿出手帕。

「媽媽，你怎麼哭了？」

坐在一旁的兒子勇太覷著自己問。

「沒有，媽媽沒哭喔。」

儘管嘴上否定，但帶著哭腔的聲音肯定沒辦法瞞過這孩子吧。重點是，佳澄根本止不住一波又一波湧現的淚水。

未錄取──手機剛才發出震動，是佳澄前幾天去面試的公司來電。但由於佳澄此刻人在醫院的候診室，便沒有接起電話，打算等一下再回撥。結果就收到了語音信箱的通知。

佳澄應徵的是食品工廠的生產線作業員。她原本期待這類型的工作自己或許能被錄取，所以在得知結果後失望也是倍增。到底要去哪裡，才會有人願意雇用自己呢？

勇太一直摩擦佳澄的手臂安慰她，再次讓佳澄感到悲哀。

佳澄隨便想一下都覺得不會有地方願意雇用自己這種人。溝通能力低落、不擅長與人打交道、害羞內向——這是佳澄的自我評價，近來更是變本加厲，連別人的眼睛都無法直視。一定都是這顆頭害的。

佳澄壓低帽簷遮蔽自己的視線。

上週佳澄在鏡子前梳頭時，突然從髮隙間看到了自己的頭皮。她嚇了一跳，仔細確認後發現了三塊約腳拇趾指甲大小般的光禿。圓形禿——佳澄當然知道這個名詞，卻從沒想過會發生在自己身上。

從那天起，佳澄便無法離開帽子了。只要出了家門，佳澄總是戴著它。但面試時實在不可能戴，佳澄便將頭髮綁成一束，盡可能讓禿頭的地方不要太明顯。然而，當她看到面試官的視線頻向上移後，佳澄就只想逃離那個地方。

由於無法期待圓形禿自然痊癒，佳澄便下定決心前往醫院，也就是今天。

「媽媽，我做錯什麼事了嗎？」

勇太帶著不安的眼神看著自己。

「沒有。」佳澄搖搖頭。「錯的人是媽媽。」

語畢，佳澄覺得這就是事實。都是因為母親不爭氣，勇太才會遇到那些痛苦的事。勇太上學期的營養午餐費，佳澄一次都沒繳。惡劣的班導故意將這件事告訴三年級的勇太：「你去拜託媽媽、跟她說『請務必要付我的營養午餐費』。」這實在太過分了。勇太的個子比同年齡的孩子嬌小，身材瘦弱，老是被誤認為是低年級。一定都是因為他吃的東西太粗糙了，而這一點也是佳澄的過失。

「媽媽為什麼錯？媽媽很溫柔，很好啊。」

不行。旁邊有這麼多人，佳澄卻快哽咽出聲了。佳澄朝丹田使力，遏止眼淚。她拿出手帕用力擦了自己的眼角後，把頭抬了起來。

這時，她意外與坐在幾公尺外長凳上的中年男子對上目光。對方看著佳澄，一臉詫異。佳澄反射性地點頭後立刻就撇開了視線。

看診三分鐘就結束了。無精打采的醫生面不改色地說了句：「啊啊，是圓形禿。我開藥給你吃，要避免累積壓力。」接著便示意佳澄離開。光是這樣就收了一千兩百圓的看診費，一大堆的處方藥也要兩千圓。對佳澄而言，這是筆龐大的開銷。這個禮拜的餐費要從哪裡擠出來呢？

離開醫院，佳澄和勇太頂著豔陽並肩走在路上。道路一側是廣大的田地，另一側則零星散布著外表相似的矮公寓。從這裡走回家大約需要三十分鐘，他們不能搭公車，要花車錢太浪費了。

話雖如此，佳澄卻意志消沉。熾烈的陽光令前方的道路熱氣蒸騰，扭曲搖晃。身後一台公車捲起煙塵，從佳澄身邊呼嘯而過。

佳澄瞇起眼睛。她真想乾脆就這樣被這份灼熱燃燒殆盡，不留痕跡。要不是有勇太，自己早就放棄這條命了吧。佳澄看向一旁，頭戴小學紅白帽的勇太正以靈巧的步伐一邊踢著小石子一邊向前邁進，側臉的的確確有著父親的影子。

四年前，勇太的父親、也就是佳澄的丈夫勇一郎，在勇太上小學之前遇上車禍身亡了。擔任卡車司機的勇一郎於深夜行駛山路時，由於疲勞駕駛的關係衝出了護欄、摔落山崖。丈夫的保險公司雖然支付了三百萬圓的保險金，卻全數投到了母子倆四年的生活費上，半毛都不剩。當然，這段期間佳澄也有工作，但家庭主婦兼差的薪水程度有限。如今，就連那份兼差也沒了。

十年前，佳澄在二十二歲時認識了大自己一歲的勇一郎。佳澄與勇一郎的父母皆已過世，彼此也都沒有兄弟姊妹，兩個孑然無依的人彷彿受到命運的牽引而走到了一塊。佳澄懷了勇太後兩人便登記結婚，共組家庭。勇一郎的個性與佳澄完全相反，總是愛開無聊的玩笑、享受佳澄與勇太的反應。佳澄深愛那樣的丈夫，一家三口幸福美滿。

佳澄望著天空。碧藍如洗的藍天無限地延伸。

佳澄默默對自己說：「我得努力，不能沮喪！」否則，她將無顏面對天上的丈夫。

三天後，已處在窘境的母子又遭到了另一項打擊——瓦斯停了。因為點不了火，所以家裡沒有熱水了。佳澄的瓦斯費已經逾期一個月都還沒繳。她原本預估會再有一段寬限期間，然而卻失策了。照這個標準，水電接下來也岌岌可危，兩者都跟瓦斯一樣沒有繳費。

「現在是夏天，我比較喜歡冷水！」

儘管勇太沖澡時說的話令人感動，但佳澄還是得趕快想辦法才行。她必須找地方賺錢。

佳澄已經不能依靠消費者貸款了。初春時佳澄有生以來第一次貸款，卻因為找不到下一份工作，所以一毛錢都沒能還。現在利息到底累積到多少了呢？

她下意識地打開錢包。四千兩百六十三圓。這些真的是家裡全部的財產了，接下來也沒有預付工資會入帳。日本現在還有像我們這麼窮的家庭嗎？

傍晚過後，佳澄看準限時優惠時間前往超市，優惠時段的便當菜價格會降到原先的三分之一。雖然還有瓦斯費的問題，但首先得要為今天的晚餐打算才行。自己再怎麼餓都能忍耐，但不能讓勇太挨餓。

佳澄走進超市。她來到便當菜區拿起一個塑膠袋放進籃子裡。兩個蔬菜可樂餅四十圓。

之後佳澄在店裡繞了一圈，籃子裡的東西卻沒有增加。雖然有許多降價商品，但是一跟現在的荷包商量，伸出的手便縮了回來。

再三煩惱後，佳澄決定要買勇太喜歡的咖哩調理包。因為是這種日子，才更想讓孩子吃喜歡的料理，自己用可樂餅配白飯就好。

佳澄發現勇太喜歡的咖哩調理包就要伸手去拿，結果因為沒抓好，東西掉了下來。像是什麼惡作劇般，調理包就這樣穩穩掉入和籃子一起掛在手上的托特包裡。這個托特包是佳澄的購物環保袋，為了不另外支付買塑膠袋的費用，她買東西時一定都會帶出門。

佳澄對眼前偶發的情況露出苦笑，將手伸進托特包準備把東西移到籃子裡。就在她觸碰到調理包的瞬間，不知為何停下了動作。

環顧四周。這裡別說是店員了，連客人的影子也沒有。

我在想什麼啊……她微微搖頭。不可以做這種事。

佳澄明明這麼想，卻對自己接下來的動作感到訝異。她拿了好幾盒架上的咖哩調理包，迅速掃進托特包中。接著，她還拿出了籃子裡的可樂餅，跟調理包一起藏進托特包裡面。

待她回過神時，雙腳已走向超市的出口。

佳澄就這樣離開了超市。她加快腳步，最後忍不住跑了起來。全心全意地擺動手腳，渾身爆出汗水。

過了一會兒，佳澄感覺腰間一陣悶痛，這才停下了腳步。她雙手抵著膝蓋，拚命將氧氣吸入體內。

調整呼吸後，一股巨大的自我厭惡淹沒了佳澄。我到底在幹嘛？到底做了什麼？佳澄對自己幾分鐘前的行為簡直不敢置信。

回去吧。老老實實地把咖哩和可樂餅拿去收銀台結帳。

佳澄旋身，但走沒幾步又停了下來。

她閉上雙眼、在原地待了幾秒以後，再度轉身。

佳澄不費吹灰之力便翻轉了念頭。這麼一次就好，佳澄希望神明能原諒她的行為。因為，她想到剛才那間超市也有自助結帳機。

直到半年前，佳澄也都在別間超市做收銀工作。然而，超市在引進自助結帳機後，因為兼職人員過多，便裁去了三分之一。佳澄老是遭那裡的正職員工嫌棄「古川小姐你態度消極又沒幹勁」，因此理所當然就被劃為那三分之一了。

佳澄並不是心懷怨恨，那件事與現在這件事也沒有關係。但是，只有一次，一次就好。

佳澄再次邁出腳步，快步走在夜晚的道路上。

她轉了個彎，來到畫有行人穿越道的路口。本是綠色的號誌燈彷彿伸開雙臂要阻擋來人去路似地、在佳澄的眼前變成了紅色。就在佳澄停下腳步的同時，耳邊傳來一句呢喃：「我看錯你了。」佳澄起了雞皮疙瘩。因為，那是丈夫勇一郎的聲音。

佳澄環顧四周，這裡沒有其他人。是幻聽嗎？不，那聲音實在太過鮮明、是有溫度的聲音。

她嚥下口水。確實聽到了往生之人的聲音。丈夫字字清晰地說：「我看錯你了。」

佳澄的心沉到谷底。丈夫在看，他認真地看著一切。

我看錯你了……看錯你了……看錯你了……

丈夫的呢喃宛如山谷中的回音不斷在耳畔迴盪。每響起一次，就從佳澄身上奪走一絲生氣。

此刻，只要有人輕輕碰佳澄一下她就會跌坐在地，她也沒有能夠再次站起來的自信。

自己令勇一郎失望了嗎？一定是吧？佳澄對自己也很失望，甚至開始懷疑或許就是因為自己是這種女人，勇一郎才會離開她。

佳澄有種遭全世界遺棄的感覺。未來被堵死，無路可走。佳澄內心的失望，也逐漸轉化為絕望。

自己今後究竟該怎麼活下去呢？要如何養大勇太？該怎麼做、怎麼做、怎麼做……

這個時候，佳澄的腦袋彷彿有條線「啪」地一聲斷掉了。那是佳澄心裡的某種線，只是她不曉得那是什麼。接著，一片濃霧鋪天蓋地襲來，腦袋也變得一片空白。

佳澄的雙腳有了動作，自動邁出步伐。

緊接著，遠方響起尖銳的汽車煞車聲。佳澄停下腳步，全身被從一旁照過來的強烈光線給籠罩。

佳澄眼神空虛地望向光線來源。一輛車停在自己伸手就能觸碰的地方，強烈的光線原來是這輛車的頭燈，她與駕駛對上目光。昏暗的車內，男性駕駛雙目圓睜，肩膀劇烈地上下起伏。

她理解現在的狀況了。看來，剛才的煞車聲不在遠方而是在這裡。佳澄站在行人穿越道的正中央，或許，行人號誌燈此刻還是紅色的。

不過怎樣都無所謂了。佳澄再次搖搖晃晃地邁出步伐。

6

他在國道十四號的三叉路左轉，於京葉道路入口前再度遭紅綠燈攔了下來。金本龍也握著方向盤嘖了一聲。他今天跟紅綠燈犯沖，被卡住了好幾次。

龍也從以前就非常厭惡紅綠燈這種東西。被紅燈困住時，他會有種浪費寶貴人生的感覺。這句話不誇張，他真的這樣覺得。

龍也確認時間。雖然已經五點了，天色卻還很亮。龍也從駕駛座上方的收納盒裡面取出了雷朋太陽眼鏡。

號誌終於變成綠色，車子奔馳了一會兒就上了首都高速公路。由於道路很空，龍也便跟著其他車輛一起開進左線道。一路順暢，照這個步調，應該可以準時抵達預定和人碰面的神樂坂吧。

來到通過荒川上的大橋時，龍也從後照鏡看到一輛藍色 Impreza 從右線道後方直驅而來。來車以猛烈的速度逼近，沒多久便追過了龍也的車。Impreza 像是在賽車般不停變換車道，追過一台又一台馳騁在它前方的車子，一下子就消失了蹤影。

龍也的車是藍寶堅尼 **Huracán**，論速度一定能贏，但他卻沒那種心情。龍也沒有飆車仔那種驅使車子加速狂奔的欲望。他只是極度厭惡「停下」這件事。

日常生活中也是如此，更別說若是牽扯到生意的話，只要事情沒有按照計畫進行、有所停滯，一種無法壓抑的強烈衝動就會淹沒龍也，令他瞬間腦門充血。就連龍也都覺得不解，不明白自己為什麼會那麼誇張。只要到了那個地步，龍也便會失控，平常冷靜的自己會退到幕後，做出不計後果的愚蠢行為。從以前到現在，龍也就因為這種個性摔跤了好幾次。

胸前內側口袋裡的手機響了起來。龍也拿出手機確認，看到了山田的名字。他平常幾乎不會接這個人的電話，但龍也很在意之前交辦他的事進展得如何，所以決定接起來。於是他將耳機連線並戴好。

〈您辛苦了，請問現在方便講話嗎？〉

山田鴨子般的聲音透過耳機傳了過來。

「嗯嗯，你長話短說。」

〈愛美剛才傳訊息過來，說高野等一下會到她家。〉

「很好。」龍也反射性地拍了一下方向盤。「你攝影機有裝好嗎？角度什麼的都沒問題吧？」

〈都好了，也排演過一遍，應該沒問題。〉

「是嗎。終於要來了。提醒愛美，這是關鍵時刻，要她好好幹、不能出紕漏。」

語畢，龍也單方面掛斷電話。「很好很好。」他喃喃自語，踩下油門、稍稍加快了速度。

三天前，天上掉下來一塊大餅。莉華帶了個叫愛美的小女生來商量事情，那件事大有可為。龍也當場就在腦海中擬定計畫。這件事順利的話，自己或許就能離開船岡那個破小鎮，然後返回東京、回到新宿了。

把莉華留在身邊是對的，那個女人果然有用處。腦袋雖笨，偶爾卻會像這樣帶來好運。另外，山田雖然也是個窩囊廢，但生意上的事都能順從、準確地執行。儘管要一個口令一個動作，但這個世界需要這種人。

龍也很相信自己看人的能力。他從氣味就能分辨哪些人對自己有利用價值，哪些則無。

車子往北池袋方向右轉，從位於左手邊的日本武道館前面駛過。幾分鐘後，就從早稻田交流道下了高速公路。龍也於弁天町路口左轉，將車子停在馬路旁的收費停車格。他關掉引擎，一打開車門便瞬間遭熱氣給包覆。這種熱度是怎麼回事啊？雖然夏天天氣熱是理所當然的，但今年的夏天有點反常。

龍也走了一下，來到準備與人碰面的咖啡廳。他瞥向手錶，距離約定時間的下午六點還有十分鐘。按照估算的時間抵達令他十分滿意。

原本估計對方應該還沒來，但犬飼已安坐在咖啡廳最裡面的位子。龍也摘下太陽眼鏡，快步上前。

「對不起，約您見面卻晚到了。」

龍也鞠躬致歉。

「是我不小心太早到了，別在意。」

犬飼用滿面的笑容招呼龍也。

「你點個什麼吧。」

龍也向店員點完餐就拉開椅子坐定，與犬飼面對面後再次開口：

「感謝您百忙中撥出寶貴的時間，老爹。」

犬飼泰斗，五十九歲，日吉會幹部，也是以新宿為事務所據點的八代組第三代組長。此外，還是龍也的「前老大」。

不過，犬飼的外表看起來就像個普通的商務人士。身材中等，表情溫和，頭髮整整齊齊地梳成三七分，一板一眼的模樣活像哪間企業的高層。

龍也點的冰咖啡送上桌後，兩人都喝了一口，接著由犬飼主動打開話題。

「所以，你想找我談的是什麼？」

「是。我果然跟船岡合不來，無論如何都想回新宿去。」

龍也探出身體，單刀直入表明來意。

犬飼抱起雙臂微微噘嘴，蹙起眉頭。

「金本，我很明白你的希望，但我以前也說過——」

「已經過了三年了。」

龍也打斷犬飼。

三年前，龍也還是八代組的若中❼。他十八歲時踏入這個世界，在八代組度過了八年的青年時光，一直在新宿討生活。

就在三年前的某一天，龍也闖下一樁令人進退兩難的禍事，最後被流放到森野組。

龍也大概天生就很有商業頭腦吧，見習期一結束馬上就在組裡嶄露頭角，不只漂亮完成組內的既有工作，甚至憑藉一己之力不斷開發出新興的事業路線。他並不是像跟一般人做生意那樣賺些小裡小氣的零用錢，而是以公司企業為對象獨力經營事業，規模不同凡響，在二十五歲時就成了組內三大經濟支柱之一。同年齡層的人之中，別說組內了，其他地方也無人能與龍也比肩。

那是龍也人生中最快樂的時期。自己力大無窮，腦袋也聰明，身旁的人怎麼看都覺得他們是單細胞生物。唯一能和龍也平起平坐的人是個姓戶丸的男人。他是龍也的大哥，也擔任組裡的總本部長。戶丸很疼愛龍也，而龍也也仰慕戶丸。

然而隨著時間流逝，戶丸的態度發生了變化，開始在各方面找龍也的麻煩。理由再清楚不過，因為龍也進步得太快了，賺的錢早已超越了戶丸。

在戶丸的各種找碴中，發生了一件龍也說什麼都不能原諒的事。戶丸搶走了龍也培養的事業。就算是自己的大哥，他也無法接受。於是龍也坦率地向戶丸表達不滿，然而戶丸不但翻臉不認人，甚至還指責起龍也的態度。龍也心中有某種東西爆裂開來，等他回過神時，發現自己正赤手空拳毆打戶丸。龍也的手沒有停下，儘管戶丸不斷求饒，被憤怒控制的龍也卻什麼都聽不進去。戶丸的一張臉變得面目全非，最後死在龍也手下。

這起無可挽回的事件頓時在道上傳了開來，就連日吉會的高層也將此視為重大家醜、無法饒恕，於是越過八代組下達龍也的處分。力保龍也的是八代組組長——龍也的老大犬飼。犬飼替龍也說話，聲明是戶丸違反道義在先，自己並不打算和龍也斷絕關係。

然而龍也殺害了自己的大哥，犬飼在立場上無法讓破壞規矩的人繼續留在八代組、留在新宿，所以便決定暫時將龍也託付到旗下的森野組。這對龍也來說雖是種恥辱，卻也只能遵從。話雖如此，龍也並沒有和森野組的人進行交盃儀式，他們的世界裡基本上也不太會有改幫換派這種情況，因此形式上龍也並不是森野組的正式成員。

對龍也而言，森野組的日子實在太過平淡。森野組是典型的鄉下黑道，成員幾乎跟一般的小混混沒什麼區別。此外，龍也很不喜歡船岡這座城市。在這種鄉下小鎮他到底能抱持著什麼夢想、

❼日本黑道體系無論對內還是對外都對於透過交盃儀式締結所謂的「擬似血緣關係」極為講究。而若中（若眾）即為體系中「擬似親子」中的「子」位階。

什麼野心？

幾個月後，龍也請求犬飼想辦法讓自己回到新宿和八代組。而犬飼表示：「三年。至少忍耐三年，你就當做在上班，忍一忍吧。」

就這樣，約定的三年過去了——

「嗯嗯，我知道。但是很抱歉，這件事沒那麼簡單說做就做，組裡有很多人仰慕戶丸，你要他們怎麼想？畢竟你做了那樣的事。」

犬飼盯著龍也的眼睛道。

「一千萬。」龍也開口。「我會獻給八代組一千萬。」

犬飼微微抬起一邊的眉毛。

這個男人可以用金錢打動，龍也很確定這一點。說到底，犬飼之所以沒有和龍也斷絕關係並不是因為什麼情義，只是捨不得拋棄會從外頭把錢運回來的龍也罷了。先留著，說不定哪天又會為自己帶來好運。龍也深諳那種思路，因為犬飼和自己很相像。

「但後藤那邊也得給個交代。我當初是親自低頭請後藤幫忙照顧你，要是現在跟他說什麼差不多該把人還回來了，他也會覺得不舒服吧？」

後藤是森野組的組長。

「當然，我也會向森野組展現誠意。」

「多少？」

「一百萬。」

犬飼瞇起眼睛。

「就算組織規模不一樣好了，但我們這裡一千萬，森野組是一百萬，說不太過去吧。」

「我找到了新的生財管道，會當成餞別禮上繳。順利的話，每個月什麼都不做也會有錢持續滾進來。」

「什麼新管道？」

雙眼發亮的犬飼這麼問道。

「生活保護補助那方面的線。感覺有機會跟市府的社會個案工作員搞好關係，我打算好好利用，增加可以拿到補助的人數。我先開條路，之後再交接給他們。這會是一筆很穩定的收入。」

「哦。這樣好嗎？把搖錢樹拱手讓人。」

「沒關係。反正這也只是船岡那邊的財源罷了。」

龍也說完，犬飼便大笑：「你真的很討厭那個城市耶。我明白了，雖然沒辦法現在就給你答覆，但我會好好考慮考慮。」

之後，就換成龍也聽犬飼說話。聽他說起這幾年新宿的情勢、道上的不景氣等等，幾乎都是抱怨。龍也應和的同時，也領悟到——犬飼也已經不行了。犬飼身上散發出大勢已去的氣息。但自己就不一樣了，眼光精準，有先見之明。無論如何都得回到新宿。若是錯過這次機會，自己也會一輩子就這樣了。

天色在晚上七點後終於暗了下來。回程時，龍也打開了車頭燈。

車子從都內進入千葉，駛下高速公路。此時，手機響了起來。龍也原以為是山田，結果是覓珊思的員工，因為有十名團客預約，但作陪小姐人數不夠，所以才打來請求指示。

「只能一個一個打電話給休假的人了，來上班的人時薪全都加一千。」

〈我明白了。〉

「等等，電話讓莉華去打，她抓到人的機率比你們高。」

〈好的。〉

「我今天不會進店裡，好好顧店，別讓客人覺得無聊。你來掌控全局，要做到滴水不漏，拜託囉。」

龍也掛斷電話便嘆了一口氣。對向來車的車燈燈光讓他瞇起了眼睛。

最近覓珊思的業績始終平平，雖然沒出現過赤字，但實際上就是壓抑支出，想方設法維持經營而已。但就算如此，龍也也有能力讓這間店不至於倒閉。覓珊思雖然位於鬧區，但位置和內部格局都不理想，因此更需要智慧。為了留住客人，龍也下足工夫，每個禮拜都舉辦活動或企劃招攬新客。他不討厭構思這些點子，一定是因為自己的個性很適合這類型的工作吧。

順帶一提，龍也上個月還在別的地方開了間風格獨特的「扮裝酒店」，並推出可以另外加價拍照的方案。那裡原本是女僕咖啡廳，龍也延用了大部分的裝潢設備，因此沒有花費太多開店成本。

其實覓珊思原本也是普通的居酒屋，龍也在申請風俗營業許可後將這裡改成了摸乳酒店。不是酒店也不是泡泡浴，而是摸乳酒店，然後再私下仲介賣春。由於介紹手續費和店裡的營業額是分開的，因此沒有上繳到組裡。組裡肯定知道這件事，但是卻默不作聲。

不過，龍也個人最大的收入來源還是搖頭丸這項違禁藥物的買賣。這部分龍也也費了些心思，採購與威而鋼外形相似的品項。雖然兩者的外觀本就相像，但龍也還是再進行了一番加工。正牌的威而鋼的銷售量逐年攀升，如今已成為很普遍的藥物。然而威而鋼有其極限，身體會漸漸習慣藥性，此時就會想再追求更多的刺激，這就是人性。若新藥品的外觀相同，便會減少使用者的抗拒感。

當然，組裡應該也知道這件事，但跟賣春一樣，全都睜一隻眼閉一隻眼。雖然一方面應該是因為龍也並非正式組員，但說到底也是怕龍也帶來的財富會中斷，實在可悲。說到其他森野組組員是靠什麼生財，主要是在祭典活動時主導擺攤生意等事務，那是龍也死也不會去幹的事。

不過，龍也很快就要放手這邊的生意了。不，是必須要放手。

龍也無法忍耐漸漸融入船岡這座城市的自己。每晚進入夢鄉前，就覺得在這座城市裡忙進忙出地賺錢似乎也不賴。當意識到自己能接受這種日子時，龍也十分錯愕。曾經自詡為商業型黑道的自己，不知不覺間已甘於鄉下城鎮的特種行業了。此外，儘管不想承認，他也從中找到了不少意義。

也就是說，龍也跟自己平常瞧不起的那群傢伙半斤八兩嗎？金本龍也這個人的格局，其實也很狹隘嗎？

這樣下去好嗎？龍也捫心自問。當然不好。但是，無論他再怎麼努力振作，只要待在船岡就無法逃出生天。這下就只能改變環境了。

我要再次回到新宿。總有一天，絕對要站到金字塔的頂端。

車子進入縣道、於船岡運動公園前左轉時，手機再度響了起來。想說這次一定是山田了吧，結果是醫生石鄉。由於石鄉是個麻煩的傢伙，龍也決定無視這通電話，把手機扔到副駕駛座。雖說石鄉好歹也是龍也的生意夥伴，但他每次打電話來都沒好事。

前方的號誌轉為紅色，龍也鬆開油門、放慢車速。四周已經變得一片漆黑，夜空中，一架飛機閃爍著光芒、從星星間穿梭而過。

車內又響起了來電鈴聲。好不容易停止後，沒過多久又響了起來。真是煩人的傢伙。龍也伸向手機，結果這次真的是山田了。他迅速將耳機塞進右耳。

「怎樣，拍到了嗎？」

龍也劈頭就問。

〈是，剛才愛美跟我聯絡——〉

「你馬上去愛美家確認影像。」龍也打斷山田。他的體溫急速上升。

〈我現在就是在愛美家打電話。已經確認影像了，很完美。〉

「怎麼回事啊，你變機靈了嘛。」龍也給出難得的稱讚。「好，你給愛美聽。」

話筒傳來窸窸窣窣的聲音，幾秒後，愛美懶洋洋地回應。

〈喂？〉

「愛美，幹得好，辛苦你了。」

〈我什麼時候可以拿到錢？〉龍也慰勞了幾句後，愛美這麼問道。龍也有答應要給愛美五十萬當成這次工作的酬勞。

「不用擔心，等我跟高野談完馬上付給你。可以把電話還給山田嗎？」

〈我是山田。〉山田再次應答。

「你跟愛美問高野的電話，叫他明天白天去覓珊思。明天是星期六，他應該沒工作。啊，不是現在打喔，這樣他會有一個晚上的思考時間。明天上午打電話，威脅他馬上過去。懂了嗎？」

龍也迅速傳達指示，於路口處打方向盤左轉。

〈我知道了。這樣我的工作就結束了嗎？〉
「還沒，你還有事要做，我等一下再把細節傳給你，這件事我要仔細沙盤推演。就這樣啦。」
〈啊，請等一下。〉
龍也正打算掛斷電話時，山田急忙開口。
〈喂？阿龍，是我。〉
是莉華的聲音。龍也暗暗嘖了一聲。「為什麼連你都在那裡？」
〈我不能在這裡嗎？這個情報是我帶來的耶。〉
「你今天要上班吧？」
〈對啊，等一下要去。〉
「店裡的少爺應該有拜託你叫今天休息的人去店裡吧？」
〈啊，剛才店裡有來電話，原來是要講這個啊。〉
龍也這次用力嘖了一聲。
〈啊，你剛剛嘖我。〉
「好了，你快點去用力call人，抓一個是一個，好像有團客預約。」
〈討厭，每次都叫人做這做那的。〉
「因為你很可靠啊。今天下班後來我家。」

〈真的嗎？可以去你家嗎？我要去我要去。〉

莉華歡聲喧騰，而龍也則是悄悄嘆了一口氣。雖然很辛苦也很麻煩，但不能疏於照顧。

一百公尺外的燈號由紅轉綠，前方沒有車子。龍也使勁踩下油門，**Huracán** 立即發出低鳴、瞬間加速。

「那就拜託——」

說時遲，那時快，前方幾十公尺處突然出現一個女人，龍也立刻踩下煞車。車子發出尖銳刺耳的聲響，他的臀部也彈離了座位。不行，會撞到。

……停住了。車子在千鈞一髮之際停了下來。

戴著帽子的女人站在車子前端，那裡是行人穿越道的正中央。行人燈號是——紅燈。

〈阿龍，怎麼了？喂？阿龍？喂——〉

龍也大口大口地喘息，瞪著擋風玻璃的前方。

女人緩緩轉頭看向自己。

剎那之間，一股惡寒竄過龍也的四肢百骸。女人眼神空虛，絲毫感受不到生氣。

彷彿什麼事都沒發生一樣，女人跨出了步伐。

龍也吞了一口口水，目光追隨女人離去的背影。

那道背影，宛如死神。

7

守的身體已經四天沒有好轉。

不過，也沒有惡化的趨勢。喉嚨痛的程度還在可以忍受的範圍內，慢性倦怠也沒有影響到日常生活。至少，身體狀況還維持在某條基準線上是不幸中的大幸。但由於沒人可以保證不會惡化，守還是希望能盡快到醫院去一趟。

然而今天似乎也無法實現這個願望。今天是星期六，理應是假日，守卻穿著西裝、脖子掛著證明自己是社會福祉事務所職員的通行證。如此一來，幾乎跟平日沒有什麼兩樣。

最重要的是，他身邊站的是同事宮田有子。

「是這裡沒錯吧？」

宮田有子仰望眼前的三層樓公寓問道。陽光照著宮田有子的側臉，將她的輪廓勾勒得更加清晰。今天的天氣依舊維持著能把人烤熟的熱度。

「沒錯，就是這裡。」守點了個頭。

「再確認一次。個案，林野愛美，二十二歲，有一個四歲的女兒，單親媽媽，負責人是高野。昨天，高野在預定行程外來到這間公寓，於林野愛美居住的一〇三號室停留了將近一個鐘頭。」

宮田有子宛如讀稿般地說著。

「對，沒錯。」

「好。」

高野勒索自己負責的年輕女案主。在宮田有子向守揭露了這起一時之間令人難以置信的弊案後，第二天起，守便奉宮田有子的命令監視高野外勤時的一舉一動。

守本來要訪視的個案則由宮田有子代為應對。當然，這是兩人間的祕密，他們並沒有向上層報告此事。

跟蹤、監視他人的工作意外有趣，會隱隱勾起人的好奇心。然而，到了第二天守便厭倦了。更正確來說，是精神層面吃不消。這些行為令守的內心產生了罪惡與空虛感，對於自己為什麼要做這種事而感到懷疑，煩悶不已。守很確定自己是沒辦法在徵信社工作的。

星期三、星期四，高野都度過了極為普通的一天。雖然偶爾會蹺班，卻沒什麼值得注意的行動。

時間來到星期五，正當守打算叫宮田有子放過自己時，高野出現了可疑的舉動。他突然拜訪了不在預定行程表中的個案，而那名個案就是林野愛美。高野一進入林野愛美家便立刻將陽台那扇窗的窗簾拉上。守在外面目睹了一切。

宮田有子的反應很迅速。守一報告這件事，她便提出隔天要前往林野愛美的住處。理所當然，守也被要求同行。宮田有子表示「兩個人一起去是定律」。儘管守提出身為男性的自己在場可能不合適，宮田有子卻聽不進去。

宮田有子站在林野愛美家門前按下門鈴。他們沒有事先跟對方預約。出其不意的造訪是有意義的——這也是宮田有子的說法。據說是為了不讓對方有所準備。

〈哪位？〉

對講機傳來無精打采的女聲。一定是林野愛美。

「您好，蔽姓宮田，是船岡社會福祉事務所的職員。很抱歉在星期六突然冒昧來訪，我們希望可以和林野愛美小姐稍微聊聊。」

宮田有子以高八度的語調一口氣說完這一串話。

〈……你們應該沒有約……〉

「是的，我們也知道沒有先約時間就擅自來訪非常失禮。百忙之中打擾了，能否請您稍微撥一點時間給我們呢？」

對方沒有回答。突如其來的家訪應該很令人不知所措吧。此刻，她一定在腦海裡思索各式各樣的可能。

門內的人掛斷了對講機。不久，屋內傳來開鎖聲，大門打開了。

門後的女子身材豐滿，有著與這個季節格格不入的蒼白肌膚。她一定就是林野愛美了。

「有什麼事嗎？我等一下跟人還有約，沒時間多談。」

林野愛美往上撥了撥唯有髮根呈現黑色的褐髮。

守一看就知道她在說謊。愛美臉上沒化妝，顯然一副剛睡醒的樣子。

「冒昧來訪實在抱歉。請問方便讓我們進屋嗎？不會耽誤您太多時間。」

宮田有子低頭說完，愛美的眼珠子微微晃動了一下。沉默片刻後才終於對他們說了聲：「請進。」

大門口擺著幼童的鞋子。根據背景報告書的資料，愛美有個名叫美空的四歲女兒。

守和宮田有子脫鞋走進屋裡。連接客廳的走廊地板上散落著衣服，愛美跨過那些衣服前行，守和宮田有子也就跟著照做。

比想像中寬闊的客廳令守嚇了一跳。愛美的家遠比守住的公寓要寬敞許多。由於還有一扇拉門，所以一旁的房間應該是和室吧。一房一廳嗎？

儘管一時之間對領取生活保護補助的家庭居然能住這種房子感到疑惑，但守很快便又推測這裡的房租應該很便宜。因為，從最近的地鐵站來到這裡還需要搭十分鐘的公車。公寓周圍都是田地，附近似乎也沒有便利商店。

「請坐。」愛美請守他們坐兩人座沙發，自己則一屁股坐在地板上。

「不，那我們也坐地板吧。」

宮田有子併攏雙膝於地板上正坐，守也採取一樣的姿勢坐到一旁。雙方隔著一張小圓桌面對面。

「那麼，容我們再次自我介紹，我們是社會個案工作員。」

宮田有子遞出名片，守也跟進。愛美收下名片後看都沒看一眼便放到了桌上。

「小朋友今天去哪裡了嗎？」宮田有子看了屋子一圈後開口。

「她在旁邊的房間裡玩。」

「哇！她好乖喔，都沒有發出什麼聲音。」

「大概在畫畫吧。」

「她今年四歲對吧，現在的確是最可愛的時期呢。」

「那個，我沒什麼時間……」

「不好意思。」宮田有子微微鞠躬，重新端正姿勢。「既然您時間有限，那我就開門見山說了。請問，敝單位的員工高野洋司有沒有對您做出什麼不好的事呢？」

宮田有子身體探向前方，單刀直入提問。

一輛輕型機車穿過公寓前的馬路，房裡迴盪著清脆俐落的機車排氣聲。

「……不好的事，是指什麼？」

愛美微微偏著頭。

目光游移，一看就知道在裝傻。

「是嗎？那我就再講得更具體一點吧。請問林野小姐的社會個案工作員高野是否有要求您支付一些錢給他，作為延續生活保護補助的回報呢？還有……」宮田有子刻意咳了一聲。「是否有強迫您發生肉體關係呢？」

「……我不太懂你在說什麼。」

「這就奇怪了，因為我們這裡掌握了確切的證據……」

宮田有子口氣堅定地說道。

明明沒有確切的實證，虧她還敢那樣信口開河。

「林野小姐，雖然不知道您為什麼袒護高野，不過就算您有什麼不好說出口的，我們也不會怪您。但高野不同，同樣身為社會個案工作員，我們絕對不會容許乘人之危脅迫個案的這種行為。我們都是女性，我想幫助您，能不能請您相信我們呢？」

「就算你這麼說，我還是不懂。」

「您的意思是一點印象都沒有嗎？」

愛美閉口不語，那個樣子等於是在表示「她當然清楚」。此時此刻，守終於確定這件事是真的了。

「假如，你們說的都是真的，我承認以後會怎麼樣呢？」

「為了給予高野處分，我們希望您透過正式管道告發他。」

「告發？」

「是的，具體來說，就是希望您向警方報案。」

「……」

「林野小姐，拜託您。」宮田有子目光懇切地請求。

「我要打通電話。」愛美逃也似地起身。

「您是要跟人商量嗎？」宮田有子就像是在阻止對方似地立即反問。

「不是。」

「那是很急的電話嗎？」

「對。不行嗎？」

「不，您請便。」

愛美拿著手機移動到一旁的房間裡。當她拉開拉門時，守瞄到了一個小女孩的背影。

「這件事有內情。」宮田有子保持直視前方的姿勢低聲說道。

「會不會是覺得承認跟高野的關係後，我們就會撤回她的生活保護補助呢？畢竟，事件的起因好像是因為高野發現她在酒店工作。」

守斜眼看向宮田有子，一樣壓低聲音道。

「也有可能，但是……」宮田有子瞇起眼睛看向空中。「應該還有其他原因。」

「什麼原因？」

「我不知道。」

還會有什麼原因呢？守毫無頭緒。

「她是不是跟那個一起在家庭餐廳的朋友討論呢？」

「這就不知道了。」

「總不會是跟高野討論吧？」

宮田有子沒有回答。

過了兩分鐘，拉門開啟，愛美再次出現在兩人面前。

「關於剛剛那件事，我還是不知道你們在說什麼，可以請你們離開了嗎？」

愛美突然這樣回覆。

一定是因為剛剛在電話裡跟某人討論後，決定無論如何先把他們趕走才會這樣。

「佐佐木，可以讓我和林野小姐單獨相處一下嗎？」

宮田有子對守面露微笑。

「啊，好的。」果然用不著我啊。守在心裡埋怨著。

「我等一下還有約，不方便……」

「林野小姐，一下就好。讓我們女生之間講幾句話。」

「我已經聽你講了。」
「我還有些話沒說，是對你而言很重要的事。」宮田有子緊纏不放。
愛美雖然沒回答，但大概是讓步了吧，不情不願地在宮田有子對面坐下。
「那麼，佐佐木。」
守在宮田有子的催促下起身。然而，途中他又停下了動作。「那個，請問我該去哪裡……」
守來回看向愛美和宮田有子。
「你可以去陪林野小姐的孩子玩啊。」
宮田有子瞪大眼睛，表情彷彿在說「這種事你自己想！」至於愛美則是沒有任何表示。
「那麼我就先離開。」守移動腳步，扶著拉門說了聲：「打擾了。」
守輕輕推開門。如先前所見，愛美的女兒美空正拿著蠟筆在和室中央畫畫。美空似乎非常專注，連有陌生的大人進房也沒有瞧一眼。
「你是……美空對吧。突然來打擾，不好意思喔。」
守在美空身旁蹲下，柔聲向她搭話。然而，美空依然沒有任何反應。
他探頭觀察美空的表情，瞬間嚇了一跳，倒抽了一口氣。美空的雙眼像是著魔似地睜得老大，宛如玻璃彈珠般滴溜溜的眼珠子像面深潭，毫無缺漏地描繪在眼白上。守從美空的雙眸領悟到「現在不能打擾她」，美空正身處在只屬於自己的世界裡。

他轉而悄悄望向美空的畫，只看一眼便皺起了眉頭。美空的畫和一般小朋友的畫作截然不同，她畫的不是物品，只是不斷填入顏色。講難聽點，感覺就只是隨意丟出顏色再隨便疊合。然而，即使是沒有什麼美感的守，也為畫中某種難以名狀的神祕力量而感到著迷。

守躡手躡腳拉開距離，蹲坐到和室的一角。他靠著牆，靜靜望著美空的側臉。這個孩子正常嗎……守曾聽說會在幼兒時期畫出這種特別作品的小孩，有時會出現自閉的傾向。不過，林野愛美的背景報告書裡並沒有美空有類似障礙的紀錄。

宮田有子的聲音隔著牆壁從客廳傳了進來。但因為很小聲，不清楚實際上說了什麼內容。她們到底在談什麼呢？而自己又是來幹嘛的？到頭來，只是被當成礙手礙腳的人。

守從口袋裡拿出喉糖輕輕放入口中，避免發出任何聲響。就在這個時候，美空突然發出呢喃：「桃子，沒了。」美空抬起前傾的身軀，低垂著腦袋。

「怎麼了？」守問。

美空歪著頭看向守說：「桃子，沒有了。」

「桃子？」

守看向美空的膝蓋旁，頓時恍然大悟。

蠟筆盒裡的粉紅色蠟筆用完了。仔細一看，每枝蠟筆的壽命都已所剩無幾。然而，守也沒辦法幫她做些什麼。

美空一臉悲傷地盯著守瞧。

「不然用其他顏色好嗎?你看,像是紅色啦、橘色啦……」

「不行。」美空搖頭。「一定要桃子。」

「這樣啊。可是哥哥現在沒有蠟筆耶,該怎麼辦才好呢?」

美空的肩膀垂了下來,再次低頭。

「你要吃糖果嗎?雖然喉糖不好吃就是了……」

美空沒有任何回應。

「呃……那個,哥哥下次帶來給你,蠟筆。」為了解決眼前的狀況,守不小心說出這種承諾。

美空立刻抬起頭,有如枯萎的花朵重新恢復生機,綻放出可愛的笑容。

守鬆了一口氣。雖然以四歲的小孩而言,美空的會話能力有些笨拙,但並不是無法溝通。

此時,背後的拉門遭人用力拉開。守嚇了一跳,轉過頭去,只見愛美板著一張臉站在那邊。

「我們已經談完了,可以請你離開嗎?」

愛美俯視著蹲坐在地的守,下達逐客令。

「啊,好的。」守慌慌張張地起身。

宮田有子似乎已經做好離開的準備,肩上揹著包包,只是從她的表情看不出談話是否有所進展。守也拿起包包,追在宮田有子身後往玄關走去。

「今天在您百忙之中冒昧登門來訪，真的非常抱歉。我之後應該還會有事情要和您談談，屆時再請多多指教了。」

宮田有子挑釁似地說道。

就在守準備握住門把時，屋裡傳來了「噠、噠、噠」的腳步聲，美空從愛美的背後現身了。

「下次什麼時候來？」

美空抬頭望著守問他。

守想起了蠟筆的事。「這個嘛……」守不知道該怎麼回答，伸出食指搔了搔額際，結果愛美立刻大吼：「你很煩耶，去旁邊啦！」怒吼聲令美空當場僵住，肩膀也發起抖來。

守和宮田有子對看一眼。宮田有子以眼神點頭示意，接著握住門把、打開門踏出了屋子。

守旋即回頭，只見美空直到門扉闔上的最後一秒都一直望著守不放。

「不行耶。」

坐在對面的宮田有子啜了一口冰咖啡，氣惱地說。

離開林野愛美家之後，守和宮田有子立刻前往附近的咖啡廳。看來，愛美直到最後都沒有坦白。

「我稍微嚇唬她一下，跟她說如果繼續這樣保持沉默，她也有可能被問責。」

「可是她不是受害者嗎？」

「就說只是嚇唬了嘛。不過，畢竟她之前取得收入都沒有回報，也不是完全沒錯吧。」

「你說她在隱瞞某些事，所以已經知道是什麼事了嗎？」

「怎麼可能知道。不過，她絕對有事隱瞞。」

又是這種篤定的口吻，但守也這樣認為。

林野愛美內心顯然另有盤算。承認和高野之間的關係會對她產生某些不利。但按常理思考，除了中止生活保護補助這件事以外，守想不到其他的理由。

「我也有跟她說，如果她願意坦承和高野之間的關係，我們不會撤回生活保護補助。但就算這樣她還是不肯招認，代表她還有什麼其他心虛的事。」

到底是什麼事呢？守光是思考這個就覺得頭痛。

「不妙啊，這下果然只能找高野了嗎。」

宮田有子之前說過，如果林野愛美不坦白的話就要直接去質問高野。

「只能這樣了。」

「不過，我覺得高野才更不會招供耶，畢竟他很會裝傻。」

「是嗎？只要威脅他如果不招就要動用警察，感覺他很快就會承認了。因為他膽子很小。」

「你的意思是如果他承認的話就不報警了嗎？」

「當然還是要報啊。」

宮田有子這個人果然可怕。現在她正將冰咖啡一飲而盡。

「對了，接觸高野這件事你要自己去。」

「咦？」

「面對那種類型，我這樣的人不要在場會比較好。」

「那個，我不太明白你的意思——」

「就是字面上的意思，我去了會礙事。所以，要裝成只有你一個人知道林野愛美小姐的事喔。你就這樣做，首先，單刀直入逼問他，如果他不乖乖坦白就誘導他、告訴他林野愛美已經承認了。到了這步他還要裝蒜的話，就威脅他要報警。很簡單，懂了嗎？」

「等一下，這種事我——」

「沒有什麼做得到做不到的問題，就是去做。」

「怎麼這樣……感覺他不會把我放在眼裡，會說我算什麼東西之類的。」

「你很丟臉耶。總之，請你去做，這是你的工作。」

工作？我的工作是社會個案工作員……

守無力地垂下頭。

「那就趕快去高野家吧。」

守猛地抬頭。「現在嗎？」

「不然你想要什麼時候去？」

「可是那個……我不知道他家在哪——」

「沒關係，我知道。來，走吧。」

宮田有子起身拿著帳單，三步併作兩步走向收銀台。

為什麼宮田有子會知道高野家的住址呢？守的心頭湧上一小搓疑惑。

還有，這個女人到底是從哪來的動力呀？是什麼在驅動她做這些事呢？守百思不得其解。

他重重嘆了一大口氣，從包包裡拿出感冒藥丟入口中。

8

高野洋司就像是只會說一句話的機器人，一味地重複著：「饒了我吧！」

覓珊思貴賓室的桌上放了台連結攝影機的小型液晶螢幕，畫面中以俯瞰視角播放著高野與愛美的性愛畫面，喇叭裡還傳出高野猥褻的喘息聲。

螢幕旁，全身赤裸的高野坐在地上不停地發抖。

「你啊，又不是小孩子了，好好說話、好好說話！」

山田吉男用腳尖戳了戳高野骯髒的屁股。

坐在沙發上的金本雙腿交疊，瞇著眼睛打量高野。金本的女人、愛美的朋友莉華也在他身邊。

四天前，吉男收到金本的指示，在林野愛美家中安裝了隱藏式攝影機，並交代愛美等高野去她家後就要按下錄影鍵。

三天後的星期五中午，高野前往愛美家，徹底落入圈套。

吉男很滿意計畫進行得如此順暢。但是他無法相信，就算是要製造威脅高野的證據好了，愛美對於要拍攝自己與人上床的影片竟然沒有任何反對的意思。這個女人腦袋還正常嗎?在吉男眼中，愛美也是個難以理解的女人。

就這樣，計畫成功的隔天，也就是今天，吉男將高野叫到覓珊思，在他面前丟出影片。

現在是白天，覓珊思店裡不只沒有客人，就連工作人員都不在。

〈很舒服吧？〉高野猥瑣的聲音從喇叭中傳出。

「很舒服吧？」

吉男模仿那道聲音，再次輕輕踢了高野的屁股。莉華在背後發出尖銳的笑聲。

「高野先生。」先前始終沉默不語的金本探出身體開口。「接下來我說的話，你只要回答『是』或『不』。」

高野只是垂著腦袋，沒有回答。

「你有聽到嗎?」

高野毫無反應。

「阿龍在問你話，給我裝什麼蒜!」莉華抓起高野的頭髮狠狠地搖過來甩過去。「老娘要再踢你的蛋蛋囉!」

高野十分害怕這個年輕女子。他皺起臉龐，身體微微抽搐。在場主要對高野施暴的人是莉華，命令高野把衣服全部脫掉的人也是她。據說莉華還在當暴走族的時代，似乎就是用這種方法來徹底打擊對手的。真是可怕的女人。

「莉華，我來說。」金本制止了莉華。「我說啊，高野先生，能不能請你看著我的眼睛回答問題?可以還是不可以?」

高野看向金本，表情已完全被恐懼所控制住了。

「你做了無可挽回的事。」

「是。」高野以幾乎快要消失的音量回答。

「這件事如果曝光的話，你的工作和家庭就都完了。」

「是。」

「也有很高的機率會因為恐嚇和強姦罪吃牢飯。」

「是。」

「你希望人生在這裡就結束嗎？」

「……」

「你希望啊？」

「不。」

金本深深點頭。「只要你聽我的話，工作和家庭都可以保持原樣，也就是平安無事的意思。你能幫忙嗎？」

高野眼神游移。

「意思是，不能幫我？」

「……不是。」

「你願意幫我啊。」

「……是。」

「很好。」金本拍了一下手。「那接下來我們就進入具體的內容。我有個熟人身邊有一大群可憐的傢伙需要生活保護補助。他們的對應窗口就是你。事不宜遲，我們下週——」

就在這個時候，金本的手機響了。他從內側口袋取出手機，朝高野勾了勾嘴角道：「是你的愛美打來的。」

金本接起電話後一開始還泰然自若，但沒多久表情就變得嚇人起來。「所以，那些傢伙現在在哪？你家？總之，你立刻讓他們離開，趕也要把人趕走，絕對不能承認。」

金本不耐煩的聲音在狹小的房間裡迴響。吉男下意識地和金本拉開距離。

「五十萬？你看一下情況再說話吧。現在不是說這個的時候。總之，趕他們走，知道了嗎？」

金本掛斷電話，暫時閉上了眼睛。

「阿龍，怎麼了？」莉華問。

金本沒有理會。他一步步逼近高野，然後用一副要吃人的表情問：「喂！你跟誰說了愛美的事嗎？」

高野搖晃著腦袋。

「那是怎麼回事！」

這次高野歪了歪腦袋表示不解。

「事情敗露了。現在，你這個混帳的同事因為你和愛美的事情找上愛美家了！」

高野嘴巴半開，一副無法理解目前狀況的樣子。

接著，金本突然用腳底踹了高野的臉。高野的身體宛如被車子撞到般飛向後方，撞上牆壁後又彈了回來、臥倒在地。一切都只發生在轉瞬之間。

高野一動也不動。吉男心想他該不會是死了吧？因為金本就是使出了那樣的力氣踹飛他。

「可惡！」金本的怒氣似乎還沒消，又抬腿踢了桌子一腳，桌上的螢幕因衝擊而摔落地面。

金本再順勢踢倒觀葉植物盆栽、踢了沙發、最後踢向吉男。由於早有預料，吉男總算是成功防護住了。

「阿龍，你冷靜點。」莉華出聲安撫。「告訴我發生什麼事了？」

「沒什麼好說的，就是那樣。我不知道原因，但高野和愛美的事情全都被他的同事發現了，那些傢伙好像去找愛美要證詞。」

「怎麼會被發現？」

「我哪知道！」金本大吼。「總之，計畫泡湯了。」

「為什麼？」

「你是白癡嗎？同事都知道的話高野就會被炒魷魚啦，這樣誰來當窗口？蠢女人！」

大概是太過震驚了，莉華抿著下唇，一副垂頭喪氣的樣子。

不久，金本打開門離開了房間，莉華也準備跟上。

「等一下，」吉男喊住莉華，又指了指倒在地上的高野，「這傢伙要怎麼辦？」

然而莉華沒有多加理會，逕自離開了房間。

吉男佇立原地，突然覺得留在房中的自己很可悲。

他望向全裸倒在地上的高野，再換了個角度看向他的臉孔。高野的鼻子一看就知道斷了、門牙好像也掉了。儘管如此，還有呼吸，總之是沒死。吉男鬆了一口氣。

他坐到沙發上抱起手臂，閉目思考了一會兒。

雖然與自己無關，但一想到高野今後的下場便多少有些同情他。不管怎樣，這傢伙的未來都是一片慘澹。如金本所說，一旦工作單位知道這件事的話，高野毫無疑問會被炒魷魚。因為這些理由，他的家人也一定會拋棄他。這麼一來，高野就變得跟自己一樣了。一想到這裡，吉男突然萌生一股愉快的心情。歸根結柢，高野是自食惡果，自作自受。

想著想著，儘管眼下處於這種境況，睡意卻還是朝吉男襲來了。這麼說來，自己從昨天就沒什麼睡。由於也不需要忍耐，吉男就這樣任由睡意侵襲、將自己拖入夢鄉。

等到吉男醒來已經是三十分鐘以後的事了。他是被口袋裡的手機震動弄醒的。原以為是客人，結果是林野愛美。

他接起電話。愛美告訴吉男自己是因為金本不接電話，所以才會打給他。

「我從金本老闆那裡聽說了。所以，高野的同事回去了嗎？」

吉男揉揉眼睛問道。

〈剛才回去了。〉

「喔。」

吉男邊回答邊望向依舊倒在地上的高野。這傢伙還不醒來嗎？不會就這樣死掉了吧。吉男有些不安。

〈接下來該怎麼辦？〉

「你問我我也不知道啊，我才想問要怎麼辦咧。總之只能等金本老闆聯絡了吧，我也只是奉命幫忙而已。」

〈……我先打給莉華看看。〉

「嗯嗯，打打看吧。」

此時，附近傳來一道沒聽過的來電鈴聲。吉男環顧四周，馬上知道那是誰的手機了。鈴聲從高野脫在房間角落的褲子裡傳了出來。吉男拿出高野收在褲子後側口袋裡的手機、看向螢幕，結果倒抽了一口氣。螢幕上顯示的是「佐佐木守」。對呀，仔細想想，高野和佐佐木是同事啊。

〈那就這樣。〉

就在愛美這麼說的時候，吉男內心的直覺宛如天啟般降臨。

「等等，我順便問一下，高野那個去找你的同事叫什麼名字？有留下名片之類的吧？」

〈你問的是哪一個？〉

「哪一個？不只一個人嗎？」

〈是兩個人。〉

「那都告訴我。」

〈一個姓宮田的女人，還有一個男的姓佐佐木。〉
「佐佐木？」聽到這個姓氏後，吉男瞬間按捺不住、緊接著問：「名字是叫守嗎？」
〈對。〉
「是不是矮冬瓜？瘦瘦弱弱的？戴眼鏡？」
〈是你說的那種感覺。〉
沒錯，是佐佐木。是那個佐佐木守。那個小鬼和這件事有關。
吉男坐也不是、站也不是，體內的細胞如洪水潰堤般騷動。
他將電話貼在耳際、在房間裡來回打轉，把高野當成普通的障礙物、不以為意地跨過。
但稍微冷靜地思考一下，無論去愛美家的人是誰，情況都不會改變吧。不，即便情況好轉，對吉男也毫無益處。就算金本規劃的藍圖成真好了，高興的人也只有金本。思及此，一度在吉男心中急速擴散的激昂情緒也迅速止息。
不過，難道就沒有什麼辦法能有效利用這個神奇的關聯嗎？
吉男無法就這麼輕易死心。原以為出現破綻的計畫，現在露出了死灰復燃的曙光，而吉男還認識那個能促使復燃的燃料，眼下不正是自己可以坐收漁翁之利的時刻嗎？雖然吉男現在想不出什麼妙計，卻感覺機會就在觸手可及之處漂浮。他暫時陷入了思索。
〈那個，我可以掛電話了嗎？〉

話筒另一頭的愛美聲音令吉男回過神來。「總之，我現在過去你那裡。」語畢，吉男掛斷了電話。

9

一掛掉電話，愛美立刻點燃香菸將尼古丁吸入肺裡。愛美只知道這個讓人冷靜的方法，自己肯定一輩子都戒不了菸吧。

話說回來，今天還真是手忙腳亂的一天。先是社會福祉事務所的人突然跑來家裡，接著金本的小弟山田也說等一下要過來。

愛美的腦海中浮現剛才來的那兩個人的身影。名叫宮田有子的女人說，如果愛美願意承認和高野之間的關係，生活保護補助或許能持續下去。這是真的嗎？愛美的本能覺得那個女人似乎不可信。

而且，就算能繼續領生活保護補助，一旦承認和高野之間的關係，應該就無法從金本手中拿到酬勞了吧。愛美雖然不知道金本在打什麼算盤，但他很明顯是想利用高野。金本答應愛美，若事情進展順利，就會給她五十萬的酬勞。當然，生活保護補助也會持續下去。就是因為這樣，自己昨天才會拍下和高野上床的影片，將影片上繳給金本。愛美沒有確認影片內容，因為看了心情一定會墜入谷底。

無論如何都已經到了這個地步，接下來該怎麼辦呢？愛美嘆了一口氣，同時吐出煙霧。她希望有人能告訴自己正確答案。

美空還是老樣子，一心一意在房間裡畫畫。美空每天只會做兩件事，睡覺或畫畫。或許，這樣對她而言就是幸福吧。愛美只能讓自己這麼想。

而這樣的美空，剛才展露出自己平常看不到的一面。她到門口送那個姓佐佐木的男人離開，還問他「下次什麼時候來」。愛美不敢相信美空竟然會說出那樣的話。

大約一個小時後，山田吉男來到家裡。這個男人看起來雖然不像黑道，感覺又像是金本的小弟，所以果然是那個世界的一分子吧。

「百分之百是佐佐木。」

山田拿著社會福祉事務所職員所留下的名片上下打量。看來，山田似乎認識剛才那個男的個案工作員。

「我跟你一樣也在領補助，我的負責人就是這個傢伙。」山田用力彈了一下名片。「他是個很可惡的小鬼吧。」

「那個姓佐佐木的人沒有說什麼話，感覺是陪那個女人來的。」

「這個姓宮田的女人嗎？」山田拿起另一張名片，再度細細端詳。「我不認識。人感覺怎麼樣？」

「很煩人。」

山田聽到愛美的回答後便露出苦笑。「啊……你從頭到尾說一遍給我聽吧。」

愛美將剛才的經過大致說了一遍，山田撫著生出鬍渣的下巴、點頭道：「原來如此。」

「這下真的沒辦法了。」

聽完愛美的話以後，山田靠在沙發上嘆了一口氣。他雙手枕在腦後，愁眉苦臉地盯著天花板。

「接下來我該怎麼做？」

「還是什麼都想不到啊。」

「我不能承認跟高野的事對吧？」

「唉……沒有什麼辦法嗎？」

「你有在聽嗎？」

「啊，抱歉，你說什麼？」

「我說，我應該怎麼辦？」

「你問我我也不知道啊，去問金本老闆啦。」

愛美垂下肩膀嘆了口氣。不能靠這個男人。

「對了愛美，你有什麼吃的嗎？我從早上到現在什麼都沒吃。」山田撫著肚子厚臉皮地開口。

「家裡是有泡麵。」

「來這裡也要吃泡麵嗎?算了，我吃。」

「在廚房上面的櫃子裡，你自己燒開水泡吧。」

山田微微露出苦笑，起身走向廚房。

接著，他從廚房那邊問：「你也要吃嗎?我可以幫你做一碗好吃的泡麵。」

「我不用。」

「是嗎。」山田哼了一聲。「啊啊，對了，你家那個小不點呢?在外面玩嗎?」

愛美叼著菸起身，拉開一旁的和室拉門。怎麼回事?美空竟然難得沒在畫畫，像是座敷童子一樣乖乖坐在角落。「美空，人家問你要不要吃泡麵?」

「什麼，原來在家啊。」背後傳來山田的聲音。

美空沒有回答。愛美輕拍了一下她的頭：「問你要不要吃泡麵。」

「要吃。」美空回答。

「聽到了。等一下下喔，叔叔會做好吃的泡麵給你吃。」

愛美再次坐到地板上，抽起香菸。

她看向窗外。室外的太陽一點也不明白人類的心情，燦爛地照耀著街道。不過，愛美此刻很感激這樣的天氣。若是現在下雨的話，她的意志一定會更加消沉。

愛美今後究竟該怎麼辦呢?生活保護補助中止的話,自己有辦法生活嗎?那樣的話,還不如繼續當高野的玩物。重點是,愛美並不想工作。誰來想想辦法吧——愛美望著藍天,在心中嘀咕。

不久後,山田捧著兩碗熱騰騰的泡麵過來。

山田抱起美空讓她坐到兒童座椅上,自己則坐到她的身旁。

「怎麼樣,好吃嗎?」

山田一邊吃泡麵一邊覷著美空的臉龐。美空點點頭,笨拙地用叉子撈出碗裡的麵送入口中。美空碗裡的麵變少後,山田便會再將少許的麵和湯放入她的碗中。

「欸欸,要先吹吹才能吃喔。來,叔叔幫你吹涼。」

山田莫名熱情地照顧美空。美空一舉手一投足都會令他發出讚嘆,眉開眼笑。

此時,客廳裡響起「嗡——嗡——」的震動聲。山田從口袋裡拿出手機。他用的不是智慧型手機,而是一支傳統的掀蓋式手機。

「嘖,是客人。」山田離開座位,把電話接起來並移動到窗邊。「您好,感謝您的致電,平常承蒙您關照了。是是是、是是是。好,我知道了。地點跟平常一樣可以嗎?」

山田以業務員那種過分殷勤的口吻跟某個人說話。

「那要帶多少過去呢?咦,那麼多嗎?請稍等,我現在馬上確認。」

他將手機夾在耳朵和肩膀之間,然後打開放在沙發上的手提包東翻西找。

山田拿起幾個透明的小夾鏈袋，用下巴邊指邊清點數量。夾鏈袋裡裝了小小的藍色藥丸。雖然只是斜眼瞄了一下，愛美也能輕易看出那是危險的藥物。

「嗯，量夠。那要約幾點呢？好的，那就今天晚上八點。」

愛美沒有吸毒的經驗。硬要說的話，國中時朋友間曾流行過吸強力膠。愛美有吸過一次，但馬上就感到噁心不舒服，所以認為那不適合自己，從此便再也沒碰過了。

「哼！這傢伙也完全陷進去了呀。」

山田掛斷電話，嗤笑了一聲。

「那是很糟糕的藥嗎？」

「不是不是。這是威而鋼，你看。」

山田才剛露出驚訝的態度，就立刻將夾鏈袋拿到愛美面前甩了甩。

就算要愛美看她也看不出個所以然，因為她從來沒看過威而鋼。

愛美的視線對上夾鏈袋後方山田的眼睛。那雙眼睛不知為何帶著笑意。

「呵呵呵。」山田發出詭異的笑聲。「反正跟你說也不礙事，就告訴你吧。你說的對，這不是威而鋼，是糟糕的藥。你聽過搖頭丸或是狂喜嗎？好像是一種迷幻藥吧，據說能讓人很快就感到飄飄欲仙喔，你要不要也試試？」

看到愛美點點頭，山田立刻嚇得瞪大眼睛，以嚴肅的表情和告誡的口吻對她說：「你別做這種事。」

這傢伙怎麼回事啊？到底是想怎樣？愛美越來越討厭眼前這個男人了。

「嗚哇！泡麵都糊了。」山田回到座位撈起剩下的麵條皺眉道：「世界上最難吃的東西就是糊掉的泡麵。」

儘管抱怨，他還是將泡麵送進嘴裡。山田不時會看看美空的臉，做出奇怪的表情再享受她的反應。那副模樣看不出來藥頭的樣子。不過，愛美也不知道一般的藥頭都長什麼模樣就是了。

山田好像突然想到什麼似地開口。

「對了，高野那傢伙不會再來這裡了。」

「為什麼？」

「金本老闆剛才把他叫出去狠狠教訓了一頓。我們給他看了你拍的影片後，他邊哭邊抖個不停，真想讓你也看看。」

大概是想起了那個畫面，山田笑到肩膀晃個不停。

「所以，你們到底是想幹嘛？」

「什麼幹嘛？」

「你們原本打算要勒索高野對吧？」

「啊啊，金本老闆沒跟你說詳情嗎？」山田唏哩呼嚕地喝著湯，接著用手背擦了擦嘴角。「簡單來說，就是利用高野來增加請領生活保護補助的人啦。金本老闆本來打算從那些補助裡面抽佣金。」

原來如此。愛美原本也是這樣猜測。

「那個計畫已經失敗了嗎？」

「應該吧。沒了高野，等於賠了夫人又折兵。」

「就算我沒說出和高野之間的事也不行嗎？」

「不行吧。他同事都知道這麼多了，就算你保持沉默也沒意義吧。」

「高野被開除的話，我的生活保護補助也會中止吧？」

「嗯……難說喔。搞不好還是會繼續延續下去吧，當成是你的賠償金。」

「但願如此。」

山田拿出香菸點燃。大概是顧慮一旁的美空吧，他轉過頭朝另一個方向吐煙。「對了，你那麼年輕，為什麼會領弱勢補助啊？」

「因為不想工作。」

「哦……原來跟我一樣。」

愛美沮喪得垂下肩膀。原來自己跟這種不起眼的老土中年男子是同類。

「那個……山田先生你為什麼要來我們家？」

「我？我是因為，該怎麼說呢——」

此時，客廳響起尖銳的電鈴聲。

愛美和山田四目相對，然後起身確認牆上對講機的畫面。

愛美倒吸一口氣。出現在對講機畫面上的，是兩個小時前還在這間屋子裡的社會福祉事務所職員、那個叫佐佐木的男人。

「怎麼辦？」

「喂喂喂，這不是佐佐木嗎？」山田不知何時來到愛美身後，隔著她的肩膀道。

「怎麼辦……我也不知道啊。」山田目光游移，手足無措。

「要裝作不在家嗎？」

「啊啊，對啊！這樣好。」山田點頭如搗蒜。然而，他馬上又伸手制止愛美。「不，等一下，你還是讓他進來好了。」

愛美訝異地問：「讓他進來做什麼？」

「我不知道。可是，總之先聽他怎麼說吧，應該是有什麼事才來的。」

「山田先生也要在場嗎？」

「不行，那傢伙認識我。我嘛……對了。我躲在那裡面偷聽他都說些什麼。」

山田指著嵌在牆裡的大衣櫃。衣櫃裡掛的是愛美的冬天大衣等衣物。

「是可以，但我該怎麼做呢？」

「不是跟你說我也不知道嗎。見機行事，總之先去開門。」

語畢，山田打開衣櫃的對開門，撥開掛在裡面的衣服後硬是擠了進去。

「美空，來幫叔叔關一下門。啊，等一下不可以跟進來的那個人說叔叔藏在這裡喔。」

美空按照山田指示將雙手放到衣櫃門上，用整個身軀的力量關上衣櫃。

明明都是這種情況了，愛美心裡擔心的卻是衣櫃裡的衣服會不會沾上大叔的體臭。

「喔喔，這個透氣孔可以看到外面！」衣櫃裡傳出模糊不清的聲音。「愛美，快出去開門、讓他進來。」

愛美深深嘆了一口氣，走向玄關。

愛美已經不想管接下來會怎樣了。這不是她的問題。

10

大門打開了二十公分左右，從門縫中露出臉龐的愛美感覺比剛才還更不開心，目光戒備、直盯著守不放。

守不擅長應付宮田有子那種女性，眼前這個女人雖然和宮田有子不同類型，但就難應付這點來說是一樣的。她們都活在守的常識之外，守完全搞不懂她們在想些什麼。

「抱歉一直上門打擾。我剛才答應美空會帶蠟筆給她，所以這次只是來送東西的。」

守把剛剛在車站前的文具店買的蠟筆和空白繪圖本遞了出去。

離開愛美家後，宮田有子帶守前往高野的住處，但本人並不在家。當時，宮田有子還躲在高野家大門外像個間諜似地偷窺。「我先生是不是做了什麼不好的事？」高野夫人一臉不安，令守無法直視。公司同事突然找上門，會出現這樣的反應也是人之常情，不擔心才奇怪。

高野夫人說高野接到一通手機來電、突然就被叫出門了，他告訴太太「工作出了問題」。儘管守一聽就知道高野在說謊，卻也無法得知他出門的真正原因。守告辭離開，向宮田有子告知情況後，宮田立刻逼他打手機給高野。

然而，打過去卻是語音信箱。儘管宮田有子一臉不高興，守的內心卻鬆了一口氣。這下自己終於可以解脫了。老實說，他再也不想管這件事了。

守與宮田有子分開準備回家時，突然想起自己和美空的約定。

這種承諾要盡早兌現，否則日子一久，一定會變得很難再去拜訪。不，肯定不小心就會食言了吧。

守拿出來的蠟筆是豪華的三十六色組合。文具店只有一盒一盒的蠟筆，沒有單賣粉紅色這種選項。其實架上也有十二色、二十四色的組合，但守卻拿了最昂貴的三十六色，還順便買了兩本空白繪圖本。守覺得這些東西與美空的才華很匹配，所以沒有對金額感到猶豫。另一方面，內心卻又有另一個自己對這種滑稽的行為露出苦笑。對方是個跟守毫無瓜葛的小孩吧。然而，守決定不理會另一個自己的聲音。

「請幫我跟美空說『要努力畫畫喔』。我真的只是要拿這些給她而已，先告辭了。」

守鞠躬後轉身，背後就傳來一聲「啊」。

守回頭問：「怎麼了嗎？」

愛美垂首低語：「請進來坐坐也沒關係喔。」

守感到困惑。他是不知道「請進來坐坐也沒關係喔」這句話的文法正不正確，也無法推測其中的真意。

「麻煩你親自拿給那孩子。」

「啊，好的。那麼，我就打擾了。」

守一進到客廳，只見美空已經等在那裡了，雙眼綻放光芒。她剛才一定就在客廳裡豎起耳朵聽守說話吧。美空的視線正直直望向守手中的蠟筆。

「來，這是哥哥給你的禮物。」

守雙膝跪地，將蠟筆和繪圖本遞給美空。

美空收下禮物後立刻蹲坐下來，準備開始畫畫。

守原本想以大人的身分教導美空禮儀、告訴她「要講謝謝喔」，不過最後還是作罷。畢竟一旁的母親愛美都沒有糾正的話，自己也不好意思多說什麼。

美空一臉雀躍。她應該是第一次看到這麼多顏色的蠟筆還有畫畫專用的空白繪圖本，而不再是廣告紙背面的空白處。這些一定都是美空想要、對她而言必要的東西。

守彎下腰，悄悄地觀察美空的表情。跟之前一樣，守再度驚訝得屏住了呼吸。美空在一瞬間打造出自己的世界，眼睛彷彿換了個人似地出現了另一種色彩。

美空行雲流水地切換蠟筆，將自己的感性直接投注在畫紙上。

守悄悄地踮著腳離開，避免發出任何聲響。自己完成約定了。正當守準備離開時——

「美空，這樣很擋路，你去房間裡畫。」

愛美冷冷說道。

美空沒有反應。與其說是無視愛美，感覺更像是根本沒聽到那句話。

「到那邊去啦！」

愛美尖銳的怒吼響徹整間客廳。

一旁的守瞬間嚇得倒退了幾步。至於挨罵的美空大概是已經習慣了吧，絲毫不以為意的樣子。她迅速將蠟筆放回盒子裡，然後抱著蠟筆與繪圖本起身。

就在這個時候，蠟筆盒從美空手中滑落。鋁製的盒子「啪」的一聲發出清脆的聲響，蠟筆同時向四處飛散。

「你在幹嘛啊！」

愛美拍了一下美空的腦袋。

那一下絕對不輕，只見美空往前踉蹌了好一大步。

「林野小姐，您也不用打她吧。」

守趕緊出面調停。這什麼母親啊！對方是小孩子、是你的女兒耶。

「美空，沒事沒事。哥哥和你一起撿。」

守壓下內心升起的憤怒朝美空一笑。美空點點頭，兩人開始收拾起散落各處的蠟筆。

愛美大概是覺得尷尬吧，垂著頭不停眨眼，說著像是藉口的辯白：「這孩子，不大聲跟她說話她是聽不到的。」

這下守才知道愛美平時是怎麼對待美空的。這就是虐待行為。美空平常可能遭到更嚴重的暴力對待。

守為美空心疼不已，自己卻無能為力。這種程度的事還不能向兒童諮詢所舉報，即便有更嚴重的情況，應該也不容易掌握到事實吧。最重要的是，自己沒有理由介入到那個地步……

收拾告一段落，美空也進了房間後，守開口了。

「林野小姐，」開頭第一句話的音量大得連他自己都嚇了一跳。「或許我這樣是多管閒事，有些事也不是我這個外人可以指手畫腳的。但是，請容我說一句話就好，請你以疼愛的心情對待美空。」

話說出口後，守才意識到自己說了很不得了的話，但他並不後悔。

愛美似乎沒有不高興的樣子，只是面無表情地盯著守。一股微妙的沉默充斥在兩人之間。

守的視線與愛美的眼睛處於同一條水平線上。現在不能移開眼睛，不能輸。他朝丹田使勁，忍受令人煎熬的沉默。

結果先移開視線的人是愛美。

「抱歉，我說了失禮的話。」

守低頭道歉。

「……心情呢？」

「啊？」

「要怎麼做才能有疼愛的心情呢？」

守花了點時間才理解這句話的意思。愛美的臉上始終沒有任何表情。

這不該問別人吧？你是母親吧？但不知為何，守覺得這就是愛美真正的心聲。

「你不覺得美空很可愛嗎？」

愛美微乎其微地偏了偏頭。沉默再次降臨在兩人之間。

「呃……所謂疼愛的心情啊……」守還沒整理好思緒，嘴巴就動了起來。「就是，不是那種努力擁有的東西，而是自然而然湧現出來的。該怎麼說呢。你看，動物不也是一樣嗎？我最近看電視，大猩猩媽媽——」

啊啊，我在說什麼啊！話一說出口守立刻就後悔了，但嘴巴卻停不下來。

「——也就是說，牠們會奮不顧身地保護猩猩寶寶。但那不是母猩猩經過思考後的選擇，而是一種本能行為，這點換到人類身上也是——」

不行。守自己都搞不懂自己在說什麼了，當然也無法說動愛美吧。他從根本的部分就錯了。愛美說的「要怎麼做」，並不是守說的這些。然而，守的嘴巴卻不顧他的意願、吐出一連串毫不重要的話。

「——然後啊，我小時候也覺得我母親的言行很讓人火大，但長大後再回想起來，就會發現原來媽媽當初那樣都是為了我好啊，所以萌生了感謝的心情——」

話題逐漸轉往奇怪的方向，但守卻拉不回來。由於從起點的地方就錯了，因此也找不到終點。

「——所以，小孩子會受到最親近的大人、也就是父母親的影響——」

就在這個時候，愛美的身軀悠悠向前晃了一下。接著，她就這樣輕輕抱住了守。

守整個身體都僵直了。

「救救我。」

愛美在守的耳畔低語。雖說是理所當然的，但愛美的臉現在就近在咫尺。
連一根手指都動不了，思緒像被關掉似地中斷。鼻間飄來一股幽香，是甜甜的女人香氣。
就這樣不知道過了多久，彷彿只有這個空間的時間停了下來。
讓停止的時間再次轉動的是衣櫃。
砰！牆壁衣櫃的兩片門板隨著這道聲響自己打開了。守雖然沒有嚇到，卻感到納悶。
愛美的身軀迅速從守的懷裡離開。接著她快步走向衣櫃、用力關上櫃門。衣櫃不知為何發出「叩」的一記悶響。
「因為我塞了很多衣服，所以它偶爾會像這樣自己彈開。」
「這樣啊……」
守聲音嘶啞。衣櫃怎樣都無所謂。愛美剛剛抱了自己——屋裡除了這個事實以外，沒有發生任何事。
守不記得自己後來是怎麼離開那個家，覺得一切都輕飄飄的，很不真實。
然而，唯有被女人柔軟肌膚包覆的感覺，清晰地留在心底。

11

以指腹摩娑額頭，上頭腫了一個小包。

這是剛才愛美的傑作。「你也不用關得那麼大力吧。」但吉男一抗議便馬上遭到愛美反擊：

「你為什麼要開門？」

雖然愛美家裡有開冷氣，但衣櫃裡面實在無法散熱，悶到不行。櫃子裡塞滿了冬季的大衣外套，待在裡面就像是將那些衣服全都穿到身上一樣。然而，衣櫃的門之所以會打開並不是因為吉男耐不了熱。

「話說回來，你真厲害啊，我對你刮目相看了。」

吉男的嘴角從剛剛開始就一直忍不住上揚，甚至樂得想跳起來。

即便到了現在，一想到佐佐木被愛美抱住時的表情，吉男還是很想笑。剛才，吉男透過衣櫃的透氣孔偷窺客廳裡的情況。說「墜入情網」或許有點誇張，但他認為將來極有可能這樣發展。佐佐木那一瞬間就是露出了那樣的表情。

利用佐佐木——吉男想到這條妙計時，即使身在衣櫃中仍忍不住渾身顫抖，就是因為這樣才不小心推開了衣櫃門。

「我再從頭說一次，聽好囉。」

吉男隔著桌子與愛美相對而坐，決定再跟她確認一次自己剛才說明的作戰計畫。吉男實在不是很放心這個女人是否有正確理解計畫。

「重點就是，攻陷佐佐木。也就是說，只要讓他迷上你就好。所以，你今晚要先怎麼做？」

「打電話給佐佐木。」

「沒錯。然後說什麼？」

「我想和你商量高野的事，你明天能再過來我家嗎？」

「沒錯沒錯。」吉男用力點頭。「啊啊，還要補充一點，請他一定要單獨來。那個姓宮田的女人會礙事，絕對不能帶她一起來。」

「我知道。」

「接下來，佐佐木來家裡以後要做什麼？」

「示弱，依賴他。」

吉男忍不住大笑出聲。「沒錯，也可以親親喔。啊啊，雖然我覺得佐佐木不太可能對你餓虎撲羊，但如果那樣的話你就順著他。當然，別忘了偷拍啊。我會再準備好攝影機。總之，你不用主動勾引他也沒關係，這點就再觀察一下狀況。」

簡單來說，吉男這次的計畫就是讓佐佐木頂替高野。跟高野那時候一樣，他打算錄下佐佐木和愛美的性愛畫面勒索佐佐木。這男的膽子很小，只要威脅要跟他的工作單位告狀、把影片上傳網路的話，他一定會對自己言聽計從吧。

「還有啊，雖然這是很後面的事，就是假設這個計畫順利進行的話啦，到了最後的最後，佐佐木可能會找警察幫忙。雖然我不會讓他那麼做，但還是先做好準備。到時候佐佐木一定會主張是你主動勾引他、說你們是一般的男女朋友關係，這個時候你應該說什麼？」

唯有這個問題愛美停了一下才回答：「我是被脅迫的。」

「非常好。」

吉男豎起大拇指，朝愛美咧嘴一笑。

愛美點了根菸，吉男也跟著拿出自己的菸。他徐徐吐出煙霧，在腦海中盤算。

吉男正煩惱要不要把金本扯進來，是否該將這份僥倖分享給他呢——可是，讓金本加入也伴隨了風險。好處可能會被整碗端走，自己只拿到微薄的報酬。這是非常有可能的。

但話說回來，增加能領生活保護補助的人、拿走那份收入的計畫要是沒有金本的力量就無法成功吧，吉男自己不可能做出規模那麼龐大的事。活到這把年紀，吉男實在太明白自己的斤兩了。

假設排除掉金本，吉男自己勒索佐佐木的話能提出什麼要求呢？首先，要佐佐木將吉男的生活保護補助提高到最上限，這是絕對要做的事。接著再向佐佐木要一大筆錢。一百萬左右合適嗎？那個小鬼頭，銀行裡應該有這點程度的小錢吧。再來的話……嗯，大概就是這樣了嗎？這麼一想總覺得有點空虛，整個計畫散發出一種小家子氣的感覺。

不過，或許這樣才符合自己的能力吧。要是太勉強的話，感覺計畫很快就會告吹。錢少一點也無妨，重點是盡可能長久持續下去。如此一來，吉男的生活水準就會提升。

決定了，不跟金本說這件事。

「這個計畫成功的話，我可以拿到多少錢？」

愛美捻熄香菸問道。

「金本老闆答應給你多少？」

「五十萬。」

「那就五十萬。」

吉男決定了，要從佐佐木身上敲個一百五十萬。他想確保自己能拿到一百萬。

「這個五十萬跟金本老闆給的五十萬是分開來的吧？」

這個問題出乎吉男的意料，愛美還沒放棄那條線啊。

「嗯……對，分開來。也就是說，金本老闆負責高野、我負責佐佐木。」

「意思是我能拿到一百萬囉？」

「嗯，大概就是那樣吧。」

如果那條線順利的話。吉男在心裡補了一句。

兩人談話時，電話鈴聲響了起來。是愛美的手機。

「是誰？」吉男反射性地問。

「金本老闆。」愛美看了手機後回答。

說曹操，曹操就到。

「喂？」愛美接起電話。「沒有，我沒承認。對，他們說有證據，但我不知道是不是真的。」

愛美將先前告訴吉男的內容跟金本再報告了一遍。

對了，吉男把高野丟在覓珊思跑了過來，後來怎麼樣了呢？他應該還活著吧？吉男突然介意起來。

與此同時，吉男察覺到一件重要的事，吉男的計畫必須請愛美保密才行。當然，是對金本保密。吉男連自己在這裡的事都不想被金本發現。他拍拍愛美的肩膀，先指了指自己，接著再將食指放到嘴唇前。愛美露出訝異的表情。「山田先生好像有事要跟你說。」這讓吉男頓時雙腿一軟。為什麼這樣的手勢會得出那樣的答案呢！

愛美將電話遞給吉男，吉男無力地接下。

〈喂，我還在想你這傢伙怎麼突然不見了。你怎麼會在那裡？〉

金本劈頭就是質問。

「因為愛美打電話給我，說您都沒接電話，所以我就趕過來請她說明詳細的狀況。」

金本沉默不語。吉男想像金本在電話另一頭瞇著眼睛、推敲吉男話中真偽的模樣。這個黑道在某些地方莫名敏銳。

不過應該沒問題。吉男的說詞沒有任何不自然的地方。

〈哼，好吧。對了，我順便先跟你說一聲，高野那邊的作戰計畫變了。我決定單純跟那傢伙勒索一筆錢，目標一千萬。〉

「一千萬？」吉男忍不住複誦。

〈嗯嗯，他應該有這種程度的存款，總會有辦法吧。〉

哪來的辦法呀？對方只是一個普通的地方公務員耶。

「可是高野會被炒魷魚吧？這樣的話，就算威脅他會不會也沒什麼效果？」

〈不會。我仔細想過了，雖然高野一定會因為這件醜事被炒魷魚，但市府那裡應該會私下處理，不會對外公開。這種事要是讓媒體知道了才更慘不忍睹吧。所以，我們就威脅高野要把影片散播到網路上、洩露給媒體。那樣的話，他的家人也會受到牽連一起完蛋。以他的立場而言，應該會想避免這種情形發生吧。〉

「原來如此。」

金本一定會毫不留情地逼迫高野吧。他應該會扣押高野的戶頭，要是金額不足，就逼高野借高利貸，強迫他籌出一千萬。

至於對高野而言最為不幸的是，即使付了一千萬事情也不會結束。因為對方是黑道，要求不會有畫下句點的那天。

〈總之，你現在馬上回店裡。〉

「咦？現在嗎？」

〈嗯，高野那傢伙雖然醒了，但意識還是模模糊糊的，路也走不穩。我又不能叫救護車，所以就由你帶他去醫院吧。我會先聯絡石鄉一聲。〉

你以為是誰害的啊！吉男很想這麼回金本。「可是——」

〈啊？你有什麼意見嗎？〉

「我等一下必須送威而鋼去客戶那裡，剛才有訂單過來。」

金本嘖了一聲。〈我知道了。你先以那邊為優先，但結束以後馬上過來店裡。〉

金本單方面掛斷了電話。真是的，這個男人到底把別人都當成什麼了啊！

吉男轉動脖子，發出了「喀、喀、喀」的聲響。這次的計畫果然還是要對金本保密才行。

吉男告訴愛美這個決定後，愛美問了個理所當然的問題。「這樣金本老闆不會生氣嗎？」而吉男反覆叮嚀：「所以才要保密啊。」在愛美確實保證「知道了」以後，吉男便站了起來。

「那我走囉。我等一下得去送藥給客人。」

吉男舉起手提包道。

「這個計畫能不能成就靠你了，麻煩你啦！」

吉男在玄關前轉身叮囑愛美。愛美只是態度曖昧地點點頭，視線並沒有看向吉男。沒問題吧？吉男怎麼也抹不去心中的那股不安。這個女人身上一定缺少了什麼東西。

吉男打開門走出屋外。此時太陽已經西沉，連勉強殘留在西邊天空的那抹夕色也幾乎要消失無蹤。

走廊上，一隻巨大的飛蛾停在前方天花板的日光燈上，飛蛾羽翅上有著令人毛骨悚然的花紋，只見牠奮力張著翅膀、像是在威嚇其他的蟲子。

經過那盞燈下時，吉男瞬間拔腿狂奔。

12

因為是星期天的關係，公園裡滿滿都是帶著小孩的家長，年幼的孩子們佔據了散布在廣大園區裡的各項遊樂設施，公園中充斥著震耳欲聾的叫喊聲。

遊樂設施周圍是守護著自家孩子的父親身影，大部分的母親則是以周遭樹林生成的樹蔭為避難所，談天說笑。

林野愛美站在一塊張開雙手就會曬到太陽的小樹蔭下抽著菸。大概是園裡各處都立著禁菸標語的關係，其他人紛紛對愛美投以冰冷的眼神，但愛美覺得無所謂。

十幾公尺外有一座恐龍造型的溜滑梯，戴著帽子的美空與脖子圍著毛巾的佐佐木就在那裡。不知道是不是介意其他小孩的關係，美空無法自己行動。於是佐佐木牽著美空的手步上階梯，讓美空坐在自己的膝蓋上一起滑了下來。愛美遠遠便能看到美空展露的一口白牙。

愛美帶著不可思議的心情望著那幅畫面，直率地心想，那個孩子會那樣笑啊？

昨晚，愛美按照山田的指示打電話給佐佐木、告訴他自己想談談高野的事，希望他明天能來家裡。佐佐木聽完後沉默了一會兒，最後以不帶感情的聲音回答：「我會過去一趟。」

佐佐木在午前來訪。身穿水藍色的T恤和米色短褲，一身打扮宛如少年，與他嬌小的體型十分相稱，實在不像已經出社會的樣子。

三人一起吃了佐佐木在車站前買來的甜點，愛美就是在這個時候淡然地提起了高野的話題。

「你昨天為什麼要否認呢？」

「我怕他會生氣。」

「誰會生氣？」

「高野先生。他一生氣就會對我使用暴力。」

演一個受到控制、楚楚可憐的女人吧。這也是山田的指示，藉由徹底將高野打造成壞人以強化佐佐木對愛美的同情心。

果不其然，佐佐木一臉憤慨，鏡片後的雙眼還發出「不可原諒」的憤怒光芒。不過愛美告訴他自己並不打算告發高野，也說明了理由——因為不想被追根究柢問個沒完。正因為是那樣的事，佐佐木也表示體諒。「就女性的立場而言，的確會這樣想吧。」

接下來，當話題一談到美空時，佐佐木突然說：「要不要去一下公園呢？」愛美雖不想出門，但當下那個狀況難以拒絕，只好無奈地準備外出。

「林野小姐要不要也去試試看呢？會有種回到童年的感覺喔。」

佐佐木牽著美空的手來到愛美身旁，邊擦汗邊露出笑容道。臉龐和手臂都曬得紅通通的。

愛美搖搖頭。

佐佐木露出苦笑。「那我和美空再去玩一下。你可能會覺得無聊，不過請再稍微給我們一點時間。美空，我們來比賽誰先走到鞦韆那裡。預備，起！」

佐佐木和美空肩並著肩離開了。

望著美空在藍天下沐浴在陽光之中的背影，愛美心想自己或許是第一次見到這樣的光景。意外的是，她並不覺得無聊。

離開公園後，三人去了附近的家庭餐廳。這是愛美的提議，單純是因為她肚子餓了。愛美好久沒有飢餓的感覺了，或許，人類只要曬曬太陽就會消耗能量吧。

服務生帶他們前往靠窗的四人座，愛美與佐佐木相對而坐，美空則是坐在佐佐木身旁。好笑的是，他們自然而然地就這麼坐了。在外人眼中，他們看起來一定就像是對年輕夫妻與小女兒的三人家庭吧。

美空點了兒童午餐，佐佐木是和風漢堡排套餐，愛美則是海鮮義大利麵。

他們一面吃一面閒聊，說話的人主要是佐佐木。佐佐木大概不喜歡聊天出現空白，接連拋出一個又一個的話題。「美空，你只要再稍微練習一下，一定就能自己盪鞦韆了。」聽到佐佐木這麼說以後，美空露出大大的笑容。看來，她已經完全信任佐佐木了。

「或許，你可以不用想得太複雜。」

吃完飯後，佐佐木喝著咖啡、靜靜地對愛美說道。

「我是指美空的事。我覺得與其用頭腦思考、煩惱，偶爾像這樣跟美空一起出門、兩個人一起做些什麼事對林野小姐來說更加重要。一起玩之後，大家的心情也有點不一樣了，對吧。」

「那是因為跟美空一起玩的人是佐佐木先生。」

「啊，是沒錯。」佐佐木搔了搔鼻頭。「那麼，下次請你陪美空玩。」

「那請佐佐木先生也一起來。」

佐佐木鏡片後的眼睛瞪得又圓又大。

「不方便嗎？」

「那、那個……我……」佐佐木的眼神閃爍不定。「我只是一個社會福祉事務所的小職員——」

「你……討厭美空嗎？」

「不不不，沒這回事。」佐佐木急忙揮舞雙手。「我當然喜歡美空。」

「那我呢？你有什麼想法？」

佐佐木像是被石化一樣僵住，一動也不動。

愛美直勾勾地凝視著佐佐木的眼睛。過了一會兒，佐佐木望著愛美，手緩緩地朝杯子伸出。

然而，他一個沒抓好，杯子裡的水全灑到了桌上。

「啊——！」佐佐木慌慌張張起身。

女服務生連忙小跑步過來。「我們來處理就好。」儘管服務生已出聲阻止，佐佐木還是自己蹲下身去擦地板。

愛美在旁邊默默地注視這一切，同時也在思考——自己昨天為什麼會抱住這個男人呢？那不是算計後的舉動。那個瞬間，愛美完全忘了衣櫃裡有山田這個人的存在。

咚！一道悶響。佐佐木起身時腦袋撞到了桌子，他皺起臉龐揉了揉後腦杓。

至於今天，不，此時此刻的自己是在演戲嗎？

愛美已經完全搞不清楚自己的感情了。

13

時間來到星期一，喉嚨還是一樣不舒服。結果，他六日都沒能去醫院。不僅如此，今天早上還又加上睡眠不足，身體就像鉛塊一樣沉重。然而矛盾的是，他的腳步卻莫名輕盈。

守的腦袋從昨晚就被林野愛美佔據。愛美既沒學養也沒常識，說穿了就是個粗鄙的女人。最糟糕的是，她還會對年幼的女兒動手，令人鄙視。

然而，愛美卻對自己有好感。光是這一點就抵銷了所有其他的負面條件。

守穿過驗票閘門，搭上前往月台的手扶梯。這是個要連續工作五天的第一天早晨，所有的人都帶著陰暗的表情，機械式地踩著步伐。

你不太正常喔。迷上那種女人是想怎樣？對方是個遊手好閒、不事生產的人吧……另一個自己不斷敲打警鐘。然而，守心中對愛美萌生的淡淡情愫摀住了他的雙耳。另一個自己拉高音量。這次，守逃向了聲音傳不到的地方。這樣的攻防戰持續了整整一個晚上。

——請勿超越黃色警戒線。月台響起廣播，沒多久，一如往常的電車駛進站裡。

這是戀愛嗎？守自己也不太明白。不，或許只是因為另一個自己在一旁干擾，所以無法坦承罷了。

電車裡還是老樣子，擁擠不堪。守在搖晃的車廂內像條魚缸裡的金魚，不時抬起頭呼吸空氣。

身材矮小的守若不這樣做甚至還無法好好呼吸。他閉上雙眼，竭力忍耐著。

被愛美擁抱的感覺似乎殘留在守的心頭、揮之不去。守的人生在此之前沒有任何女人緣。小學時，他也跟一般人一樣喜歡異性。但國、高中時他找不到喜歡的對象。守內心有股根深柢固的絕望，認為自己就算對一個人有喜歡的心情也絕對不可能發展下去。不知從何時開始，守學會了為自己的感情踩煞車。

儘管如此，考上大學後的守第一次有了女朋友這樣的存在。那是同一個社團的女生，在身旁的人「很配」、「很配」的起鬨下，兩人便順其自然開始交往。這麼說雖然有點失禮，但由於對方是個不起眼的女生，而且之前都把守當女孩子看，所以自己在她面前也不會膽怯，因此就守看來也覺得兩人很適合。開始交往後，守打算要好好愛這個女生，他想珍惜這個願意喜歡自己的女生。然而一週後，這場戀情在女孩單方面的一句「我想分手」下乾脆落幕。為什麼？這個疑問守只放在心裡，沒能問出口。

最後，這場戀情就在雙方連手都沒牽到的情況下結束了。因此，守連觸碰女生的經驗都沒有。

電車抵達目的地，開啟的車門不由分說地將人趕出有冷氣的空間，取而代之的是籠罩全身的熱氣。守帶著熱氣步下月台樓梯。

他拿出手帕貼著額頭尋思，自己今晚一定也會去愛美家吧。昨晚臨別之際，愛美對守提出邀請：「你明天也過來吧。」守雖然給了個含糊的回應，但答案一定瞬間就決定好了。證據就是，只要想到晚上就能見到愛美，守的內心便感到雀躍無比。到頭來，人類根本不可能自己拔除萌芽的情感。

市政廳不知不覺間已出現在眼前，灰色的水泥外牆在陽光的照射下熠熠生輝。由於守一路上都在想事情，感覺一下子就到了。

剛踏入辦公室，便和拿著話筒的嶺本課長對上目光。守低頭鞠躬。

「原來如此，我明白了。總之你先去醫院讓醫生好好診斷，保重啊。嗯？有沒有話要跟你說？喔，有喔，你被開除了。竟敢在這麼忙的時候脫隊！哈哈哈，開玩笑的啦。快點好起來回來上班，那就這樣啦。」

嶺本掛好電話後看向守。

「呦，佐佐木，壞消息。高野竟然在這個時候得了流感，這禮拜要回來上班看來是不可能了。對了，你之前也喉嚨痛吧？還好嗎？」

「啊，嗯。」守給了個敷衍的回答。

「饒了我吧，同時少兩個人可不是鬧著玩的。」

高野得了流感？百分之百在說謊。

「那傢伙手上的工作大家就一起幫忙吧。」

高野應該從妻子口中聽說了守在星期六上門拜訪的事，或許是因此察覺到了什麼。高野的手機也有守的來電紀錄，但是他沒有回電。

「對了，今晚要不要久違地陪我一下啊？我在車站對面找到一間偷偷提供生牛肝的店。怎麼樣？去消消暑氣。」

守絕不原諒高野，他內心的憤怒在這幾天內急速飆升。可是守不否認那絕大部分是基於私情。

「喂，你有在聽嗎？」

「啊，有。」

「嗯，那下班後就一起去吧。」

「咦？那個，不好意思。我今天有事……」

「什麼啊。」嶺本皺起鼻子。「你不會是有女人了吧？」

我不能有女人嗎？「不，不是那樣。」

嶺本瞇起眼睛打量著守的表情。

守鞠躬告退，急急忙忙走向自己的座位。自從聽宮田有子說嶺本是同性戀後，守看待嶺本的態度就變了。守並沒有歧視同志的意思，但要是對方的目標可能是自己的話，就另當別論了。

不久，其他同事陸續進入辦公室，其中也包含了宮田有子。

「早安，你身體怎麼樣了？」

宮田有子來到守身旁殷勤地問道。

有那麼一瞬間，守不明白宮田有子指的是什麼，但他隨即想起來了。

「啊啊，昨天抱歉。謝謝你的關心，已經沒事了。」

其實，原本守和宮田有子約好要在週日再去一趟高野家。應該說，是被迫約定的。後來，他以身體不舒服為由臨時取消。當然，是為了去見林野愛美。

「你一直在家裡睡覺？」

「啊，嗯。」

「但你的曬傷好嚴重喔，手臂都紅了。」

「欸？那個……我去了趟醫院、走路過去的，一定是因為這樣才會曬傷的，加上我又穿短袖……」

連守都覺得這聽起來很牽強。「哦──」宮田有子的表情當然寫著不相信。

守沒有跟宮田有子提起林野愛美的事，一方面是愛美請守保密、另一方面守自己也不打算說。要是說出來的話，宮田有子肯定會罵他，搞不好還會把守跟高野視為同類。

「對了宮田，我有些高野的事要跟你說。」

守壓低聲音，把宮田有子帶到走廊上。

「其實啊──」

守說出高野今天缺勤的事。

宮田有子眉頭深鎖。「他逃走了呢。」

「高野果然已經發現我知道林野小姐的事了吧。」

「應該是這樣吧，否則他沒理由逃跑。」

「可是這樣的話，他應該會在意得不得了，過來試探我才對吧。而且他終究還是得來上班啊，就算逃得了一時，也逃不了一世。」

「很可怕吧？跟小孩子一樣單純，一有麻煩就是先跑再說，他就是這種人。」

宮田有子嗤笑一聲，嘴裡嫌棄著。

「好吧，佐佐木。今天下班後就去高野家。」

守抬起頭。「呃……今天有點……」

「怎麼，不行嗎？」

「嗯、是啊。」

「你有什麼事嗎？」

「那個，我不小心答應要和課長吃飯……」

守瞬間脫口道，儘管後悔卻也來不及了。

「哼嗯……」宮田有子對守露出意味深長的笑容。「這樣啊。」

「不是，那個，請不要有奇怪的誤會。」

「算了，沒關係。」宮田有子聳聳肩。「好，高野家就等下次有機會再去，反正他也逃不掉，暫時放著不管或許也不錯。他現在一定躲在棉被裡瑟瑟發抖吧。」

宮田有子臉上浮現殘忍的笑容。她摀著嘴角掩飾，一副把人逼得走投無路是人生一大樂事的表情。原來這個女人是用這種方式發洩壓力的嗎？思及此，守便覺得微微發寒。

守跟在宮田有子身後走回辦公室。

「那我今天就自己去林野愛美家吧。」

宮田有子一派輕鬆地說。

守吃了一驚，快步走到宮田有子身旁。

「你又要去那裡了嗎？」

「對啊，必須好好攻下她才行。」

「呃……我不是很贊同耶。」

宮田有子停下腳步，訝異地看著守。「幹嘛這樣？有什麼問題嗎？」

「不，不是啦，只是覺得我們前天才剛去，是不是隔一段時間再去比較好。」

「要說幾次你才懂？這種事不能給對方空檔，必須緊追到底。在林野愛美確實向警方報案前，我會天天去。」

失望的情緒在守的心頭氾濫開來。這樣他今天就不能去愛美家了，也就是說沒辦法見到愛美。

「啊，不行。」宮田有子突然拍了一下手。「我今天也有事。」

「真的嗎？」守的音調不自覺上揚。

「嗯。我忘記我跟人有約了，好險，好險。林野小姐家要下次才能去了。」

儘管宮田有子那看起來莫名像在演戲的感覺令人有些介意，但守還是鬆了一口氣。這樣就能跟愛美見面了！自己真是可笑，一下高興一下難過，簡直像是青少年在談戀愛一樣。

進入上班時間，辦公室的電話此起彼落地響了起來，守桌上的電話也發出短促的「嗶嗶」聲，是內線電話。守接起話筒，兼職的行政人員以機械式的口吻通知：「市民來電。」「請問是關於哪方面的業務呢？」守問。「有事諮詢。」結果得到一個不算答案的答案。

守無奈地接起電話，是一位姓坂本的老先生。坂本是個八十四歲的獨居老人，有事沒事就會打來社會福祉事務所，是個十分麻煩的對象。守知道兼職人員為什麼會把電話轉過來了。

〈我說啊，我家門前又有狗大便了。〉

「是。」

〈我都特地貼公告了還會這樣，真的很傷腦筋耶。那個飼主的家裡和學校到底都是怎麼教他的啊？給那種主人養，寵物也實在可憐。〉

坂本便是以這種方式滔滔不絕地展開話題，還曾經有人被纏著講了一個小時。

這裡不是接受這種申訴的地方！如果守能這樣乾脆地回絕對方的話該有多輕鬆。但話說回來，這一類的電話也沒地方可轉。

守與準備外出的宮田有子對上目光。大概是察覺出守在和誰說話吧，宮田有子無聲地向守說了句：「節哀順變。」耳朵貼著話筒的守露出苦笑，朝宮田有子點了點頭。

午後，守一個人離開了市政廳。他今天沒有家訪安排，能夠外出的時間只有中午吃飯的一個小時。

守走向餐廳林立的商店街，途中隨意轉進了一條小巷。確認四下無人後，守取出手機撥打電話，對象是高野洋司。

從昨晚他便一直在思考。想趕走高野又不讓宮田有子發現的話，就只能由守主動去接觸對方。一切都是為了保護愛美。其實，守原本的打算是直接把高野帶出辦公室，但礙於當事人現在逃跑，所以就只能打電話了。

耳畔持續播送著鈴聲。十秒、二十秒……正當守準備放棄時，鈴聲停止了。原以為是轉到了語音信箱，但又沒聽到指示的語音。守將電話拿離耳朵確認，手機螢幕正顯示著通話中。

「喂？」守出聲。

話筒另一端沒有任何回應，卻能聽到微微的鼻息。

「高野，你在聽嗎？」

〈……嗯。〉

高野的聲音聽起來無精打采。

一股奇妙的感覺籠罩著守。電話那端的人似乎跟守平常接觸的高野並不是同一個人。

「聽說你得流感了，身體還好嗎？」守諷刺地問。

〈……〉

「你知道我為什麼要打電話給你嗎？」

〈……〉

「是為了高野你負責的個案、林野愛美小姐的事。我星期六去府上拜訪也是為了這件事。」

〈……這件事你知道多少？〉

「全部。」

〈是林野愛美去告密的嗎？〉

高野的這種說法惹毛了守。「情報來源是誰都無所謂吧？」

〈除了你，還有誰知道這件事？〉

守思考了一下後回答：「只有我知道。」

宮田有子要守假裝只有他知道這件事，雖然守實在無法理解那個理由。

「這件事我不打算告訴任何人，林野小姐也說她不想告發你。但是……」守吸了一口氣。「你應該立刻辭職。」

守作夢也沒想過自己的人生中有一天會對別人說出這種話。然而，現在是挺身而戰的時刻。守再次深呼吸，然後繼續說下去。

「你的所作所為令人作嘔，可以的話我也想讓你接受刑罰。然而這件事一旦公開，受到傷害的人將會是林野小姐。所以儘管這個決定或許不正確，但我打算把這件事埋在心裡。」

守朝腹部施力，吐出話語。一定是因為愛情的關係，讓自己在這幾天裡變堅強了。

「如果你以為自己得救的話就大錯特錯了。因果循環，報應不爽，將來果報一定會降臨。」

〈佐佐木，這件事你知道多少？〉

高野又問了同樣的問題。

「我剛才已經說過了吧，我已經從本人──」

〈那個姓金本的黑道的事你也知道嗎？〉

「黑道？」

〈那就是因果報應嗎？〉

「等一下，你在說什麼？」

〈……〉

「高野。」

〈……這到底是怎麼回事？〉

「高野？」

〈……不管怎樣，我的人生都已經完了。〉

「什麼意思？」

〈辭職就好了吧。我辭。〉

高野就這樣掛斷電話。他的最後一句話在守的耳畔迴盪了好一陣子。

那個混帳……竟敢擺出一副受害者的姿態，好像什麼都豁出去了一樣。守頓時湧上一股怒意，用力踢了地上的空罐一腳。罐子發出「哐、哐、哐」的聲音滾得老遠。

守離開巷子，頂著炙熱的陽光走在斑駁的行道樹樹蔭下。

高野說了很奇怪的話。他跟黑道有什麼糾紛嗎？向違法高利貸借錢還不出錢來……高野很可能做這樣的事。不過，這些都跟守無關。倒不如說，假使真的有黑道幫忙教訓高野的話，守反而會覺得很感激。只要想成是天譴就好。

總而言之，該說的守都已經傳達了。雖然這麼說可能有點太過樂觀，但高野和愛美的事應該已經解決了。如果高野無視守的最後通牒、厚著臉皮回到職場的話，到時候就看著辦。屆時，守只好威脅他再不辭職的話就要向單位報告。現在的自己應該辦得到。

守伸出手背拭去額頭上的汗水。今晚去愛美家時就告訴她自己已經勸高野離職了，愛美一定會很高興吧。

來到餐廳林立的大馬路上後，守的肚子突然叫了起來。然而，他卻沒什麼食慾，身體裡還殘存著少許激昂。

這麼說來，晚餐要怎麼辦呢？守突然想到這件事。晚餐時會在愛美家，要再去外面吃嗎？不，她家附近沒有餐廳，既然如此就只能待在家裡了。愛美會親自為守下廚嗎？不不不，愛美一定不會做菜吧。那就是叫外送囉？感覺沒什麼吸引力。這樣的話，買食材過去如何？晚餐就一起做好，就這麼辦。

守的腦海裡面全都是晚上的事。

14

小小的拳頭握著筷子在碗中來回攪拌，為剛才磨好的山藥泥勾起波瀾。雖然跟埋頭畫畫時不同，但美空的眼神就像是在玩沙子一樣認真。

「好，請林野小姐趁現在炒菜吧。」

佐佐木拍了一下手對愛美說。

晚上六點過後，佐佐木雙手提著塑膠袋來到家裡，袋子裡裝著滿滿的食材與調味料，甚至還有圍裙。順帶一提，他連愛美與美空的圍裙都準備了。

「機會難得，我們一起做晚餐吧。」

佐佐木笑呵呵地提議後，愛美就在半被強迫的配合下開始做起晚餐。佐佐木一穿上圍裙，便像是料理節目的來賓般以熟練的手勢切起青菜。「你好厲害喔。」聽到愛美的稱讚，佐佐木立刻搔了搔鼻子害羞地說：「一個人生活久了嘛。」

愛美覺得甩動平底鍋的自己非常可笑。自從國中家政課之後，自己一定就再也沒有做過這種事了吧。過去，愛美一直覺得做菜很麻煩、很浪費時間，因此敬而遠之。此刻雖然並非本意，但她卻不覺得討厭。

「我要開動了——」

三人合掌齊聲說道。餐桌上擺了滿滿的菜餚——青菜炒豬肉、義式生鮭魚薄片、味噌胡蘿蔔絲、豌豆滑蛋、番茄涼拌冬粉、油豆腐蘿蔔味噌湯，以及美空磨的山藥泥。這不是三人吃得完的分量，顯然做太多了。

愛美對於飄盪在客廳裡的空氣感到有些不自在。平常一直開著的電視早已關掉、悄然無聲。不知道是不是多心，似乎連日光燈都顯得比平常更明亮。

「好好吃！」即使沒人問，美空也主動讚道。

「太好了，都是因為有美空幫忙才這麼好吃。」

佐佐木伸手摸了摸美空的頭。

「林野小姐，你和美空昨天一整天應該曬得不輕吧？我昨天洗澡的時候身體痛得不得了，一個人在浴室裡哀哀叫呢。」

的確，昨天因為長時間待在公園裡，皮膚曬傷得很嚴重。不過由於愛美幾乎都待在樹蔭底下，受害程度較佐佐木和美空要輕得多。美空的鼻頭都曬到脫皮了。

午後，愛美隨口向美空問了句：「今天也要去公園嗎？」儘管美空回答「要」，但最後她們還是沒去。愛美只是想問問而已。

愛美不可思議地咀嚼口中的食物。上次在家裡吃親手做的菜是什麼時候的事了呢？愛美試著尋找記憶，卻無法立刻想起來。

小時候說到吃飯，不是微波食品就是外面賣的現成菜色。由於那十分理所當然，因此對於家裡沒人會親手做菜這件事她也不曾有過疑問。當然，愛美知道別人家並不是這樣，不過自己從小便接受「我家就是這樣」。

愛美喝了一口冒著熱氣的味噌湯，熱意透過舌頭慢慢擴散到身體裡，胃部漸漸暖和起來。

「林野小姐，雖然現在在吃飯，但我方便說一下高野的事嗎……」

佐佐木抬眼向愛美試探性地詢問。見愛美點頭同意後，佐佐木就將筷子放到碗上。

「我今天打電話給高野，告訴他這次的事我會保密、但要求他辭職。他答應是答應了，但不知道後續會怎麼樣。」

「這樣啊。」

「這件事真的很抱歉，造成你的困擾。」

佐佐木雙手貼在桌上低頭致歉。

「事情已經過去了。」

愛美簡短回答，腦海裡想的卻是別的事。

高野後來怎麼樣了呢？佐佐木應該不知道高野被金本勒索的事。另外，他作夢也想不到愛美要陷害他吧。

愛美不讓自己去深思這個複雜的情況未來將會如何。一部分是看開了，認為船到橋頭自然直，但真正的原因是她不願意去想。因為只要一想到或許將面臨一個無法挽回的局面，愛美便覺得好像有道巨大的牆壁即將壓垮自己，被這樣的恐懼給吞噬。

突然，門鈴聲響起了。愛美跳了起來，確認對講機的液晶螢幕。

愛美最近很害怕這個聲音，心臟像是遭人撞擊似地狂跳不已。

螢幕上出現一個女人的身影，是星期六和佐佐木一起來家裡、那個名叫宮田有子的女人。

「是上次跟你一起來的女人。」愛美回頭道。

佐佐木瞪圓了眼睛，表情大變。「糟了、糟了。」他站起身，驚慌得四處打轉。

「別擔心，我趕她走。」

「她明明說今天不會來……我沒跟她提過我和你的事。」

「我知道，是我拜託你的。」

兩天前好像也出現過一樣的情景。愛美微微苦笑，按下對講機的通話鈕。

〈我是前幾天前來打擾的社會福祉事務所職員宮田。不好意思這麼晚過來，請問方便再跟您談談嗎？〉

「我應該已經說過我們沒什麼好談的了。」

〈請別這麼說，能不能稍微給我一點時間呢？〉

「我現在在吃晚餐。」

〈這樣啊，那我下次再來拜訪好了。〉

對方意外乾脆地放棄了。但如果她再繼續糾纏下去，愛美也打算要直接掛斷對講機通話。

〈我有帶一些小東西過來，不成敬意。能不能請您收下呢？〉

如何？愛美看向佐佐木，以眼神詢問。但佐佐木的回應看起來既像在搖頭、又像在點頭。

只是收個東西應該沒問題吧。於是愛美走向玄關。

愛美將大門打開約三十公分。門後，是掛著一張假笑的宮田有子。

「抱歉這麼晚叨擾，這是我在站前百貨公司買的果凍，不嫌棄的話，還請您和孩子一起享用。」

宮田有子雙手遞出紙袋。就在愛美把門拉得更開、準備收下東西時，宮田有子的視線迅速往下一瞥。

「那麼，我改日再來叨擾，晚安。」

宮田有子留下這句話後便離開了。走廊上響起「喀、喀、喀」的高跟鞋腳步聲。

愛美再次感受到這個女人果然很危險。宮田有子的眼底隱隱約約散發出一股陰森感。這很難用言語來形容，與金本那種眼神裡蘊含惡意的情況不同，是一種看不清她心底想法的可怕。

愛美回到客廳後沒看到佐佐木。她拉開和室拉門，只見佐佐木在黑暗中抱著膝蓋躲在角落裡。

「她回去了。」

聽到愛美這麼一說，佐佐木虛脫地鬆了一口氣。

「宮田不喜歡不守規定的事。」

佐佐木邊洗碗邊說，眼鏡鏡框沾到了洗碗精的泡沫。

愛美坐在椅子上抽菸，聽著佐佐木說話。這是佐佐木今天來家裡後愛美抽的第一根菸，意識到這件事時，連愛美自己都嚇了一跳。

「如果宮田發現我瞞著她跟你見面的話，事情一定會一發不可收拾的。她也會瞧不起我，覺得我跟高野是同一種人。」

愛美則是適當地附和。

這個時候，美空正霸坐在電視機前看動畫，她全神貫注地凝視著電視機的畫面。平日裡，電視播放的都是愛美喜歡的節目，要看到動畫對美空來說大概很難得吧。

「美空，可以請你離電視機遠一點嗎？」

佐佐木從廚房喊道。美空乖乖照辦，滑動屁股往後退。

洗完碗，佐佐木就坐到美空身邊陪她看了一會兒動畫。不久後，他起身說道：「我差不多該離開了。」

美空的表情瞬間清晰可辨地暗了下來。或許是這個緣故吧，愛美出聲挽留佐佐木：「現在才八點而已呀。」

佐佐木看向時鐘沉思了一下，接著不好意思地說：

「那我就再待一下好了。」

愛美從冰箱拿出兩罐氣泡酒，將其中一罐遞給佐佐木。兩人一起坐到地板上，輕輕互碰了一下酒罐。
雖然愛美從十幾歲就開始喝酒，但至今依然不是很了解酒的滋味。對愛美而言，酒只是為了讓自己喝醉的東西。她並不喜歡喝酒，酒量也絕不算好，因此便按自己的步調慢慢啜飲。然而，佐佐木好像意外地很能喝，一罐接著一罐、話也漸漸變得多了起來。
「我絕對不會原諒高野。那傢伙算什麼啊！雖然使用暴力不對，但不狠狠揍那傢伙一拳實在難解我心頭之氣。他怎麼能利用自己的身分抓住別人的弱點不放呢！啊啊，太令人火大了。那傢伙在辦公室裡也是，一直都很卑鄙無恥。」
此時，佐佐木的臉龐就像是腦充血般滿面通紅。身邊擺了五個空罐。
原先在看電視的美空不知何時已在沙發上睡著了，短短的手腳呈現大字形攤開。
「你看，那是天使吧？」
佐佐木眼神迷茫地望著美空的睡顏。
「天使必須要愛她才行。」
天使……嗎。愛美以帶著醉意的腦袋咀嚼這句話。她配合佐佐木，喝完了第二罐氣泡酒。
佐佐木拿起遙控器關掉電視，寂靜頓時降臨，四周只能聽見美空細微的鼻息聲。
「你……沒有騙我吧？」佐佐木盯著半空喃喃自語。「竟然會有人喜歡我這種人……啊，你沒說喜歡我齁。」

佐佐木一個人笑了起來。

「我喜歡你喔。」

愛美將手放到佐佐木的大腿上。

佐佐木充血的雙眼看向愛美，愛美則是向前湊上臉龐。佐佐木的瞳孔倏地擴大，兩人的嘴唇越靠越近，只剩下幾公分的距離。

就在這個瞬間，佐佐木毫無預警地嘔吐了。愛美立刻退開，雖然避開了直接攻擊，但嘔吐物仍是灑了一地。這樣的發展大概也出乎佐佐木本人的預料，感覺他連摀住嘴巴的時間都沒有。

「對不起、對不起。」

佐佐木驚慌失措，全身發抖，嘴角還掛著一絲黃色的唾液。

「我其實……不太會喝酒——」

「別說了，你先去浴室吧。」

愛美口氣強硬地指著浴室的方向道。

佐佐木點頭起身，一路跌跌撞撞、搖搖晃晃地走向浴室。

愛美從櫃子裡拿出沒在穿的T恤。家中沒有抹布，她打算用不要的衣服來替代，於是將T恤拿到廚房泡水。

不久，浴室傳來了沖水聲。愛美暫時停下手中的動作思考。

……

愛美不清楚自己接下來該採取什麼行動，她就在沒有答案的情況下跨出了步伐。愛美不知道這是不是正確解答，感覺就像是有人在背後推著自己一樣。

站在洗手台前，鏡子裡是個二十二歲的年輕女孩，看起來有如沙子砌成般脆弱，彷彿一碰就會碎。

佐佐木就在不遠處，霧面玻璃隱約透出他的身影。

愛美緩緩褪去衣衫、脫下內衣褲，赤裸著身軀。她握住把手，悄悄地推開門扉。

眼前是佐佐木的背影，猶如少年般瘦小的背影。

佐佐木雙手抵著眼前的牆壁，讓蓮蓬頭的水從頭開始一路沖刷到身軀，嘴裡發出「嗯——」的低吟，絲毫沒有察覺愛美就在他身後。

愛美輕輕將自己的身軀貼在佐佐木的背上。蓮蓬頭的水滴飛散，打在愛美臉上。

佐佐木沒有反應。然而，他應該明白此刻自己身上發生了什麼事，也知道接下來會有什麼樣的發展。

「我剛剛吐了，身體很髒。而、而且，我前陣子就開始喉嚨痛，有可能是感冒了，然後——」

愛美從佐佐木身後伸出雙手，緊緊環抱著他。

不知為何，愛美有種自己被擁抱的感覺。

15

診間響起了吵鬧的手機來電鈴聲，眼前的石鄉對自己射出冷淡的視線。山田吉男舉起手表示歉意後就按下通話鍵，起身背對石鄉摀著嘴道：

「愛美，你到底在幹嘛？」

劈頭就是抱怨。吉男從前天開始便打了無數通電話給林野愛美，卻始終沒有接到回電。他本來打算要是愛美再不聯繫的話，今晚就要直奔她家。

〈抱歉，我沒注意到。〉

怎麼可能有這種事。吉男全身無力，但還是決定先講重點。

「好，所以怎麼樣？拍到了嗎？」

根據之前的回報，吉男知道愛美和佐佐木每天都會見面，但兩人還沒進展到肉體關係，似乎一直維持柏拉圖式的互動。就這樣過了將近兩個星期，也還是處於那個狀態。

起初，吉男對計畫能順利展開感到十分滿意，這幾天卻再也忍耐不住了。明明終點就近在眼前，他怎麼想也不明白為何最後臨門一腳要費這麼多工夫。

〈沒有，還沒拍到。〉

愛美的回答再度加深吉男的焦躁。

「那傢伙已經會在你家過夜了吧？就算是他那個樣子，好歹也是個男人，只要你勾引他的話不可能不買單啊。」

〈我有勾引他，但他拒絕了。〉

「為什麼啊？」

〈誰知道。大概是他清心寡欲吧。〉

「不可能。他是個男人，一定心煩意亂、想做得不得了。」

〈男人都是這樣嗎？〉

「當然啊。你又不是小孩子了，不要說那種蠢話。」

〈可能他這個人比較奇怪吧。〉

「可惡……」吉男粗暴地抓著頭髮。「總之，你今晚做個了斷吧，一定要喔！」

吉男嘆了口氣，掛斷電話。

「你好像在做什麼有趣的事呢，跟我說說吧。」

石鄉一臉興致勃勃，探出身體問道。

「沒有，沒什麼。」

吉男收起手機重新坐回板凳上。

「怎麼，不想說嗎？」

「不是什麼重要的事啦。」

「那就可以告訴我啦。」

石鄉莫名糾纏不休。這個蒙古大夫原來也跟娛樂記者一樣喜歡八卦。當然，吉男不可能告訴他的。

「只是一個沒有閨房生活的家庭主婦空虛寂寞，找我商量罷了。」

石鄉哼笑。「嗯，隨便。」他嘟噥一聲，身體大大向後仰，那張據說是石鄉專用的人體工學椅發出「咿呀」的聲響。「不說這個了。你告訴金本、叫他要接我電話啦，我都留語音信箱了那混蛋卻死不回電。他要是敢過河拆橋的話，小心後悔莫及。」

「你跟我講這些我也沒辦法呀，但金本老闆的確很懶得回人家電話。」

「哼。我不管，虧我還想大發慈悲，給那傢伙幾句忠告。」

「忠告？」

「嗯嗯。」

「想聽嗎？」石鄉抬眼看向吉男，露出染上尼古丁和焦油的一口黃牙。

仔細一看，會發現石鄉的眼睛像是剛從泳池起身一樣充血發紅，可以清楚看到好幾條血絲。此外，情緒也莫名高亢。他現在該不會處於嗑茫的狀態吧？

「嗯，反正跟你說也不礙事。」

石鄉搓了搓圓潤的下巴，露出不懷好意的笑容喃喃自語，接著自顧自地說了起來。

「金本暗地裡做的那些勾當組裡都知道，上頭的人也不是蠢蛋，到頭來之所以沒跟他計較也是因為那傢伙是經濟支柱的關係。可是啊，現在出現一些雜音、覺得他最近實在太得意忘形了。」

「這樣啊。」

「嗯嗯。不管做什麼都不跟人商量一聲、也不報告，覺得只要有把錢上繳就好，而且連那種態度也不掩飾一下。他一定覺得是自己在養森野組的那群傢伙吧。這樣一來，上頭的人心裡怎麼可能舒服。」石鄉用瞇得更細的眼睛看著吉男。「能平安無事是最好啦。你也小心點吧。」

「等等，醫生，你不要嚇我啦。」

石鄉粗鄙地笑了起來，聲音大得令吉男忍不住窮擔心會不會給隔壁的診間添麻煩。

「金本有才華是有才華，但在那方面卻有欠思慮。以下是我個人的看法，像他那種類型的人不能待在團體裡，比較適合單打獨鬥。」

「噢……」

「不過，他現在要是被組裡扔出去的話大概活不下去吧。」

石鄉不帶感情地說著。

「畢竟這個世道一個人做什麼事都很辛苦。」

「我不是那個意思，我指的是『沒辦法留在這個世界上』。」

「呃……那是什麼——」

「就是你聽到的那樣。意思就是，他搞不好會被宰掉。」

吉男皺起眉頭。這些話可不能聽聽就算了。

「你知道金本過去是新宿八代組的人嗎？」

「不知道……」

吉男第一次聽說。金本從不會跟他提自己的事，吉男也沒想過要問。

「是喔。你真的什麼都不知道耶。」

雖然石鄉那種瞧不起人的口吻讓人很不爽，但吉男還是點點頭，催促對方說下去。

「就是啊，金本以前在新宿似乎混得風生水起。大概是初生之犢不畏虎吧，危險的買賣一筆接一筆做，不擇手段撈了好大一票。但就在那個時候，他惹出了麻煩所以被趕出新宿，最後才來到這座城市。」

「醫生你知道得還真清楚呢。」聽到吉男這麼說後，石鄉隨即耍冷：「因為我雖然有執照，卻是個密醫啊。」然後自顧自地發笑。

他真的是醫生嗎？吉男覺得這個男人其實是貨真價實的黑道，只不過披了件白袍而已。

「所以，為什麼可能有人要殺金本老闆？」

「因為他想回新宿。那傢伙好像馬上就要離開這個城市了。」

「啊，金本老闆嗎……」

吉男嘴上應和，心想這或許是個好消息。金本若能離開船岡最好。雖然吉男可能會失去藥頭的工作，但那種事怎樣都無所謂。

「為什麼回新宿去就會被殺呢？」

「聽說新宿有一大堆傢伙不喜歡金本，直到現在還有人揚言要幹掉他。基本上，是有個姓犬飼的大叔站在金本那邊，這個人是八代組的組長，我也認識。不過，就算靠這位組長的力量也很難讓周遭的人接納金本。金本似乎覺得無所謂，但一旁的人可不這樣想。我想叫金本小心提防的就是這件事。」

石鄉雙手枕在腦後，朝吉男勾了勾嘴角。

「那個，請問金本老闆做了什麼？怎麼會招惹眾怒到這個地步？」

「他殺了人。」石鄉乾脆地告訴他。「雖然我不知道詳細的情況，但以結果來說，那傢伙綁走自己的大哥、活活把人打死了。這樣被逐出組織也是理所當然的吧。」

傳聞——是真的。要是不知道真相就好了。讓傳聞一直是傳聞該有多好。

「不過除了這件事之外，金本似乎也到處跟人結下梁子，所以實際上可能跟打死人這件事也無關就是了。不過新宿對那傢伙而言很危險應該無庸置疑。我現在要是失去那傢伙的話也會有點傷腦筋，所以才想讓他回心轉意。你也幫我勸勸那傢伙——」

石鄉的聲音化成了耳邊風。吉男重新思考起金本的事，那個男人要是出了什麼麻煩，自己也會受害嗎？要是有人因為吉男跟在金本身邊就順道也把他宰掉的話那可怎麼得了！雖然覺得應該不會發生這種事，但吉男還是嚥下了一口口水。

離開醫院後，吉男直接前往與金本約定的場所。儘管總有一天必須跟金本切割乾淨，現實卻是眼前還有工作要做。自己這種一板一眼的地方真的很蠢。

昨晚，由於手上的搖頭丸即將告罄，吉男便向金本要求補貨，他們最近經常這樣。吉男覺得麻煩，便試著提出希望能一次多拿一點量，金本卻沒點頭同意。金本的答覆是他自己也是少量分批進貨，因此執行上有難度，但吉男卻覺得是金本不信任他的關係。不過，得到那個男人的信任也很傷腦筋。

吉男在金本指定的超商停車場找到了白色 FREED，遠遠便看到駕駛座上有人。是金本。一定沒有人想到那輛車裡坐了一個十惡不赦的大壞蛋吧。

順帶一提，金本除了 FREED 之外還有一輛黑色的藍寶堅尼 Huracán，好像是根據工作類型開不同的車。

吉男走過去，途中朝馬路吐了口痰。一旁的中年婦人以輕蔑的眼光看著他。吉男一瞪過去，對方便收回視線離開了。

吉男打開副駕駛座的車門坐進車裡。車上開著冷氣，引擎處於發動狀態，每個角落都打掃得乾乾淨淨、一塵不染，還散發著淡淡的芳香劑清香，很符合金本的潔癖作風。

「您辛苦了。今天還是一樣很熱呢。」

金本戴著一副黑色的雷朋太陽眼鏡，膝上擺了台MacBook。吉男一打完招呼，金本隨即伸出手掌。

「拿來。」

吉男從手提包取出庫存的搖頭丸遞給金本。

金本打開Excel表對照庫存數量，藉此確認吉男是否有造假。當然，從來沒有一次數字不對。

「好。」大概是認同結果吧，金本點了點頭。

金本接著從腳邊拿起便利商店的袋子交給吉男。袋子裡放了零食和飲料以避人耳目。金本每次都是這樣將搖頭丸交給他的。

「我這次稍微多放了一點，小心保管啊。」

吉男低頭覷了覷，袋子裡的搖頭丸的確比往常還多。他該如何解讀這件事呢？金本對自己的信賴度提升了嗎？

「確實收到。那我先離開囉。」

吉男握住門把推開車門。「等等。」就在他半截身體探出車外時，金本喊住了他。

「我有事問你。」

吉男有股不好的預感。他再次坐回車內，關上車門。「什麼事呢？」

吉男私底下利用愛美的事曝光了嗎？應該不可能。吉男這麼對自己說道。

「是關於高野的事。」

吉男稍稍鬆了一口氣。老實說他也很好奇高野後來怎麼了，但一直刻意避免主動提起這個話題。

「嗯嗯，那傢伙怎麼了？」

「他前幾天好像遞辭呈了。這是個值得高興的誤判，他們單位好像不是開除他，而是以個人因素離職這種方式處理，聽說甚至還會付他離職金。」

「真的嗎？怎麼會這樣？」

吉男裝出一副吃驚的樣子。他已經從愛美那裡聽說這部分的事了，而愛美當然是從佐佐木那裡獲得情報的。

「我也很不解。我逼問高野，照那傢伙的說法，好像只有一個姓佐佐木的社會個案工作員確實掌握到他和愛美之間發生的事。然後那個佐佐木跟高野說『會跟所裡保密，但你要辭職』。也就是說，單位的人似乎都以為高野是突然想離職的。」

這部分也跟愛美說的一致。佐佐木好像也沒有跟那個姓宮田的同事坦承真相。

「對了，你認識那個姓佐佐木的個案工作員嗎？」

「不認識，他不是我的負責人。」

吉男流暢地吐出謊言，金本似乎也沒有起疑。

「話說回來我還是想不通。」

「您指什麼？」

「佐佐木那個傢伙為什麼沒向他們單位報告？保持沉默對他有什麼好處嗎？」

吉男說不出話。

「按照高野的說法，佐佐木好像提到事情公開的話，會讓愛美受傷。」

「啊啊，那一定就是這個原因了。」

「佐佐木為什麼要保護愛美？」

「……不知道。換個角度來看，愛美也是某種意義上的受害者，可能是同情愛美之類的吧。」

「怎麼可能。那種女人跟垃圾差不多吧，所以我總覺得很在意。」

好過分的說法。不過金本還是老樣子，在一些奇怪的地方特別敏銳。

「唉呀，這不是件好事嗎。又不妨礙計畫，高野有離職金也很值得高興吧。因為最後那些都會是金本老闆您的錢，不是應該覺得局勢好轉了嗎？」

「嗯嗯，可我還是沒辦法接受，這種不清不楚的狀況會讓我很不舒服，無法冷靜。」金本順了順頭髮，嘆出一大口氣。「所以，我打算讓莉華去探探愛美身邊的情況。」
吉男的心臟狂跳。「怎麼又要去找愛美了？」
「我總覺得愛美很可疑。直覺告訴我，那個女人好像在隱瞞什麼。」
「隱瞞什麼？會是什麼啊？」
「就是不知道才要打探啊。」
「您的意思是愛美在背地裡搞小動作？什麼小動作？」
「我不是說我不知道嗎。」
「我不覺得那樣一個小女生能做出什麼事耶……」
金本看著前方沒有回應。
車內暫時被一片靜謐籠罩。吉男偷偷覷向金本的側臉，內心一驚。金本從太陽眼鏡縫隙間露出的眼睛將吉男逮個正著。
吉男乾咳一聲，硬是轉了個話題：「對了，高野那傢伙現在在哪裡做什麼啊？」
「我讓他在我的店裡當工作人員。」
「在覓珊思嗎？」
「不是，是扮酒。」
「扮酒？那是什麼？」

「扮裝酒店。女孩子穿上護士服、空姐服、水手服接客，少爺也全都要角色扮演。高野那傢伙是扮成巡警工作。」

「哈哈哈，真是太妙了。」

吉男拍手大笑，可是內心卻笑不出來。金本要是知道他和愛美的計畫，事情就大條了。

「嗯。」

「那麼，」吉男「喀、喀、喀、喀」地扭了扭脖子說：「我差不多也該離開了。」

金本朝吉男點了點下巴示意他下車。吉男點頭致意，可是在握住門把時突然停下動作。

「對了，金本老闆。」

「幹嘛？」

「石鄉醫生要我轉達，請您接他電話。」

金本嘖了一聲。「他又沒什麼了不起的大事。」

「醫生好像有很重要的事要跟您說。」

金本沒有回答，解除了腳煞車。

吉男一關上車門，**FREED** 便立即倒車轉了一百八十度、駛離停車場。

吉男彎腰鞠躬目送車子離開。車上雖然開著冷氣，他的手掌卻滲出了一大片汗水。

16

在得知自己不是感冒後，佐佐木守愈發感到擔憂。

由於喉嚨那種原因不明的不適感一直沒有消失，守前幾天終於去了醫院求診，但面前的醫生卻一臉納悶。守的喉嚨沒有感冒發炎、也沒有類似息肉的東西，當然，也沒有腫瘤。

可是他真的覺得喉嚨怪怪的。「可能是喉球症。」聽完守的陳述後，醫生說了一個守從沒聽過的病名。

醫生說，吞嚥時覺得卡卡的卻沒有在喉嚨發現相應的病變時，很可能是罹患這種病症。那似乎是一種心理引起的疾病，簡單來說就是「想太多」。

無論如何，當知道這個疾病的原因是壓力引起的之後，這次換守一臉納悶了。守確實因為工作累積了許多壓力沒錯，但他現在每天都快樂得不得了。

守現在和林野愛美是情侶的關係，過著近乎同居的生活。上週，守從家裡拿了衣服和最低限度的生活用品塞入行李箱就奔赴愛美的身邊。守先前經常留宿愛美家，隔天再搭第一班電車回家，從家裡出發上班。由於每天都這麼做的話十分辛苦，於是守便決定不如就住在一起吧。

現在是守人生中最幸福的時光。每天一睜開眼睛、身邊就是自己心愛的人，世上還有比這更幸福的事嗎？

「喂，佐佐木，你有在聽嗎？」

坐在吧檯旁的嶺本拍了拍守的肩膀。

守今天在嶺本的邀約下來到了他推薦的居酒屋。守的神經還沒有大條到可以連日拒絕主管的邀請。

當然，守其實現在就想馬上回家。他想念愛美、想看看美空的臉蛋。

「雖然他看起來是那副德性，但個性或許意外纖細呢。」

嶺本舉起裝著地瓜燒酒的玻璃杯，冰塊發出清脆的「哐啷」聲。

「或許吧。」

守一邊飲著烏龍茶調酒、一邊配合嶺本應和道。

「我真的搞不懂他耶。」

談話的主角是高野洋司。

上週，高野按照守的指示向單位請辭了。嶺本說，高野是以郵寄的方式遞出辭呈。實際上高野從那天起便再也沒進過辦公室，辭職理由好像也只寫了是基於個人因素。

於是，嶺本便對這樣的高野展開了愚蠢又可笑的想像，猜測高野是不是因為工作方面的煩惱得了憂鬱症。

「那小子的東西你寄回去了嗎？」

嶺本吃著生魚片問道。

「嗯嗯，我拿紙箱打包寄到他家了。」

負責整理高野辦公桌的人是守，當他在上鎖的抽屜深處看到成人情趣用品時差點抓狂。守再次對高野產生憎恨的情緒和強烈的嫉妒。

那個男人和愛美上過幾次床？又是如何佔有她的？為什麼高野那種人可以自己卻不行？實在太沒天理了。

他用力握住啤酒杯的把手。

守不管嘗試幾次都沒辦法順利和愛美結合。他的生殖器在緊要關頭就無法發揮作用，好不容易勃起了、下一秒又立刻垂了下去，而且越焦急越做不到。自慰時雖然沒有問題，做愛時卻無法上陣。難道自己是一個沒用的男人嗎？比高野洋司還不如嗎……

雖然愛美安慰他，但守卻陷入了自我厭惡，同時也對愛美感到抱歉。守恨高野。抱著愛美時，守的腦海中都不時會閃現那個男人的影子。一定是因為這樣他才無法勃起的。

「我啊，覺得自己多少也有些責任，一定是在哪個環節遺漏了那傢伙發出來的求救訊號吧。」

嶺本搖晃著玻璃杯，視線落在旋轉的冰塊上。

「怎麼會呢。這不是課長的責任啊。」

實際上，高野根本沒有發出求救訊號。

嶺本深深嘆了一口氣。「畢竟我們做的是這樣的工作，大家都不敢抱怨自己的精神到了極限，換作誰變成高野那樣都不奇怪！」

嶺本抬高音量控訴。他今天喝的比平常快，已經進入第七杯了。

「話說，佐佐木，你和宮田是怎樣？」

嶺本突然問道，同時窺探守的表情。

「怎樣是指？」守表示不解。

「別看我這樣，我的直覺可是很敏銳喔。你們兩個偷偷有什麼吧？」

「偷偷有什麼是指什麼呢？我和她沒有任何私交喔。」

「真的嗎？」

嶺本再三確認，表情雖然在笑，眼底卻沒有笑意。

「不過啊，那個女人也很奇怪……」

嶺本喝了一大口酒後說道。

「嗯……是很奇怪。」

「跟那種人在一起很辛苦喔。」

嶺本也不想想自己，還真敢說。不過守也有同感，這個世界上有男人能夠跟宮田有子交往嗎？宮田有子交過男朋友嗎？守絕對不敢向本人問這個問題。

但守問了嶺本。「不知道宮田喜歡哪種類型的男人。」

「是啊。」嶺本瞪向半空。「我很確定不會是我就是了……」

守不小心笑了出來。「她一定只會跟聖人君子型的人交往吧。」

聽了這席話後，嶺本轉向守、猛然湊近臉龐問：「你真的這麼認為嗎？」

濃濃的酒臭味。「對啊，我是這麼覺得。」

「太嫩了，你啊，實在是太嫩了，一點都不了解人類這種生物。」嶺本重重搖頭。「越是那樣的人，就越會跟奇怪的傢伙糾纏。老天爺就是用這種方式維持世界的平衡。」

「啊，是這樣嗎？」

「沒錯，所謂人性，就是這麼幽深複雜。」

這句話莫名有說服力。因為是嶺本說的才有這種感覺嗎？守一臉嚴肅地點頭。

「你的人生經驗還不夠，所以才不懂吧。」

「確實呢，我不是很懂。」

「你想累積看看嗎？」

「什麼？」

「我問你，想不想累積經驗？」

嶺本的眼睛直勾勾地盯著守不放，伸手覆上守的手背。守立刻抽回自己的手說：「我……我可能還太早了。」

「沒這回事。要不要拿出勇氣奔向未知的世界呢？這樣一來，可以看到不一樣的風景喔。」

「對、對了。宮田今天好像又成功逼退了惡質個案呢。」

守硬是改變了話題，他並不想看見那種風景。

「嗯嗯。」嶺本不悅地吐了一口氣。「因為那傢伙一直很專注在這些事上啊，你也稍微學一學。你這個月和上個月都掛鴨蛋吧？」

「是的，我會多多學習。」

「我這樣說好像很矛盾，但你也別太鑽牛角尖，如果連你都要引退的話我可扛不住。這話不是只對你一個人說而已。」

「是，我會注意的。」

「唉，至少宮田應該沒問題吧。那傢伙不是心理會生病的類型。」

嶺本的這個說法令守忍不住大笑出聲。

守最近和宮田有子沒什麼交談。雖然每天早上都會在所裡碰面，但也只是互相打招呼而已。他真的不知道那個女人的心裡到底在想什麼。

宮田有子雖然揚言每天都要去愛美家，但自從帶著禮物去拜訪那次後便再也沒有出現在愛美面前。那天，守都覺得自己壽命短了好幾年。

即便知道高野提出辭呈，宮田有子也只是嗤笑一句：「讓他搶先一步了嗎。」既然如此，當初又為什麼那麼執著呢？守原以為依照宮田有子的個性一定無法接受自行辭職這種體面的結果，會想方設法掌握證據，在高野接受法律制裁前絕不罷休。但這麼一來，受到傷害的人就會是愛美了，所以宮田有子願意放棄是最好不過。

隔天，守前往先前那個山田吉男的家裡做例行訪視。

一想起上個月的家訪，守至今仍是一肚子火。腰痛——山田以這點為武器，無論守說什麼都不願意聽。他大概想得很輕鬆，覺得只要利用這點就能一輩子領生活保護補助吧。這份工作就是得和那種無可救藥的人正面對峙，果然不容易。不過，守今天一定要讓山田在同意書上簽章。雖然沒有根據，但守覺得自己不會輸。他很有自信，自己最近已經變堅強了。

山田以一種皮笑肉不笑的表情迎接守，感覺似乎有些不太一樣，不像之前那樣忌諱守。

房間還是老樣子，一踏入屋裡，一股刺鼻的臭酸味立刻竄入鼻腔。到底要怎麼做才能在這麼骯髒的環境裡生活呢？

跟上次一樣，守坐在坐墊上與山田大眼瞪小眼。他省略了基本的問候，直接切入正題。

「山田先生，我上次提過的事怎麼樣了呢？您有在找工作嗎？」

「佐佐木，你好像變得很有男子氣概耶，是有這個了嗎？」

山田一開口就不正經。他豎起小指，咧開嘴巴露出意有所指的笑容。

「請不要轉移話題。」

「我這不是在稱讚你嗎？都說女人有了男人會改變，男人也一樣啊。」

山田眼神中帶著調侃，斜眼看著守。

「請不要一直開玩笑，好好說話。」

「我很認真耶。」

「那請回答我，您有在找工作嗎？」

「有啊，在腦袋裡找，哈哈哈！」

垃圾屋裡響徹著山田毫無節制的大笑聲。

守從包包裡拿出取消生活保護補助的同意書，迅速遞到山田面前。

山田皺眉問：「這是什麼？」

「如您所見。我們上次說好了吧，如果您沒有表現出積極找工作的意向就要中止補助。」

「我說你啊，這種搞法怎麼說都太粗暴了吧？我下個月要是餓死的話──」

「那是您自己的責任。」

守斷然回道。

山田臉色大變。

「什麼叫我自己的責任？你們的工作就是拯救我們吧？」

「您完全誤解了呢。我們的工作只是協助。」

「那就好好協助啊。」

守刻意在山田面前嘆了一大口氣，然後緩緩以中指推高眼鏡，目光堅定地盯著山田。

「山田先生，我上個月也說過了，但請容我再說一次。您這樣下去真的好嗎？您希望每天過著這種日子嗎？」

「喂！我叫你不要用那種高高在上的樣子說話了吧？」

「您要不要試著更認真生活一點呢？」

「叫你閉嘴了喔。」

「這種生活並不幸福吧？」

守變得殘忍了。他想用更挑釁、更難聽的字眼痛罵對方。

山田咬緊牙根、一臉忍受屈辱的模樣，感覺下一秒就要動手揍上來。但，敢揍的話就揍吧。

「來，請填寫並蓋章。」

守指著同意書進一步逼迫。山田的忍耐大概到了極限，他突然伸出右手粗暴地扯住守的衣襟。

「臭小鬼，少得寸進尺！我現在就讓你好看！」

山田的臉朝這裡進逼而來，儘管有很嚴重的口臭，卻一點也不可怕。

「好，請好好工作讓我刮目相看吧。」

「你這傢伙還真是嘴巴上不肯服輸啊。我先說好，你也只有現在講話能這麼大聲了。」

山田鬆手，用力把守推開。

「什麼意思？」守一邊整理自己的衣領、一邊問道。

「你之後就知道了。」

「這種毫無根據的威脅是什麼意思？」

「你說呢。」山田聳聳肩。

守心裡有些發毛。「之後就知道了」是什麼意思？

他和山田互相瞪著彼此。這個沒用的人──守心謗腹非。

守呼出一口氣。「雖然不是很明白您在說什麼，但總之，能不能請您填寫這張表格呢？」他死馬當作活馬醫，再一次逼問。

山田把手伸向同意書、舉到眼前，然後當著守的面撕成兩半。

「這就是您的答案嗎？那麼，我今天就告辭了。如果您是這種態度的話，我這邊也有我的考量，還請做好心理準備。」

「你才是。」

山田只回了這一句話便鑽進被窩。

守起身俯視眼前的物體。要是可以就這樣把他捲起來丟到大海裡的話該有多痛快！腦海裡浮現莫名具體的畫面，也稍稍抒解了守心頭的怨氣。

「我回來了——」

守在玄關揚聲道，屋裡立刻傳來「噠、噠、噠」的天使腳步聲。美空奮力奔向守，守伸出雙手胡亂揉了揉美空的頭髮，輕輕將她抱起前往客廳。

「你回來啦。」

穿著圍裙的愛美站在廚房裡，頭髮在後頸紮成了一束。

「我回來了。」

幸福在守的內心一點一滴渲染開來。我回來了、你回來啦。這是守的生活中一直沒有出現過的話語，即使長大後回老家也不會這樣說。

這時，守察覺到一股異臭。

「是不是有股燒焦味？」

守嗅了嗅四周向愛美問道。

「是咖哩焦掉了。」

愛美嘟起嘴巴回答。

「唉呀，你丟掉了嗎？」

「還沒，正打算丟。」

「啊啊，等等。」

守走進廚房瞄了眼鍋子，不太ＯＫ的咖哩正冒著熱氣。守舀了一匙放入嘴裡，雖然有些微苦，但還救得回來。

「愛美，冰箱裡是不是有豆漿？」

「還有一點點。」

「那就沒問題了，咖哩可以起死回生喔。」

「真的假的？」

「真的真的。幫我準備一個新鍋子，我把咖哩倒過去。」

燒焦的咖哩加入豆漿能夠中和苦味，讓味道變柔順。這招守用過好幾次。

守、愛美、美空三人一起吃了復活的咖哩。為了美空，守還將咖哩調整成甜味。

「果然還是苦苦的，抱歉煮了這麼難吃的咖哩。」

愛美皺起臉龐。

「沒這回事，別放在心上。對吧，美空。」

嘴角沾了一堆咖哩的美空點了點頭，那副模樣可愛無比。

吃完飯，愛美邊將碗筷收到廚房邊對守說：「熱水已經放好了。」

「美空，那我們去洗澡吧。」

守朝坐在地板上畫圖的美空道。最近，陪美空入浴的任務由守負責，美空也很喜歡和守一起洗澡。

然而美空卻沒有起身的意思，一如往常沉迷在畫圖中。

「美空，叫你去洗澡。」

在廚房裡洗碗的愛美出聲責備。

「啊啊，沒關係，美空好像快畫完了，再等她一下。」

語畢，守坐到沙發上。這樣在客廳悠哉放鬆的時間幸福又奢侈。

「啊，對了，沐浴乳是不是快用完了？」

守想起了這件事。

「哦，嗯嗯，應該沒剩多少了。」愛美邊洗盤子邊回應。

「家裡有庫存嗎？」

「沒有。」

「那我明天下班時買回來。」

愛美突然停下手中的動作。接著她轉過頭，直直凝視著守。

「嗯？怎麼啦？」

「你為什麼這麼好？」

愛美突然對守這麼說。

「咦？」守有些困惑。「買沐浴乳回來這種事有那麼好嗎？」

「不是那個……算了。」愛美又開始洗起碗盤。

過了一會兒，愛美繼續手邊的動作、嘴裡喃喃低語：「我總覺得很害怕……」

「害怕？怕什麼？」

「……不知道，就是害怕。」

「什麼啊。」守忍不住大笑。「是這個家會出現怪物嗎？」

愛美不理會守的玩笑，以鄭重的口吻道：

「謝謝你，各方面都是。」

守又笑了出來。「雖然不是很明白，但不客氣。」

「答應我，不要離開。」

愛美的這句話中有種迫切，她望著守，眼底帶著憂愁。

守輕輕吸了一口氣後回答：

「如果你是在害怕現在的生活會消失的話，不用擔心，因為我想永遠和你在一起。來，美空，差不多該去洗澡囉——」

守起身，抱起似乎已經畫完圖的美空離開客廳。

他在更衣間脫去美空的衣服走進浴室，洗好頭和身體後再一起泡澡。

「這是美空，這是媽媽，這是守。」

美空邊說邊一一指著浮在浴缸裡的玩具鴨。

「為什麼守鴨鴨比美空鴨鴨還小隻？」守不禁失笑。

這樣的日子要是能一直持續下去就好了。永永遠遠，持續下去。守品嚐著幸福的滋味，期盼與愛美和美空相守一輩子。

17

她一面看著手邊的東西一面小跑步，結果撞到了一個年輕男子的肩膀，對方嘖了她一聲。這是今天的第三次了。萬籟俱寂的深夜裡，船岡的大街小巷皆已入眠。在沿海一排倉庫群中，古川佳澄拿著黑色的手持盤點機在角落的倉庫裡忙碌地來回穿梭。

這是棟巨大的倉庫，占地寬敞到能放進一座足球場。倉庫裡，一排排鐵架如骨牌般等距而立，架上擺著密密麻麻的商品，種類繁雜、數也數不清。從食品、衣物、書籍、DVD、玩具、到家電，應有盡有，全都是大型電商平台販售的商品。

這是佳澄好不容易找到的工作。她註冊了臨時工派遣網站，寫下「只要不是外場作業，任何工作都能接」的需求後，專員便介紹了這份工作。晚上十點搭乘從船岡站發車的巴士前往沿海的這處工廠區，一直工作到隔日早上六點再搭上巴士回到船岡站。時薪一千零五十圓，是佳澄做過薪水最高的工作。

不過，工作內容也相應繁重。這裡每個人都會分配到一台盤點機，找出機器指定的商品再拿到集貨區，不斷反覆這個過程，工作時不允許停下腳步。但由於佳澄還不習慣這份工作，每個步驟都需要花費時間。雖然她可以從盤點機顯示的數字和英文字母得知商品所在的貨架，可是卻不知道那座貨架位於何處。今天是佳澄工作的第五天，儘管她已大致掌握貨架的配置了，但速度仍明顯慢於其他人。不過佳澄並不討厭這樣的工作內容，大概是因為自己很適合這種單純的作業吧。由於身體隨時處於勞動狀態便不需要思考，這點佳澄也很喜歡。

倉庫裡響起一道穿透耳膜的鳴笛聲，是集合的信號，即使在偌大的倉庫裡也能傳遍每個角落。佳澄很討厭那個聲音，順帶一提，鳴笛每兩小時就會響一次。

附近的撿貨員紛紛停下手中的工作，一齊朝集合場所前進。在約八十人的撿貨員裡，有一半是二十歲左右的年輕男子，另一半則是四十歲以上的中年男女。此外也有些明顯超過六十歲的人零星摻雜其中，反而完全看不到像佳澄這種三十幾歲的人。

大批撿貨員圍成一個圓圈，中央擺了只木箱，上面站了一個大塊頭男子，他是負責對佳澄這些檢貨員發出指示的正職員工。

男員工掃視台下一周，舉起大聲公靠近嘴邊。

「好，下面叫到的號碼的人留下來。八號、十四號、十七號、二十二號、三十號、三十四號、三十九號、五十五號……」

男員工意興闌珊地唸著數字。佳澄在心中祈禱，不要有七十二號。

「七十二號。」

佳澄垂下肩膀，嘆了一口氣。

這裡的每個撿貨員都會拿到一枚拳頭大小的數字徽章，規定他們要別在胸前。剛才喊到的號碼就是績效低落的撿貨員。

數字沒被喊到的撿貨員代表過關，可以獲得五分鐘的休息時間，至於佳澄他們則必須繼續撿貨，也就是要接受處罰的意思。

十名左右的不合格揀貨員留下來、聚集到男員工身邊。所有人都是年長者，當然，佳澄是其中最年輕的人。

「你們是薪水小偷嗎？要是不想做的話就回家，真是的！」

這名二十多歲的男員工每次都會像這樣口出惡言。不過，佳澄知道這個男人的主管也以同樣的方式罵他，還曾經教訓他：「那些臨時工就是看不起你才敢打混摸魚！」

「好啦，快回去工作！」

男員工揮手趕走佳澄他們。

佳澄剛從男員工的面前經過，對方就喊住了她。「七十二號，你為什麼一直戴帽子啊？就是因為戴那種東西動作才會那麼慢。」

「對不起。」佳澄低頭道歉，但是卻無法明白對方的意思。帽子跟工作效率有關係嗎？

「把肥猩猩的話放在心上就輸了喔。」離開集合地點後，一個同樣績效不合格的阿姨在佳澄耳邊悄聲道。阿姨的兩鬢有些斑白，年紀大約五十五歲左右吧。

「肥猩猩？」

「你看那傢伙。」阿姨的下巴微微指著男員工的方向。「工作場合外肯定沒有女生想理他，所以個性才會那麼扭曲。」

「啊……」

「還有啊，你不用那麼急沒關係，慢慢來就好，反正薪水都一樣。」

語畢，阿姨拍拍佳澄的腰便離開了。

儘管如此，佳澄還是很努力。抓不到訣竅的話，她就只能靠移動速度來爭取時間了。

迎來工作結束的早上六點時，佳澄的小腿肚已經腫得像鐵塊一樣，但一切都有了回報。最後收到當日綜合績效表的時候，佳澄鬆了一口氣，七十二的數字在正中間的位置。佳澄之前的排名更後面，雖然沒有人誇讚自己，但她還是有股小小的成就感。

「我下班時看到肥猩猩又被主管罵了，心情真好。」

這是剛剛那個阿姨在回程的巴士上告訴佳澄的。阿姨的派遣公司似乎和佳澄一樣，兩人搭的是同一輛巴士。阿姨姓中村，在巴士裡發現佳澄後便坐到她的旁邊。

「那傢伙和我兒子差不多大。啊，我們家那個是在科技業啦、科技業！不過，那裡一定也有兼差的歐巴桑吧，一想到我兒子是不是也會用那種態度對待人家就覺得很討厭。」

中村很愛說話，而且嗓門還很大。佳澄看向車內，所有人都一副筋疲力盡的樣子，也有不少人在睡覺。她提心吊膽，生怕有人會突然要她們閉嘴安靜。

「古川小姐，我可以問個問題嗎？你為什麼一直戴著帽子啊？」

中村看著佳澄的頭問道。

「我有點落髮的問題……」

「唉呀！」中村誇張地皺起臉。「是圓形禿嗎？」

佳澄輕輕頷首。

「啊啊，那樣會操心得沒完沒了耶。那都是因為壓力才會這樣的，我懂我懂。」中村重重點頭。「對了，你先生呢？你有小孩嗎？」

中村毫不顧忌地接連拋出問題。儘管有些不知所措，佳澄還是回答了。「我有個讀小學三年級的孩子，兩個人一起生活。」

「沒有先生嗎？真可惜，你這麼年輕又漂亮。現在才三十歲出頭吧？怎麼說也可以再婚啊。不過一定要慎重，我也是再婚的人，但徹底失敗了。我先生去年被公司裁員後每天待在家裡無所事事。每次他問我『飯還沒煮好嗎？』的時候我都好想殺人，我現在能明白殺人犯的心情了，原來就是在這種瞬間不小心動手的。」

中村面帶笑容說著危險的話語。

「唉……人生怎麼會變成這樣呢？」

佳澄的視線越過坐在窗邊的中村看向窗外。清晨的道路上沒有什麼人車，沐浴在陽光下的行道樹鬱鬱蔥蔥，蟬鳴聲震天價響，連在車內都聽得清清楚楚。

「說到這，我初春的時候去了趟市政府想申請生活保護補助。」

中村開啟了新話題。

「可是卻被拒絕了。我遇到一個很討厭的女職員，直接跟我說我不符合條件，沒辦法申請。我好生氣，抱怨了幾句才回家。到頭來，就算我沒錢，但因為有丈夫，小孩也已經成人了，所以政府才不幫我吧。這種不上不下的家庭主婦最吃虧了。」

佳澄只是配合中村，頻頻點頭。

「啊，古川小姐，你也去諮詢看看吧。你的話，應該可以請領生活保護補助吧？」

佳澄偏頭看著中村。

「你的孩子是還需要照顧的年紀，又沒有丈夫，他們應該能理解的。雖然我不是很清楚詳細的申請條件……」

生活保護補助……嗎？佳澄的腦海裡浮現文字。她當然知道這個東西，但僅限於名稱，對內容則是一無所知。她從沒想過要如何才能領取生活保護補助。不，因為覺得申請補助需要很多繁複的手續，自己應該做不到，所以這個方法從一開始就不在佳澄的選項裡。

這世上一定有很多人跟佳澄一樣，既不懂得蒐集資訊又沒有行動力。無論周圍的人如何伸出援手，只要當事人沒有察覺就沒有意義。

「我住的公寓隔壁那戶有個超過七十歲、一個人獨居的老太太，有在領生活保護補助，不過她那一定是不當領取，因為她的日子過得比我好太多了。我稍微問了一下，那個老太太說自己和小孩斷絕關係，但有個年紀和我差不多的男人每個月都會去她家好幾次，怎麼看都像是她兒子。然後啊，那個兒子開的車是賓士耶、賓士！雖然是比較便宜的款式，但再怎麼說也還是名車吧。有開那種車的兒子卻在領生活保護補助，這不太能原諒吧？所以後來我又看到那台車的時候就立刻跟市府通報，可是市府的人果然會說他們工作——」

生活保護補助……嗎？佳澄再次在心中默唸。只是，這個詞總給佳澄一種討厭的感覺。雖然她現在的狀況並不適合說這種悠哉的話，但她就是覺得申請這個的話會對勇太和勇一郎感到很抱歉。

話說回來，每天重複小小犯罪行為的自己有這種想法也很可笑就是了。

「——這種不合理的事都被放過了，卻不救救我這樣的人，實在太讓人生氣了。」

直到巴士到站前，中村的嘴巴都沒停下。

回到家，佳澄為起床的勇太準備早飯後便上床睡覺。從早上睡到中午，做完午飯後再睡到三點，這樣的生活雖不規律卻也無可奈何。不管怎麼樣，之前就算晚上鑽進被窩也會因為焦慮不安，然後一下子就醒了，幾乎無法成眠。這樣看來，現在的生活方式或許還比較健康。

佳澄睡覺時，勇太就一個人在家裡玩耍。現在是暑假，不用去學校。勇太本來是那種會和朋友一起去外面玩的孩子，但升上三年級以後就變了。佳澄雖然不清楚明確的理由，但總覺得問題應該出在自己身上。勇太因為家裡窮，在別的孩子面前抬不起頭來。自己和身邊的人裡頭似乎就只有他沒有NDS[8]。

[8] 全名為 Nintendo DS 日本任天堂於 2004 年推出的攜帶型遊戲機。

佳澄失去意識，就這麼一路熟睡到中午。感覺她好久沒有好好睡覺了，一定是因為身體很疲憊的關係吧。

她預計傍晚前往派遣公司的船岡分店領取前一晚工作的薪水。臨時工的優點就是能馬上拿到薪水。由於佳澄用一開始的工資繳交了拖欠的瓦斯費，家中的瓦斯已經恢復供應。接下來，還得繳電費、水費和手機費以及拖欠兩個月的房租。

管理公司寄了好幾封催繳通知、也打了電話，但佳澄全都置之不理，於是他們便派人來到了家裡。佳澄訴說自己的困境，管理公司的人嘴上雖然表示同情，卻也暗示要請她搬走。

不過，接下來一定就沒問題了。只要做這份夜間撿貨的工作，一天便能領到七千三百五十圓。也就是說，一個月工作二十五天就會有十八萬三千七百五十圓的收入。當然，其中還必須扣除保險費之類的費用，但母子兩人應該還勉強過得下去。

佳澄正在做午餐，腦袋裡也同時不停地思考生活方面的事。

吃完午餐後，佳澄雖然試著再度躺下卻沒有睡意，於是便決定先處理要做的事，提前前往超市。

超市裡，佳澄將豬肉絲和青菜放入購物籃中。接著，她又將美乃滋放進自己的托特包。

自從有了一次經驗後，偷竊便成了習慣。原以為有了工作就能戒除這個惡習，結果卻事與願違。佳澄也不明白自己為何要做這種事，她雖然有罪惡感，卻停不下來。

佳澄真的搞不懂自己，無論怎麼想也無法理解自己的內心。第一次是偶然、之後是經濟拮据。那現在呢？一條美乃滋的錢，錢包裡還是有的。

購物籃中的東西通過了收銀台，美乃滋則放在托特包深處，沒有經過條碼掃描器。這段時間裡，佳澄的心臟猛烈跳動。她也曾想過自己是不是沉迷於這種緊張刺激的感受，但又覺得不太對。

佳澄收好錢包步向店門，耳畔響起勇一郎的呢喃：「求求你，住手吧。」今天是講這個啊？

每回佳澄偷竊後，丈夫都會在她耳邊低語。有時是責備、有時也會像今天這樣苦苦哀求。當然，每次聽到丈夫的聲音佳澄都會感到心痛，但最近也有一部分的自己開始自暴自棄，認為「這也是沒辦法的事」。佳澄忍不住心想「都是因為你丟下我和勇太一走了之，我才會這麼痛苦」。

她突然發現，自己或許是在氣勇一郎。勇一郎是個正義感很強烈的人，佳澄或許是藉由做這些勇一郎討厭的行為，來報復早一步離開的丈夫。

或許吧。這可能是最接近的答案。

這些事在佳澄的腦袋裡不停迴轉。才剛走出超市的自動門，背後立即傳來一個女性的聲音。

「等一下。」

佳澄回頭，只見一個中年婦女正看著自己冷笑。

「這位太太，您是不是有東西沒結帳呢？」

佳澄僵在原地，思考瞬間短路，意識逐漸遠離了身軀。
有個中年男子快步從佳澄身旁通過，她似乎在哪裡看過那張臉，可是卻想不起來。

18

最近，林野愛美的每一天都平靜而安穩。自己的人生中曾有過這樣的時光嗎？從前的自己似乎隨時隨地都懷抱著不安與空虛，與孤獨背靠著背、相互依偎。
愛美開始覺得自己或許喜歡上佐佐木守這個人了。
她從沒遇過佐佐木這種類型的男人。無論外表還是內在，佐佐木都是愛美從沒想過會扯上關係的那種人。然而，佐佐木守如今卻成了愛美的鎮定劑。雖然跟戀愛的感覺有些不同，但只要跟佐佐木待在一起，愛美的心情便會不可思議地感到平靜。過去，愛美的內心總蕩漾著一圈又一圈不安的漣漪，如今都已平息。
就連行為也出現了變化。她可以不再對美空動手了。儘管有時仍會感到火大，但再也不會被無法壓抑的衝動給控制。另外，菸也變得少抽了。愛美說不定能戒掉抽了將近十年的菸。
桌上的手機發出震動，是收到訊息的震動聲。
愛美拿起手機，嘖了一聲。原以為是守，結果卻是莉華傳的訊息，內容只有「接電話」這行字，連個句點都沒有。上一封訊息是「再不理我就宰了你」。

平靜的內心颳起一陣風。一陣討人厭的風，在愛美內心掀起波瀾。

愛美再次將手機放回桌上，轉而伸向香菸盒。抽出一根菸點燃。

莉華最近頻繁聯絡愛美，但愛美一律忽視。因為山田提醒過愛美要小心莉華。

愛美緩緩吐出積蓄在肺部的煙霧。

根據山田的說法，金本似乎懷疑愛美有事隱瞞，才想利用莉華來打探愛美周遭的情況。也就是說，莉華是聽從金本的指示行動。

照理說，高野既然已經失去社會個案工作員的職位，愛美和金本便毫無瓜葛了，他們也沒資格對愛美說三道四。但若是被金本發現愛美和佐佐木的關係，恐怕就不妙了。感覺一定會發生不好的事。

愛美心底已經不再有半點想要陷害佐佐木的念頭。因此，她也想趁早結束和山田之間的關係。

山田這個人也一樣，不斷聯絡愛美、慫恿她盡快拍下影片。儘管愛美一直打太極，但差不多也到極限了。如果告訴山田自己已經改變心意、要他放棄的話，山田能接受嗎？

老實說，愛美幾乎每天都和佐佐木發生親密行為。然而，佐佐木似乎有重度的勃起功能障礙，兩人間的性交一次也沒有成功過。愛美絲毫不介意這種事，佐佐木卻相當沮喪。既然如此不要做就好了呀，但佐佐木卻又執意每晚挑戰。愛美猜測那應該是心理上的問題，佐佐木在跟高野的幻影奮戰。只不過是做愛罷了，男人這種生物還真麻煩。

不過，愛美坦然接受這樣的佐佐木。愛美對男歡女愛的事本就寡淡，沒有很喜歡那種行為，卻也不討厭他人的渴求。至少，佐佐木的氣息讓愛美覺得自己不是孤單一人。

愛美忽地闔眼。要不要跟佐佐木提議搬家呢？告訴他自己心態改變了，想換個環境。愛美希望能遠離金本、莉華、山田這些傢伙，和佐佐木與美空三個人過著平靜的生活。她想去一個沒有人認識他們的地方，越遠越好。

只要有佐佐木在，就算不倚賴生活保護補助也不用擔心錢的問題。美空的事佐佐木也一定會想辦法幫忙。不管怎麼說，愛美的生活保護補助到這個月底就要結束了。目前手續雖然還沒處理完，但佐佐木叫愛美取消補助申請。佐佐木也對愛美說了暗示要結婚的話，說他想「永遠在一起」。

指尖感受到熱度，愛美睜開眼睛。香菸上的火幾乎燒到了濾嘴。

只要一思考就很鬱悶，問題堆積如山。不管是金本的事、山田的事，還是佐佐木……

手機再度響了起來。愛美無法無視、伸手抓住手機。

「我會去你家」。是莉華。

愛美點燃了第二根菸。

一個小時後，就在接近中午的時刻，莉華真的來了。愛美迫於無奈便讓她進了家門。

原先愛美假裝不在家，但是莉華不斷地踹門。即使如此愛美仍是不予理會，結果莉華又傳了一封訊息威脅：「我打破窗戶進去喔」。莉華很有可能做出這種事，愛美只能妥協。

「你搞屁啊，一直不理我。」

莉華朝地上吐了一口口水，客廳響起液體飛濺的聲音。話說回來，這個女人沒脫鞋子。

「因為你很煩啊，趕快回去。」

愛美回嘴。她已先將美空趕進房中，叮囑她不准出來。

愛美預期之外的反抗令莉華氣得瞪大了雙眼。「愛美，你膽子很大啊，竟然用這種態度跟恩人說話。」

「誰是恩人啊？」愛美嗤笑。

接著，她的額頭立刻遭到一股衝擊。愛美從椅子上滑落，雙手摀著額頭，一旁是掉落的電視機遙控器。

原來莉華朝自己丟了這個。雖然沒流血，但愛美還是痛得站不起身。

莉華趁機在家裡來回走動，像個尋找財物的小偷那樣四處翻箱倒櫃。她打開抽屜、衣櫃，將裡面的東西全數扯出來丟在地上。

「喂！你在跟誰同居？」
過了一會兒，莉華居高臨下地質問倒地的愛美。
「我問你，你在跟誰同居？」
莉華抓住愛美的頭髮、強行抬起她的臉。
「我沒跟誰同居。」
愛美從下方瞪著莉華。
「你家裡有男人的西裝，洗衣機裡還有內褲喔。」
愛美默不作聲，莉華旋即又抓著愛美的頭髮粗暴地搖晃她的腦袋。
「給我說！」
在劇烈晃動的視野中，愛美看到了美空的身影。美空從房裡探出頭，窺探著這場混亂。
愛美的手伸向地板上的電視機遙控器，一抓住目標便用力朝著莉華的小腿敲下去。莉華發出短促的哀號，倒退幾步蹲坐在地。
「我要殺了你！」莉華一臉痛苦地按著小腿。
愛美趁機跑向廚房，從流理台下的櫃子裡拿出菜刀。
「莉華，我真的會動手喔，你快給我出去！」
愛美吼道，高舉的刀尖對著幾公尺外的莉華。

「很好，你有膽子。」

莉華怒不可遏地站起身。

接著，她拿起桌上的菸灰缸砸向愛美。雖然好不容易閃開了，但飛舞的菸灰卻遮蔽了愛美的視線。

緊接著飛過來的是玻璃杯。玻璃杯砸到愛美身後的牆壁，發出劇烈的聲響碎裂開來。

莉華的手沒有停下，像隻發狂的潑猴、抓了身邊的東西就丟。有幾樣東西直接擊中了愛美，她已經不知道砸到自己的到底是什麼了。

不知不覺間，莉華已抓住愛美拿著刀的手腕，兩人糾纏在一起倒在地上。愛美的心窩挨了莉華的膝蓋一擊，無法呼吸、失去了力氣。

莉華騎在愛美身上，菜刀此刻已握在她手中。

「別小看老娘！」

莉華拿刀柄敲向愛美的太陽穴。愛美的腦袋似乎因為衝擊而出現了腦震盪的症狀，幾乎失去意識。

確認愛美已經沒有抵抗的意思後，莉華拿出手機撥了通電話。「總之，你現在馬上來愛美家，拜託、現在！」莉華氣喘吁吁地和某人通話，大概是金本吧。

愛美痛苦地微微睜開眼睛。

雖然捕捉到了美空的身影，卻因為視野扭曲無法看清她的表情。

「你在搞什麼啊？」

十幾分鐘後，抵達愛美家的金本看著屋中一片狼藉、睜大了眼睛。他瞪著愛美，語氣中帶有怒意。

「我只是叫你來探探情況。」

「可是，這傢伙不接電話也不回我訊息啊，我原本也沒打算做到這個地步，但她拿菜刀攻擊人家嘛。」

莉華誇張地轉述，嬌滴滴的語氣與剛才判若兩人。

愛美雙手雙腳都被塑膠繩綑綁，失去了自由，由於無法起身只能倒在地上。慶幸的是，雖然經歷一場激鬥，卻沒有造成明顯的身體外傷。

美空在隔壁的房間裡。直到剛才都開啟的拉門，現在已經完全闔上。

「所以，你發現什麼了嗎？」

金本用鼻子噴了一口氣後問道。

「這傢伙現在和男人同居，但不跟我說是誰。」

「同居？」

金本沉吟，走到愛美身旁蹲下。

「愛美，」金本在愛美耳畔低語：「我沒有要傷害你的意思，這些都是那個蠢女人自作主張幹的好事。回答我一個問題就好，你跟誰同居？」

愛美沒有回答。她不能說出佐佐木的事。

「哼。沒關係，不管怎樣我只要守在這裡就知道答案了。」

那麼一來就無路可逃了。不，或許愛美他們在這個時間點就已經宣告出局。

「……男朋友。」

愛美無奈地回答。一陣子沒說話的嗓音帶著嘶啞。

「你說的男朋友是誰？」

「普通人。」

「我就是在問你那個普通人是哪裡來的傢伙？」

「我為什麼一定要說？」

金本瞇起眼睛，彷彿想看穿愛美的內心。

「阿龍，會不會是這傢伙？」

從遠處傳來了莉華的大喊。

莉華走過來，手裡拿著一疊名片。糟了，那是佐佐木暫放在家裡的名片。

「社會福祉事務所，社會個案工作員，佐佐木守。」

金本拿著名片緩緩唸出三個名詞。一動也不動，目光落在名片上，。

愛美試著推測接下來的發展，但大腦立刻放棄運轉。她不想去思考。愛美的內心宛如被打了麻醉藥，情感漸漸麻木。

「我實在搞不懂現在是什麼狀況呢……」金本低聲沉吟。

「阿龍，接下來要怎麼辦？」莉華興高采烈地問。

「別在這裡礙事，去房間裡看著小鬼。」

金本朝莉華揚了揚下巴。莉華一臉掃興，不情不願地走進了美空待的房間。

接著，金本居高臨下地俯瞰愛美。

「愛美，要請你把事情一五一十地說清楚啊。」

這句話背後應該帶著威脅吧。金本威嚇似地瞪大眼睛，勾起嘴角。而愛美也已經沒有反抗的意思。

對她來說，一切都已無所謂了。

19

令人聯想到蚱蜢的香奈兒太陽眼鏡在那張臉上顯得特別巨大，更加凸顯出女人削瘦的臉頰。眼前的女人目測約四十五歲左右，不過吉男沒見過對方卸妝的樣子，因此無法掌握正確的答案。

大型超市的地下停車場內，一根根圓柱以等距排列開來。吉男與女人就在最角落的圓柱旁、剛好也是他人視線死角的地方相對而立。

這裡是女人每次面交都會指定的地方。即使在白天也顯得很昏暗，加上位處地下樓層，或許對做壞勾當的人來說再合適不過了。

女人全身上下穿戴的衣服、鞋子和包包感覺都是名牌，卻毫無一致性，典型的暴發戶姿態，粗俗不堪。不過對吉男而言，不，應該是對金本而言無疑是最好的客人。

「數量正確吧？」吉男問。

女人輕輕點頭，將塑膠袋收進包包後轉過身背向吉男、快步回到自己的車內。

她的車從吉男面前駛過。吉男微微點頭致意，女人卻沒有任何回應。

女人的左手無名指上戴著戒指。她的丈夫知道自己的妻子藥物成癮嗎？還是說，女人是與丈夫同樂呢？女人每次都大量下單，或許可能是在某棟大樓的房間裡夜夜開著不可告人的派對。

違禁藥品的客層是座大熔爐。有剛才那種暴發戶、也有外表平凡的阿姨，當然也有大叔。年齡層也相當廣泛，上至老年人下至未成年，全都來者不拒。

眼神，是這些人唯一的共同點。他們忽略了自己有毒癮的事實，全都對藥頭吉男投以輕蔑的目光，哪怕是一副把你當好麻吉的人也一樣，因為眼睛會說話。或許，他們之中也會有人認為吉男是害自己無法脫離藥物的元兇吧。

吉男本打算直接回家，後來想想既然都已經來到這裡了，便穿過自動門，前往超市。冷氣解救了發燙的肌膚。這幾日的天氣仍是老樣子，每天都熱得要命。大概是一直心心念念的關係，總覺得秋天還好遙遠。

時值平日中午，超市的顧客都是些家庭主婦。吉男在寬敞的店裡悠哉閒逛，不放過任何一攤試吃。

他叼著原本插著香腸的牙籤，內心感慨——我也真夠認真的。拿少得可憐的報酬去當藥頭，風險又特別高，根本毫無利益可言。可是自己卻每次都準確無誤地完成任務，實在太悲哀了。接下來不拿點好處果然划不來。所以吉男無論如何都得勒索佐佐木、好好敲他一筆才行。要是金本出手干擾的話，吉男可吃不消。

吉男已經提醒愛美，金本打算利用莉華來刺探她、要她小心提防。雖然愛美態度悠哉地表示自己沒有理會莉華的聯絡，所以不用擔心，但這樣真的沒問題嗎？吉男無論如何也無法抹去心中的不安。說到這個，愛美那個女人究竟是怎麼回事啊？孤男寡女同住一個屋簷下卻不上床，這有可能嗎？

吉男只想得到兩個理由。一，佐佐木真的太被動，所以沒對愛美出手。想想佐佐木這個人，這種情況也是有可能的。另一個理由是愛美不再積極參與這項計畫，但這沒道理。那個女人應該也明白，如果計畫不順利的話她就拿不到錢了，所以不會有良心不安這種事。

吉男走進海鮮區。魚肉的腥味勾引著他的食慾。他目光隨意遊走，停在了角落那排蒲燒鰻魚上。包裝標示為鹿兒島產的霧島湧泉鰻魚。午餐就吃這個吧……

吉男若無其事地環顧周遭一圈後拿起鰻魚。他掀起T恤、迅速將半個盒子往褲襠內一塞，緊接著放下T恤遮掩，離開現場。

由於鰻魚包裝有厚度，仔細一看就會發現吉男T恤的隆起不是很自然。但吉男並不介意。沒有人會看自己肚子的。

吉男是偷竊慣犯，沒有緊張害怕的問題。當然，他也曾經被抓到過，但店家往往都不會報警，最後也只是嚴正警告罷了，相當於沒有懲罰。既然如此，哪有不偷的道理。

吉男就這樣直接走向超市門口。自動門敞開。

就在吉男單腳跨過店門界線的瞬間，心中某個角落感受到一絲異常。

他向前走了幾步，結果就在意識到異常感的源頭後，血色立刻從臉上褪去。吉男看向手中的手提包。此刻，自己手邊正帶著禁藥。

我在搞什麼啊！現在這個狀態危險得不得了。吉男全身上下的毛細孔擴張開來，一起爆出汗水。

「等一下。」

背後出現一道聲音。吉男嚥下口水，戰戰兢兢地回頭。

「這位太太，您是不是有東西沒結帳呢？」

有個中年婦女將冰冷的視線投向吉男身邊一個戴帽子的女人。那個中年婦女顯然是小偷警備員❾。

吉男有那麼一瞬間陷入恐慌，但隨即掌握了狀況。小偷警備員想抓的人不是自己，而是這個戴帽子的女人。

得救了，撿回一條命。吉男穿過帽子女和小偷警備員身旁，再度進入超市。他將鰻魚放回原位，然後又回到門口，只見兩個女人還在那裡，另外又多了一個與吉男年紀相仿的男人。男人身穿圍裙、腳上套著一雙白色漆皮防水靴，大概是這間超市的店員吧。

「說什麼屁話！這不是付錢就能解決的事吧？」

「店長，這裡人太多了，我們去辦公室談吧。」

小偷警備員拉著男人的袖子，不過男人卻揮開她的手。看來，那個人似乎是店長。

「不必，這種罪犯不讓她丟臉就學不乖。你知道我們店裡每個月遭受的損失有多少吧？」

「我理解您的心情，但這樣不太好。店長，還有這位太太，我們去辦公室吧。」

「你這是第幾次了？第幾次偷我們店裡的東西？說話啊，你這個臭小偷，開什麼玩笑！」

男人臉上冒出青筋，大聲咆哮。小偷警備員拚命安撫他，至於帽子女則是死氣沉沉低垂著頭。

吉男仔細盯著那個女人的臉龐，心裡「咦」了一聲。自己好像在哪裡看過這個女的。是在哪裡呢……啊啊，在醫院！是那個在醫院候診室哭泣的怪女人。

雖然不認識對方，吉男卻有點同情她。不管怎麼說這個店長都做得太過了。鬧成這般局面，這個女人就無法在這條街上生活了。

一回神，周圍已經開始聚集看熱鬧的人，接著又引來更多圍觀者。三三兩兩的主婦陸陸續續加入人群，所有人都帶著好奇的目光看著那三人。

「店長，適可而止吧。」

小偷警備員繼續拚命說服店長。

「你先生在哪？小孩呢？你在哪裡工作？告訴我你的聯絡方式！我要讓認識你的人全都知道這件事。啊啊，真的很難看耶，為什麼連一條美乃滋都不用買的呢？」

像是要一解平日累積的怨憤，男人絲毫沒有停止責難的意思。

❾原文為「万引きＧメン」，意指由保全警備公司派往客戶店家進行常態性防竊監視或抓捕特定竊盜犯的職員。其中的「Ｇメン」即「Government Man」的縮寫，源自美國執法單位特別搜查官的俗稱。但日本的本項用例只是借用該稱呼，相關職員都是民間人士、並不具備執法權。

吉男放棄圍觀，離開了超市。

他在火辣辣的陽光下一路走到車站。柏油路宛如熱騰騰的平底鍋，幾乎要把吉男煎焦了。

話說回來，這次實在是千鈞一髮。吉男對自己的過度輕率感到無言。一定是因為邊想事情邊在店裡打轉的關係，一時興起就直接動手了。多麼愚蠢啊。不過，老子今天很走運。吉男決定要逼自己這麼想。

最近大概是已經習慣了吧，他對自己身上持有違禁藥物的事也逐漸麻痺了。災難便是會在這種時候找上門。回想起過去的人生，每次都是如此。

吉男才剛到家，手機就響了起來。是金本。

〈你在哪裡？〉一接起電話金本就劈頭問道。

「我去送威而鋼給客戶，現在剛到家。」

〈這樣啊，辛苦了。我現在去接你，你等我。〉

吉男皺了皺眉。「有什麼事嗎？」

〈嗯嗯，我有點事要找你商量，是還不錯的生意。你想賺錢吧？來一趟不吃虧喔。〉

「啊……」

〈我大概十分鐘後到，你做好可以馬上出門的準備。〉

金本掛斷電話。

吉男很訝異。金本的提議雖然突然，但這種臨時邀約以前也有過幾次。然而，剛才的金本似乎哪裡不太一樣。不知是不是自己多心，吉男總覺得金本的聲音比平常還要溫柔。或許是因為這樣，他才會莫名感到不安。

金本不到十分鐘就抵達了。吉男已先頂著大太陽在家門前的馬路上等待。

金本今天開的是會令人聯想到蝙蝠車的黑色 Huracán。雖然跑車迷可能無法抗拒它的魅力，吉男卻很怕坐這種車。這種跑車由於車身底盤很低，每次加速，吉男都覺得自己三魂七魄快丟了一半。

彎下腰坐進副駕駛座後，車子關上門便立刻發動。

「抱歉，這麼臨時。。」

吉男繫安全帶的手兀地停下。這是他們認識以來金本第一次跟自己道歉。

「您說要商量的事是什麼？」

「嗯嗯，到目的地以後再說。」

「很近嗎？」

「嗯，很快就到。」

吉男望著窗外流逝的風景，一顆心七上八下。車內唯一響起的聲音就只有 Huracán 的低聲咆哮。

幾分鐘後，吉男心跳的間隔越來越短。車子奔馳在熟悉的住宅區裡，這條路，不正是開往林野愛美家的方向嗎——

「我們是要去愛美家嗎？」

然而金本沒有回答。

吉男明白了。肯定沒錯，事跡敗露了。

心臟開始如飛奔般狂跳。

要找機會逃走嗎……吉男在緊張的氛圍中認真沉思。趁車子轉彎減速的時候像特技演員那樣跳車。我是白癡嗎？我哪有那種技術啊？但是這樣下去不知道會發生什麼事。金本肯定是動怒了。

就在吉男思考這些事的時候，車子抵達了愛美住的公寓。金本將車子靠邊駛入石子路之後就熄滅引擎，一下車便立刻繞到副駕駛座、揪住吉男的襯衫後領，將吉男拖往愛美家。事情到了這一步，吉男已經沒有任何反抗的念頭。

吉男他們在走廊上與一名看似住戶的年輕男子擦身而過。男子大概是察覺到了某種危險的氣息，頭垂得低低的，迴避他們的目光。

愛美家一片慘不忍睹，家具東倒西歪，餐具也碎了一地，簡直像是被強烈颱風掃過般滿目瘡痍。

愛美本人雙手雙腳被綑綁、倒在地上。有那麼一瞬間，吉男甚至懷疑她是不是死了。莉華也在這裡。她一看到吉男，立刻露出不懷好意的笑容。

金本用力將吉男推進屋裡。

吉男才像是要滑向地板，眼前剛好出現了愛美的臉，兩人四目相對。愛美的眼神已呈現放棄，甚至還散發一股虛無感。

「山田，你坐好。」

吉男聽從金本的指示起身正坐。

「頭抬起來。」

吉男無法遵從這個指令。他雖無意反抗，脖子卻不肯聽話。

「大致上的事我已經聽愛美說了，但我要再聽你親口講一遍來龍去脈。」

吉男想開口，話語卻梗在喉間出不來。

「喂，沒聽見嗎？」

金本走近吉男，一道微弱的光線突然竄入他的視野內。金本手上不知何時拿了一把菜刀。

「金本老闆，不是這樣的——」

「事到如今就別找藉口了。我已經聽愛美說是你主動提議這件事。瞞著我幹這種事，你這不是很行嘛。」

「那個……我只是覺得您的目標是高野，那我就鎖定佐佐木——」

吉男突然倒抽一口氣。金本手中的菜刀刀刃抵住了他的脖子。

明知道現在光是動一下都會很危險，吉男的牙關卻像支振動的手機般止不住打顫。

「你覺得我不會動手是吧？以為大白天的不可能會有人砍人腦袋？我就會這麼做喔。你再敢唬弄一句，我就真的割了你的頸動脈。」

金本的眼神是認真的。至少，在吉男眼中是如此。

吉男的臉左右微微晃動。別這樣，我什麼都說……

金本看著吉男的眼睛輕輕點頭，移開抵在吉男脖子上的刀。

吉男全身上下的神經同時放鬆，腰間軟了下來。他甚至無法維持正坐的姿勢，倒臥在一旁。

吉男摸了摸脖子，手上沾著黏稠的鮮血。不會吧？金本這不是真砍下去了嗎！

「你臉色不用這麼難看，那種擦傷放著不管自己就會止血了。快給我說，混帳東西。」

吉男戰戰兢兢地道出事情的原委。然而，從頭到尾幾乎都是藉口。他說那是天上意外掉下來的好運，絕對沒有要欺瞞金本的意思。他為自己疏於報告感到抱歉，但那也是因為不想勞煩金本的關係。

吉男自己都覺得這些話很牽強，卻還是忍不住為自己申辯。

而金本則是靠在沙發上凝神打量吉男，聽他辯白。

「大致上跟愛美講的差不多。」吉男說完後，金本雙手順了順頭髮，站起身。「也就是說，只要拍下愛美和佐佐木的影片就好了吧？那種事為什麼會那麼費功夫？」

吉男扭頭看向愛美。他才想問這個問題咧。

「愛美，為什麼？」

金本向愛美問道。

「因為沒做所以沒辦法拍，就只是這樣。」

愛美生硬地回答。

「阿龍，她一定在騙人，床頭櫃的抽屜裡有放這個。」

莉華像是抗議似地高聲說道，手裡還拿著已經拆封的保險套外盒。

金本走向愛美，然後抓住她的頭髮、強行將她的臉拉向自己。

「愛美，你該不會是喜歡上那個姓佐佐木的傢伙了吧？」

愛美沉默不語。

「原來是這麼回事啊。」金本笑道。「雖然聽過人質喜歡上綁架犯這種事，現在是綁架犯喜歡上人質了嗎？」

吉男目不轉睛地看著愛美。愛美喜歡佐佐木？這是在開玩笑吧。

「愛美，高野的事原本就是你自己來找我商量的。」

金本在愛美耳邊低語。

「我已經依照約定把高野趕得遠遠的。當然，我也打算付你錢，畢竟託你的福我也有賺到。接下來是佐佐木，只要事情順利我會再付你錢，你願意幫忙吧？」

愛美沒有反應。

「愛美，你別想著要中途抽手喔。要是你想跟我撇清關係的話，我一定會追你到天涯海角。你是逃不掉的，要好好考慮考慮。」

愛美依舊沒有任何反應。

金本嘆了一口氣。

「莉華，去把隔壁房裡的小女孩帶過來。」

金本朝莉華點了點下巴，莉華的眉頭瞬間皺了一下。

「欸，快去啊！」

莉華在金本的催促下打開和室拉門、對美空說：「你來一下。」

美空來到客廳，表情雖然害怕，但是卻沒有掉眼淚。

「我如果在這個小姑娘的眼睛下面直直劃上一刀，就會留下一道清清楚楚的疤痕，長大後也消不掉喔。」

吉男懷疑自己的耳朵。「金本老闆，這不——」吉男出聲的瞬間，身體立刻往後方飛出去。

金本朝吉男的臉踹了一腳。吉男的意識逐漸模糊，腦袋劇烈晃動、視野像是盪鞦韆似地搖來晃去。他拚命想固定視線焦點。

過了一會兒，待晃動平息後，吉男就看見金本把刀抵在美空的臉頰上。

他該不會是認真的吧？吉男嚥下口水。

「愛美，怎麼樣？」

金本低聲問道。

「我幫、只要幫你就可以了吧！」

愛美自暴自棄地回答。

「我可以相信你說的話吧？」金本緩緩勾起嘴角。

「你要真的付我錢喔。」

「嗯嗯，我答應你。」

金本放開美空，美空立即逃回房間裡。

「阿龍，」莉華插嘴。「事情這樣就能順利進行了嗎？」

「啊？什麼意思？」

金本挑起一邊的眉毛看著莉華。

「高野是因為威脅愛美所以事情才會像那樣進展。但佐佐木這個傢伙不一樣吧，照理說，他不是會跑去找條子嗎？」

莉華的這番話雖籠統，但吉男能理解她想表達的意思。也就是說，即便拍下佐佐木和愛美的性愛影片去威脅他，但要是佐佐木主張自己是被陷害的話，金本他們有可能會站不住腳吧。雖然吉男原本的計畫前提也是預期只要把影片丟出來，佐佐木便會忍氣吞聲，不會找警察求助。但他自己也很擔心這點。

「這部分就要花點心思了。總而言之要先拍影片。愛美，你明白吧？」

愛美低語：「可是，那個人硬不起來。」

在場的所有人都看向愛美。

「什麼意思？」

「佐佐木他不舉。」

莉華縱聲哈哈大笑。

反倒是金本一臉嚴肅看著愛美。「愛美，你說的是真的嗎？不是在騙我吧？」

「我沒騙人，所以我們真的沒做。」

「喂喂喂……」

金本的這句話是自言自語。他靜靜地瞪著天花板，不久後便開始小小聲地念念有詞。吉男似乎聽到了一句：「這不是很完美嗎。」

金本轉頭，再次看向愛美。

「愛美，你得當個最佳女演員。總之，莉華，你先把這間屋子恢復原狀。」

「我嗎？」莉華指著自己。

「是你把這裡搞得亂七八糟的吧？山田，你也去幫忙。」

這次換吉男抬起頭。

「這次的事我就當沒發生過，但我有個條件，就是這個計畫要順利地進行下去。要是失敗的話，我會讓你一輩子都走不了路。你這個年紀應該還不想坐輪椅吧？明白的話就給我賣命工作，好好貢獻。」

吉男除了點頭之外別無選擇。

「還有莉華，明天以前，那個小蘿蔔頭就放你那裡。」

金本朝房間伸了伸下巴。

「不是吧？」莉華瞪大眼睛。「辦不到啦。」

「只有一天有什麼問題。」

「那她要睡哪？我家也有小孩啊。」

「你自己想辦法。」

「想什麼辦法——」

吉男閉上眼睛，杜絕金本與莉華對話的聲音。

自己果然不走運。不是今天，而是整個人生。

20

「愛美，真的沒關係嗎？」

守跟在愛美的身後問道。不管怎麼說，他從沒聽過讓個四歲的孩子獨自在別人家過夜這種事。

「沒關係，是很好的朋友。」

愛美一臉無謂地回應。

「話是這麼說……如果是這樣的話，你也在那個朋友家住一晚如何？不然要是有什麼萬一的話也很傷腦筋吧。」

「就說沒問題了。以前也常常這樣，美空習慣了。」

「可是……」

守無法釋懷，挽著手臂咕噥。一方面也是因為回到家後美空不在的這件事讓他倍感寂寞。守想要看到美空療癒的笑容。

守感受到自己對美空的感情日益濃厚。美空已經不是別人家的小孩，而是在不久的將來會成為自己女兒的孩子。周圍的人一定會覺得守想得太簡單了，但守對此可是相當認真。

愛美坐在椅子上懶洋洋地吐著煙霧，桌上的菸灰缸堆起一小座菸蒂山。

「你是不是有點抽太多了？菸灰缸早上還是空的，代表你今天一天就抽那麼多了吧？」

守邊說邊伸手按下空氣清淨機的開關，那是他上週購入的家電。可以的話，守希望愛美能夠戒菸，但他忍耐著沒有說出口。他不願將自己的想法強加在愛美的身上。

他從鼻子噴出一口長氣。姑且不論抽菸的事，守還必須慢慢告訴愛美一些一般常識才行。他果然還是無法理解將四歲小孩放在朋友家還覺得那無所謂的認知。一起生活後，守多次因為愛美脫離常識的思考而感到驚訝，這一定是成長環境的影響吧。人類就是環境的產物。

因為這些原因，這一天是守和愛美兩人認識以來第一次單獨共進晚餐。然而，愛美最近明明很努力做菜，現在桌上擺的卻全是超市販售的現成配菜。

「你今天沒下廚呀。」

這樣聽起來會不會像是在抱怨？守一開口就後悔了。

「今天有點提不起勁。」

愛美拿起即食味噌湯杯喝了一口。

「是不是身體哪裡不舒服？」

「不是。」

愛美的回答很冷淡。客廳裡瀰漫著一股低迷的氣息。

愛美今天果然怪怪的。甚至不願意和守有視線的交流。

「愛美，發生什麼事了嗎？總覺得你今天有點奇怪。」

愛美停下動作，目光落在守的胸前。

沉默在兩人之間流動了一會兒。

「不想說的話也沒關係，等你想說的時候再告訴我，我會好好聽你說的。」

兩個人之間的相處一定也會出現這種時候吧。或許是愛美的生理期來了。啊啊，一定是這樣沒錯。守硬是找了個自己能接受的理由，走向浴室。

今天浴缸也沒有放好熱水。

到了明天，一切一定就會恢復原狀了。守再次這樣告訴自己。他擠出洗髮精，粗魯地搓著頭髮。

走出浴室又回到客廳後，愛美像是等待已久似地遞給守一杯水和一粒藍色的藥丸。

「這是什麼？」

守訝異地問道。

「威而鋼。你需要吧？」

愛美毫無抑揚頓挫地回答。

守看向手中的藍色藥丸。「你從哪裡拿到這種東西的？」

「朋友給的，她先生也是不舉。」

守啞然，有些手足無措。他的內心五味雜陳，一片混亂。

「總覺得這個年紀就依賴藥物好像不太好……」

「你先吃吧。」

「可是——」

「吃吧。」

「但是我……」

「求你。」

在愛美的催促下，守不安地將手中的藥丸拿到嘴邊。就在守要吞下藥丸的那一刻，愛美突然抓住他的手。

「還是算了，別吃吧。」

守感到困惑。「什麼意思？」

「這種東西，不吃也沒關係。」

守越來越糊塗了。愛美的眼神微微顫抖，似乎還帶有些許淚光。

「我吃啦，你都特地幫我準備了。如果是怕我不開心的話，我沒事，別擔心。」

守迅速將藥丸投入嘴裡，喝了一口水吞進去。

愛美不知為何閉上了眼睛。幾秒後，當她睜開眼睛時，眼底已平靜無波。

「睡覺吧。」

愛美再次牽起守的手悄聲道。現在還不到九點，儘管覺得有點太早，但守還是決定遵照愛美的意思。畢竟，這顆藥就是要用來做那種事的。

守在愛美的引導下前往寢室。他們打開房裡的電燈，啟動冷氣。冷氣發出嗡嗡嗡的聲響，吐出霉臭味。愛美從壁櫥取出墊被鋪在榻榻米上，今天只有一張墊被。守他們平常會鋪兩張墊被，讓美空在中間、三人睡在一塊。

守突然冒出一個念頭——美空不在，意思是他可以放心和愛美親熱。平常由於身旁還有美空的鼻息，守無論如何都還是有所顧忌。雖然美空睡得很熟，從不曾中途醒來過，但守果然還是會介意。今天晚上就沒有這個問題了。

腦袋一開始想像，守便察覺到自己身體的變化。他看向自己的胯下，那裡已澎湃得幾乎就要爆裂了。

不僅如此，守的腦袋莫名清晰、五感也變得敏銳起來。無論是顏色、聲音還是氣味都鮮明地竄入感官之中，一股難以言喻的活力從體內源源不絕地湧出。這就是威而鋼嗎？不用說，這是守第一次體驗。之前他只知道這種藥在性方面有滋補壯陽的功效，沒想到還能讓情緒激昂亢奮……這種東西竟然是合法的藥物，感覺還滿可怕的。

「總覺得現在很不得了。」

守找不到合適的形容詞，便以抽象的方式傳達自己的感受。

「是嗎，太好了。」

愛美伸出手臂環繞守的頸項。守立刻泛起一陣雞皮疙瘩，明確地感受到後頸的每一根汗毛被碾壓、肌膚與肌膚相觸的感覺。他的觸覺變得極其敏感。

「這樣好嗎？」

「什麼？」

「怎麼說呢，就是這種感覺。」

愛美沒有回答，只是以挑逗卻帶點冷漠的眼神說了句：「快點來。」

守想關燈卻遭到愛美阻止：「不用關。」

今晚的愛美果然很奇怪。但此時此刻，興奮的感覺比什麼都還強烈。

守撲向愛美，包覆她的嬌軀。

守立刻被拖進快感的世界，忘我地扭動身體。性慾的魔物緊緊抓著守，不讓他離開。

21

她每天只是不斷重複白天與黑夜的生活。她切割感情，將理智拋得遠遠的。

愛美對佐佐木已不再抱有罪惡感了，心底萌生的愛戀也已乾脆地消失無蹤。或許，那份感情從一開始就是幻覺吧。愛美現在就只是在完成金本賦予的每日任務罷了。

「我出門了。」

佐佐木輕輕將腳下的皮鞋尖在玄關地板上敲了幾下，伸手握向門把。

「等等。」

愛美朝佐佐木的背影喚道。佐佐木便回過頭去。

「你把手伸出來一下。」

聽到愛美的要求後，佐佐木訝異地伸出了右手。「這樣嗎？」

愛美以僵硬、緩慢的動作將事先預備好的信封放到佐佐木掌上。

「這是什麼？」

佐佐木直接看了信封內容，蹙起眉頭抽出裡頭的東西。

「這個錢要做什麼？」佐佐木手中有三張一萬圓鈔票。

「什麼都別問，幫我保管一下。」

佐佐木眉間的皺紋更深了。

「怎麼回事？」

「就說什麼都別問、幫我保管就是了。我之後再跟你拿。上班要遲到囉。」

佐佐木一臉無法釋懷地點點頭後，便將那筆錢收進包包裡，然後說了聲「我走囉」，踏出了家門。

目送佐佐木離開後，愛美鎖上大門。她打開鞋櫃，拿出豆子大小的攝影機。

愛美走進客廳將攝影機連上電視，播放剛剛拍下的影片。角度看起來應該沒問題，只是完全不能用。佐佐木很明顯是照著愛美的指示行動，就算關掉聲音，看起來也完全不像是佐佐木向愛美討錢的樣子。

她深深嘆了一口氣。金本一定又會要求自己重拍。

愛美已經拍了無數支陷害佐佐木的影片，因為金本不斷地命令自己重拍。「現在看起來就像是你自己要讓他做那些事的，你要營造出被脅迫的感覺！」金本的審查很嚴格，活像個舞台劇導演，對每一個動作細節都吹毛求疵。笨拙的愛美根本辦不到那種事。

愛美覺得很沒意義。這個計畫最後到底會變得怎麼樣呢？佐佐木和高野是截然不同的人，準備這種騙小孩子的影片真的就能威脅佐佐木、進而操控他嗎？

然而，這些也都無所謂了。因為愛美自己也只是受制於人的玩偶。

愛美點燃香菸望向窗外。儘管八月也差不多要進入尾聲了，太陽依舊燦爛得刺眼，每天以高溫炙烤這座城市。

佐佐木一定沒救了吧。是因為跟愛美這種人扯上關係，他的運數才會走到盡頭嗎？愛美不會同情佐佐木。如果這種人生就是愛美的命，那麼佐佐木會走到這一步也都是命。

愛美深深吸了口菸，將它們全數吞入肺裡。

22

「我說你，有認真在聽我說話嗎？」

坐在眼前的中年女子忿忿不平，皺著眉頭問。

「是，當然。」

佐佐木急忙擺出嚴肅的面孔掩飾。

中年女子說的沒錯，守根本沒在聽前來諮詢生活保護補助的市民陳情。

守的腦袋從一大早就處於茫然狀態，全身纏繞著揮之不去的倦怠感。原因很清楚，因為他昨晚也吃了威而鋼。

服用威而鋼的幾個小時內會精神亢奮，全身充滿一種無所不能的感覺，可是一旦藥效退去，身體便會反彈、瞬間感到疲憊無力。因為這樣，守上週甚至還睡過頭，導致上班遲到。

「所以啊，我們家的經濟狀況很拮据，你懂吧？」

另外，守還出現了恐慌的症狀。有時他只是靜靜待著就會覺得好像有來路不明的蟲子在肚子裡蠕動。當然，那種感覺只是暫時的，並不嚴重。守雖然這樣告訴自己，卻無法抹去心中的焦躁。

守明知身體會變成那樣，但只要愛美提出邀請他便無法拒絕。威而鋼的魔力實在可怕，守甚至覺得它有一天應該會被列為禁藥。

「我公公動不動就一直吵著要人家幫他換尿布。我家那口子，明明是自己的爸爸卻一次也不肯做這些事。」

可是守上網查了一下，威而鋼本身似乎完全沒有任何提振心情的效用，只是單純幫助男性的性功能。這樣一來便無法解釋守服用後湧現的那種恍惚感。不過，那一定是心理作用吧。如果喉球症是心理引起的不適，反之，人們也有可能因為服用威而鋼的自信而心生亢奮，這樣想就能理解了。

「小孩子他們也都只顧著自己，就算有打工也不肯給家裡半毛錢。」

不過，守還有別的煩惱。自從第一次服用威而鋼後已經過了兩週，從那天起，守總覺得愛美好像哪裡怪怪的。愛美經常心不在焉，態度也很冷淡，莫名想和守保持距離，但到了晚上又變得很積極，這令守困惑不已。

「所以，關於生活保護補助這件事，你不能想想辦法嗎？」

諮詢告一段落後，守離開座位前往飲水機連喝了兩杯水。這幾天守一直感到口渴，身體極度渴求水分，連他自己都覺得有些異常。雖然他不認為這也是威而鋼的副作用，但一直跑廁所實在令人吃不消。

將看不見盡頭的工作暫時處理到一個段落後，守迅速收拾東西準備回家。

由於今天加班，時間已經快到八點了。嶺本還是老樣子約守去吃飯，但是他以要和朋友聚餐為藉口逃掉了。

守在距離愛美家最近的車站下了電車，他已經很熟悉這座車站了。

搭手扶梯時，他給愛美傳了封簡短的訊息「我到車站囉」。

守好一陣子沒回自己的住處了，下次過去一定就是打包搬家行李的時候吧。不過，守還沒處理最重要的解約手續。倒不是因為太忙的關係，而是自己內心某處一直覺得一旦房子退租的話就再也不能回頭了。

然而，守已經下定決心。他要和愛美在一起，和愛美結為夫妻，成為美空的父親。

守扛著一身疲憊快步走向愛美的公寓。街道上還殘留著白天的熱氣，四處瀰漫著夏日的氣息。高空似乎刮起了強烈的風勢，雲層迅速湧動。

23

「他好像已經到車站了。」

愛美看著手中的手機、不帶感情地說。

原本在電視機前連接配線的山田吉男因為那句話而停下手中的動作。

「天啊，我現在好像有一點興奮耶。」

坐在沙發上的莉華一臉興高采烈，搖著身旁金本的袖子。金本不耐煩地斜眼看向莉華囑咐：

「你給我老實點！」

吉男心中五味雜陳。自己策劃的計畫終於要迎來大結局了，但這裡原本應該不會有金本和莉華，而是吉男一人獨享戰果才對。

因此，吉男早已對這項計畫失去了大部分的興致。

從計畫被金本發現的那天起，金本便變本加厲地使喚吉男。吉男之所以會乖乖奉命行事，與其說是對先前那件事感到心虛，不如說單純是對金本感到恐懼。

只要想起金本拿刀抵著美空臉頰時的表情，吉男的背脊就發涼。金本當時面不改色，不像是在虛張聲勢。如果愛美沒有點頭答應的話，他真的會劃下那刀嗎？

得和金本斷絕關係才行。雖然吉男一直把這件事放在心上，但他最近開始思考要認真執行。

總覺得繼續像這樣在金本身邊打轉的話，自己總有一天會被捲入不得了的事件，陷入無可挽回的境地。

「山田，你先拿好手機啦。」

莉華突如其來的要求令吉男有些摸不著頭腦。

「要開相機記錄，你不會很想拍下佐佐木是什麼表情嗎？」

「啊。但我用的是傳統掀蓋手機，畫質不好。」

「那我的借你。」

比小自己二十歲的小丫頭直呼姓名，自己卻必須客客氣氣回話。他們之間不知不覺間形成了這種階級差異。

「喂，不要做那種沒意義的事。」金本道。

「可是，這種場面很難得吧？同居中的女人其實一直在騙自己耶，有夠慘的，要是我絕對會震驚得當場死掉。」莉華一臉興奮、滔滔不絕。「而且他現在還在嗑藥吧？怎麼會沒發現啊？」

「在不自覺的情況下長期服用禁藥，這種事到處都有。那不是重點，我拜託你老實待著，今晚是關鍵。」

將搖頭丸偽裝成威而鋼讓佐佐木服用，想出這個邪惡計畫的人當然是金本。

搖頭丸容易濫用成癮，把佐佐木變成毒品的俘虜、截斷他的退路。不能否認，就算如法炮製高野那時的手段去威脅佐佐木，他也可能不會屈服、轉而尋求警方幫助。既然如此，那就設下一道雙重陷阱讓佐佐木染上毒癮，他總不可能帶著那副身體去找警察幫忙吧？這就是金本的如意算盤。

但老實說吉男一直很懷疑，這種計畫真的能夠順利進行、成功操控佐佐木嗎？雖然吉男也制定了一個同樣的，不，應該說是更幼稚的計畫，沒資格說什麼大話，但像這樣退一步綜觀全局後，他實在不覺得事情的發展會如金本所願。

不過金本卻一副遊刃有餘的樣子，即使吉男委婉表示懷疑，他也只是不以為意地說：「那是因為你不懂洗腦的機制。」

金本說，這種威脅最關鍵的重點是「洗腦」。就像調教馬戲團動物一樣，奪走目標的思考能力，讓他們失去判斷力、進而控制對方的思想，支配一切。金本解釋，為了達到這樣的效果，必須先破壞佐佐木的心靈，讓他的內心四分五裂。簡單來說，搖頭丸也好、偷拍也罷，都只不過是破壞佐佐木心靈的小道具。

「你們聽好了，由我來和佐佐木對話，你們不要隨便開口。」

金本來回看著吉男和莉華，再次叮嚀。

吉男看向坐在餐椅上的愛美。哪怕是自己曾經喜歡的男人接下來將會遭遇慘不忍睹的場面，愛美仍在撥弄自己的頭髮，彷彿置身事外。

看著那樣的愛美，吉男開始覺得金本所說的洗腦論應該是真的。因為愛美就是那種心靈遭到破壞後的模樣。

過了一會兒，大門傳出插入鑰匙的聲音，佐佐木終於回來了。

金本朝愛美點點下巴，愛美便起身步向玄關。吉男、金本、莉華三人迅速移往旁邊的房間內躲起來。

「咦？美空呢？已經睡了嗎？」

佐佐木的聲音透過拉門傳了過來。美空不在這裡，由於會礙事所以先寄在放莉華家。腳步聲逐漸往客廳靠近。吉男屏住氣息，豎耳聆聽。

「桌上好多杯子喔，有客人來嗎？」

就在聲音來到吉男他們身側時，金本氣勢洶洶地拉開門衝了出去，而莉華和吉男也緊隨其後。

大概是被突然出現的三人嚇到，佐佐木彈開似地跌坐在地。

「抱歉嚇到你了，佐佐木先生。我接下來說的話有點複雜，你願意聽聽嗎？」

金本蹲在佐佐木身前威嚇。

佐佐木一臉驚惶失措，嘴巴像金魚一樣開開闔闔。他像是要尋求解釋似地看向愛美。

愛美則是將一綹頭髮拿到眼前，像在找分岔一樣專注凝視著髮尾。

「我想比起用說的，你看一下這東西會比較快。山田，放出來。」

吉男依據指示行動。

至此，佐佐木才終於看到了吉男的身影，眼睛瞪得老大。佐佐木的表情裡寫著混亂，他一定不明白自己負責的個案為什麼會在這間屋子裡吧。

吉男拿起遙控器，按下播放鍵。

電視螢幕立刻出現影像。首先，是佐佐木跟愛美拿錢的畫面，佐佐木伸手後愛美將錢遞給了他。接著場景一換，是佐佐木與愛美上床的畫面。相較於佐佐木激烈粗暴的動作，被壓在下方的愛美卻像個人偶，毫無反應。

這些影片吉男已經看過無數次，每一次他都覺得看起來還挺像那麼一回事的。儘管影片有股難以擺脫的不自然感，但看在不知情的人眼裡，或許會單純把這些看成是勒索和強暴的畫面。

佐佐木一臉茫然地看著影片。過去，高野雖然也出現過類似的表情，但佐佐木的情況不一樣。原來，這就是失魂落魄的樣子。

「已經夠了，關掉。」

吉男聽從指示關掉電視。隨著機器聲響的消失，寂靜降臨在屋裡。

「觀賞大會到此為止。你知道這個影片代表什麼意思吧？」

金本在佐佐木耳邊低語。

「愛美，這是……怎麼回事？」

佐佐木望著已經沒有任何畫面的電視螢幕喃喃問道。

愛美置若罔聞。

「給我聽好，意思就是你從一開始就是我們的目標。如果我把這些影片送到你工作的地方會怎麼樣呢？」

「欸、愛美，怎麼回事？」

「我說，你中計了。」

金本一把抓住佐佐木的頭髮。

「愛美，這究竟是怎麼一回事！」

佐佐木大喊。他揮掉金本的手起身，奔向愛美。

「喂，你說句話啊！」

佐佐木雙手抓住愛美的肩膀，而愛美則是任憑佐佐木搖晃自己。

「臭小鬼。山田，壓住這個矮冬瓜！」

吉男與金本合力壓住佐佐木的身體。佐佐木使出無法從那具身軀想像到的力量抵抗，依舊纏著愛美不放。

「愛美！愛美！」

「吵死了！」

吉男從佐佐木背後扣住腋下，壓制他的雙手，金本趁機朝佐佐木的心窩揍了一拳。

佐佐木倒下，痛得在地上打滾。

「把他綁起來。」

金本丟給吉男一捲封箱膠帶。

吉男坐到痛苦的佐佐木身上，在莉華的協助下用封箱膠帶將他的手腕和腳脖子一圈圈綑起來。

見吉男綑好佐佐木後，金本坐到沙發上再次開口。

「佐佐木先生啊，不管做什麼生意都不能對客人出手吧？而且還是抓著人家的弱點勒索錢財、玩弄身體，真是差勁到了極點。聽好了，你的這些行為全都是犯罪喔。」

佐佐木的臉頰貼著地板，雙眼呆滯無神，嘴角還流出了口水，在地板上形成一攤小小的水窪。他一動也不動，應該已經沒有抵抗的念頭了。

「我的要求很簡單，我會介紹一些人申請生活保護補助，你只要核可就好。放心，我帶過去的都會是一些合適的對象，也會準備好申請書，絕對不是什麼難事。你只要配合就能平安無事，懂了嗎？」

面對金本的提問，佐佐木沒有任何反應。

那個囂張又可恨的佐佐木在自己眼前陷入絕望，吉男原以為自己內心會更加暢快，然而實際見證之後卻意外沒有那種感覺。

吉男以一種疏離的角度旁觀著這一切。

「你願意協助我吧？」

佐佐木果然還是沒有反應。

「愛美，你也說些什麼啊。」

莉華帶著不懷好意的眼神在一旁煽風點火。

「沒什麼好說的。」愛美冷漠應道。

「什麼沒什麼好說的。」莉華嘖了一聲。「那我幫你說。你這個沒吃藥就硬不起來的不舉男，愛美怎麼可能跟你這種人在一起啊。」

「莉華，我說過要你閉嘴吧？」金本喝斥。「啊啊，對了對了，佐佐木先生，還有件事得先告訴你才行。你每天吃的這個東西不是威而鋼。」

金本搖了搖放在夾鏈袋裡的藥丸。「這是搖頭丸，是毒品。」

佐佐木空虛的眼神終於緩緩看向金本。

「你幾乎每天嗑，應該已經徹底上癮了吧。恐嚇、強姦外加嗑藥，你已經無路可逃，不管說什麼藉口條子都不會理你。聽好了，我再說一次，你已經落入我們的圈套。」

佐佐木的眼睛連眨都沒有眨一下。此刻的佐佐木不管對他說什麼都沒用吧。仔細看的話，會發現他的視線看的不是金本，而是金本身後的愛美。

愛美轉過身，背對著那樣的佐佐木。

24

自從跟佐佐木坦承一切後已經過了一週，時序也進到了九月。

自從那天起，愛美便和美空、佐佐木以及山田展開了奇妙的四人同居生活。當然，這是金本的指示。山田的職責就是要監視佐佐木。

雖說同住一個屋簷下，但愛美在那之後就再也沒跟佐佐木說過話了。就算美空找佐佐木，佐佐木也完全不予理會。美空大概也察覺出了什麼，所以這幾天也沒再靠近佐佐木。

聽說，金本很快便逮到一群脫離社會的人，接連不斷地讓他們前往佐佐木任職的社會福祉事務所。不過，金本本人並沒有同行，而是花錢雇用民生委員[10]那些公家社福志工、讓他們陪同。這些事都是山田告訴愛美的。

[10] 日本基於民生委員法設立的非常規社會服務者，基於兒童福祉法，也兼任兒童委員。是扮演在地居民與公家單位之間的橋梁、協助推動社會福利的無給職委員。

「所以啊，你也去阿龍那邊工作就好了嘛……」

莉華從剛才開始就很纏人。這女人最近每天都會來家裡，時間固定在下午三點，一定是睡到中午起床後就直接過來了吧。接著她會花將近一個小時的時間和愛美閒扯一堆沒有意義的話題，最後畫個大濃妝，在傍晚時出去工作。

愛美打從心底覺得困擾，儘管跟莉華說了好幾次「不要來」，莉華都聽不進去，還蹭著愛美說：「我們不是朋友嗎？」

是誰不久前才對人動用私刑的？這個女人的神經也很有問題。

「你一直悶在家裡也很無聊吧。好嘛，來工作嘛。」

「不可能，我絕對不會在那裡工作。等拿到金本老闆答應要給的錢以後，我跟你的關係也就結束了。」

愛美堅定表態。

愛美要跟金本、莉華、山田以及佐佐木斷絕往來。這就是愛美眼前的目標，現在她每天的生活只想著這件事，這是她好不容易找到的小小心靈支柱。

莉華哼了一聲笑道：「是嗎，沒差啊。反正我可能也快離開這個地方了。」

愛美停下原本要點菸的手，看著莉華。

「阿龍說他可能再過沒多久就會回東京了。如果是那樣的話，我也要跟他一起去。」

莉華換上戀愛中的少女眼神這麼說道。

「他說，從高野那裡勒索的錢會上繳給組織裡的大人物，用那些錢讓以前的帳一筆勾銷，再回去東京。雖然森野組可能不會同意，但因為佐佐木的關係，阿龍不是開拓了新的事業線嗎？他近期好像會讓人接手這塊，說這份臨別禮物應該夠厚了。」

愛美不是很明白莉華說的內容，但金本和莉華要到遠方確實是好消息。

「可是啊，我有個煩惱。」莉華表情一暗，嘆了口氣。「如果要去東京的話，華蓮該怎麼辦？總不可能帶他去吧？阿龍會不高興的。但如果把華蓮一個人留下來，我媽也會生氣吧。」

莉華有個名叫華蓮的兩歲兒子，似乎都是莉華的母親在照顧。

「愛美，你能不能接手？」莉華的口氣像是要把寵物送人一樣。

「這太荒謬了吧。」愛美不予理會。

「收養他很好啊，就當是美空的弟弟。」

愛美當作沒聽到。雖然不知道莉華的話有幾分認真，但若讓這個女人逮到契機的話，感覺她真的會把小孩推給愛美。

「不說這個了。佐佐木什麼時候可以離開這間房子？現在住在一起已經沒意義了吧。」

「我不知道。阿龍說暫時先這樣，你就忍忍吧。」

「那至少把山田趕走。有那傢伙在，家裡都變臭了。」

愛美的控訴令莉華拍手高聲大笑。「是齁，那傢伙體味很重對吧？不過我覺得不可能，因為他要負責監視佐佐木。」

「到底是要監視什麼？佐佐木不是都乖乖聽你們的吩咐嗎？」

「就說我不知道了。阿龍大概是想在生意穩定下來以前讓山田先嚴加監視吧。」

愛美重重嘆了一口氣，目光從莉華身上移開。

「我換個話題。那個高野啊，就是威脅你的那傢伙，聽說他太太不要他了。」

愛美再次看向莉華。「你的意思是他離婚了？」

「沒錯。雖然我不是很清楚，但好像是他太太知道了高野對你做的那些事。」

「是金本老闆揭穿的嗎？」

「不是，阿龍怎麼可能做那種事。」

那會是誰洩露的呢？愛美稍微思考了一下，她不認為高野會自己坦白。

算了，無所謂。愛美馬上放棄思考，這些事已經跟自己無關了。

「對了，佐佐木那傢伙怎麼樣了？」莉華問。

「什麼怎麼樣？」

「他在家裡是什麼感覺？」

「我們沒說話，我什麼都不知道。」

「那傢伙也很可憐吧，他是真心喜歡你耶。說到這個，佐佐木看到那個影片時的表情有夠絕的，我只要一回想就會笑出來。」

莉華跟愛美說這些也沒用，當時她看都沒有看佐佐木一眼。

「你知道嗎？我是聽阿龍說的，佐佐木那傢伙現在好像完全上癮了耶。不是搖頭丸，是冰毒，他都自己注射。」

愛美懷疑自己的耳朵。那個佐佐木嗎……愛美無法置信。她聽人家說過，興奮劑的成癮性不是搖頭丸能比擬的。

「好像是阿龍幫他打過一次之後就迷上的樣子。人類要墮落都是一瞬間的事呢。」

愛美終於為一直拿在手上的香菸點了火。

墮落嗎？這個詞只適合用在佐佐木身上。愛美自己一直都待在深淵裡，金本、莉華、山田都是。是愛美他們將佐佐木拖到了底層。

佐佐木今後的人生會如何呢？愛美吐出煙霧，茫然地想著。

然而，只是想也沒用。愛美立刻將這個問題趕出腦袋。

不只是佐佐木，這世上的所有人都不知道未來的人生會如何。愛美自己更是如此。

25

暑假結束，但勇太依然沒有出門，待在家中。第二學期開始後，勇太只有開學典禮那天有去學校，隔天起便再也不上學了。佳澄問了導師理由後只想一頭撞死。據說，是班上有個同學指著勇太喊「小偷」。由於那是放學前班會上發生的事，所以全班好像都聽到了。

勇太當然沒有偷東西。偷東西的人是他的母親，佳澄。

昏暗的房間裡，佳澄躺在被窩中。她並不睏，只是沒有力氣起身。

當時，勇太某個同學的媽媽肯定也在現場。她一定是告訴孩子「勇太的媽媽偷東西」。不過，事到如今說這些也都沒有意義了。

佳澄失去了工作。那間超市聯絡了佳澄註冊的派遣公司，專員直截了當告訴佳澄：「如果你在派遣地點做那種事的話公司可擔待不起，我沒辦法再介紹工作給你了。」

勇太此刻也躺在佳澄身側，佳澄伸手撫摸孩子的頭。勇太的頭皮因為沒洗澡累積了一層頭垢。她接著搓了搓勇太的手臂，因為沒有好好吃飯，這孩子的手臂骨瘦如柴。

前幾天，家裡終於停水了。佳澄切身體會到斷水這件事會帶給人類的生活多大的影響。這些問題的根本解決之道就是錢，但佳澄沒有錢。所以母子倆只能擁抱著彼此睡覺，等待時間流逝。

我為什麼會做那種事呢？為什麼要做那種事……

佳澄撐起沉重的身體站了起來。

「媽媽出去一下，很快就回來。」

說完就看到勇太微微點了頭。

佳澄戴上帽子，抱著兩個空保特瓶走出家門。

沒吃飯的身體提不起力氣，佳澄步履蹣跚，腳步搖搖晃晃。沒多久以前的生活彷彿是一場夢。當時，佳澄他們雖然處於貧窮谷底，卻仍然維持在生存的底線上。如今，已經不是什麼底線的問題了。

他們沒有錢。

沒水、沒食物。

沒瓦斯、沒電。

然後，還是沒有錢。

佳澄已經受夠了。她受夠這一切，就連呼吸都覺得厭煩。

佳澄抵達目的地的公園，她要用保特瓶從這裡取水回家。家裡現在就是用這些水勉強沖沖馬桶。

來到飲水區，佳澄先滋潤自己的喉嚨。僅僅只是這樣她都對自己感到生氣。這個女人明明害勇太受苦、明明有罪在身，卻還想著要解渴、想著要活下去。

佳澄將保特瓶放在水龍頭下蓄水，茫然地看著瓶中的水位漸漸增高，發出咕嘟咕嘟的聲音。佳澄雖然感受到周遭的視線卻沒有要停手的意思。她不是不在意旁人的目光，而是連在意的力氣都沒有了。

「佳澄，已經可以了。」

久違的勇一郎突然出現。那是丈夫溫柔的聲音。

自從偷東西被抓到以後，丈夫便從佳澄身邊失去了蹤影，再也不曾在她的耳邊呢喃。

佳澄的眼頭瞬間一熱，淚水一口氣湧了出來。洶湧混濁的眼淚宛如冒著水的水龍頭，停不下來。

「已經夠了。」

勇一郎沒有拋棄自己。即使佳澄做了那樣的事、一直無視他的聲音，勇一郎依然沒有拋棄自己。佳澄幾乎哽咽出聲。

「已經沒事了。」

——什麼東西沒事了？佳澄在心中問。

「你已經可以不用再努力了。」

——為什麼？

「快點來我這裡吧。」

——我可以過去嗎?到你身邊。

「我們再一起生活吧。」

——真的嗎?我還可以再跟你一起生活嗎?

「真的,過來吧。」

——可是……還有勇太。

「勇太當然也一起呀。」

臉上遭到水花攻擊,令佳澄回過神。水花正從滿溢的保特瓶口不斷地噴濺出來。

佳澄關掉水龍頭,旋緊瓶蓋後起身。她擦去淚水,雙手捧著保特瓶離開了公園。

體內湧現了些許動力。

到了緊要關頭時,還有勇一郎在。緊要關頭時……

回家的路上,佳澄走在公寓林立的住宅區裡,一個女生的話音從身後逐漸靠近。佳澄回過頭,只見一個貌似太妹的金髮女生耳朵貼著手機,不耐煩地高聲說話。對方穿著涼鞋,走路時發出啪、啪、啪的聲響。

「我已經說了——我沒辦法帶他過去。就算去東京我還是會給你養育費,我沒有要拋棄他。

媽——如果沒有我給的錢你也很困擾吧？就這層意義上來說你也是得到華蓮的幫助啊，這就是互相幫忙嘛。生活保護補助？我已經不可能了，你領就好了呀。同樣的事不要讓我講好幾遍，很煩耶。」

女子超前走過佳澄身邊時，手臂撞到了佳澄。佳澄懷中的保特瓶因撞擊掉落在地。

女子回頭看了佳澄一眼，兩人對上目光。但女子先移開了視線。

「沒有，沒事。有個讓人不舒服的老太婆在看我。所以，生活保護補助的事我會先幫你拜託阿龍，你就想辦法照顧華蓮——」

女子的背影漸漸遠離。不知怎的，佳澄一直目送那道背影，腦海裡浮現了「生活保護補助」幾個字。

對了，之前一起當撿貨員的那個中村阿姨有說過，她說佳澄應該可以請領生活保護補助……

佳澄望著掉落的保特瓶。瓶身還在地上滾動，每翻滾一圈，瓶內的水就會反射出燦爛的陽光。

佳澄瞬間瞇起眼睛、仰望天空。頭上是一片萬里無雲、無邊無際的藍天，也是司空見慣到令人厭煩的風景。

已經好久沒看到下雨的天空了。

佳澄突然想到，自己接下來有辦法看到雨水嗎？

26

「佐佐木，你來一下。」

嶺本朝佐佐木點了點下巴。佐佐木停下在鍵盤上打字的手，跟著主管離開了辦公室。在只用一張屏風隔開的會客空間裡，守和嶺本隔著一張桌子相對而坐。

「你知道我為什麼叫你來嗎？」

嶺本盯著佐佐木的眼睛開口問道。

「不，我不知道。」守不動聲色，偏著頭表現出不解的樣子，心想這一刻終於來了。

「你光是這一週就提交了四件申請，怎麼說都太誇張了吧？」

「只是剛好重疊而已。」

「但我們目前就是這種處境對吧？這很難辦喔，你要讓他們全部都通過嗎？」

「他們全都符合規定，我也於心不忍，覺得這是沒辦法的事。」

「話是這麼說沒錯……」

嶺本露出一張苦瓜臉沉吟。

金本推給守四個感覺是遊民的男子，而守將他們申請生活保護補助的文件提交給了主管嶺本。不出所料，嶺本果然不會忽略這個情況。

然而，嶺本最後應該還是會受理這幾件申請。金本熟知生活保護補助的機制，事先幫所有人打點好資格後才讓他們申請。想領取生活保護補助，身上就不能有錢。當然，只有這樣並不夠，直到不久前應該都居無定所的四名男子也都取得了居住地。這部分想必也是金本臨時為他們安排的吧。

此外，金本不知道從哪找來一位民生委員帶領申請者。有這位無懈可擊的民生委員跟在一旁，申請人只要乖乖坐在那裡就好。也就是說，窗口是否受理生活保護補助的申請，現場的表現是一大關鍵，跟口才好的業務就能拿到生意是同樣的道理。

「先不提這件事了。佐佐木，你還好嗎？」

嶺本一臉嚴肅，慎重地詢問守。

「您問『還好嗎』，是指？」

「你最近看起來怪怪的。有時候會莫名開朗、有時候又一下子一臉世界末日降臨的表情。」

「世界末日降臨的表情是什麼意思啊。」

「就是字面上的意思。死氣沉沉，感覺不到一點生氣。」

「太誇張了啦，我很好喔。」守刻意咧嘴大笑。

「那是因為今天是你心情好的日子。我是在這裡才跟你說，不只是我，其他人也在討論你的事，還有人猜你是不是生病了。」

「生病？我嗎？我的確一直喉嚨痛，但那是——」

「不是這種。」嶺本搖頭打斷守。「他們說的是精神上的疾病。」

「像是躁鬱症之類的嗎？」

「嗯嗯，沒錯。」

「原來如此。不過不用擔心，我非常正常。」

嶺本嘆了一口氣，視線飄向天花板。他微瞇著眼，一直盯著半空中不放。

「佐佐木，」嶺本突然伸手緊緊握住守的雙手，力道強勁得甚至令守感到疼痛。「你去一趟醫院吧。不用擔心，我會幫助你。」

「醫院？我不想去醫院。」

「那我陪你一起去。」

「不，不是那個問題。」

「總之你就信我一回，去一趟醫院看看吧，我不希望再出現第二個高野了。嗯？去吧。」

守嘆了一口氣後刻意擺出無力的模樣，表示「真是受不了」。

兩人沉默了一陣子。嶺本凝視著守，彷彿想看穿他的內心。

「課長，您覺得生活保護補助怎麼樣？」

「怎麼突然問這個？」嶺本蹙眉。

「我的意思是，關於日本的生活保護補助制度，課長您有什麼看法？」
「你的問題有點抽象，我不太懂你到底想問什麼。」
「我最近覺得日本是不是太天真了。」
「天真？」
「對，很天真吧？明明有一群人只想著不工作、利用國家的錢吃飯，這個國家卻還對那樣的混蛋伸出援手。」
嶺本一臉困惑地看著守。
「證據就是，我上呈的這些申請，課長最後也無法拒絕。就算那些個案是不當領取也一樣。」
「佐佐木，你聽我說。」嶺本鬆了鬆領帶，開口說道。「全世界所有的先進國家都有生活保護補助制度，正是因為有這樣的安全網存在，民主制度才得以成立。至少我是這麼想的。關於不當領取，這真的是無可奈何。再怎麼完美的制度，一定都會有一群人試圖動歪腦筋，尋找微小的破口來鑽漏洞，人類就是這樣的生物。不過，那種人在全體之中占極少數，大部分的生活保護補助應該都是用在真正需要的國民身上，也就是合理使用。我認為，日本是個很優秀的國家喔。」
「課長真是寬宏大量。」
嶺本的臉皺了一下，接著立刻又恢復認真的表情重新盯著守。
「佐佐木，不管怎樣，你就去一趟醫院吧，你太累了。」

「我是每天都很累啊，課長也是吧？我還有工作堆著沒處理，就先回座位了。」

守起身，單方面結束了對話。

守不可能去什麼醫院，無論是內科還是精神科都一樣。他不可能告訴心理諮商師一切的前因後果，要是醫生還檢查他的身體的話，事情就不得了了。

現在的守沒有毒品就活不下去。一旦停止吸毒，現實便會鋪天蓋地向守襲來，一點雞毛蒜皮的小事都有可能讓守衝動自殺。守沒有任何抵抗的方法，只能每天盲目逃竄。

愛美不愛自己。對守而言，這件事沒有更多或更少的意義，這個事實就是一切。

神奇的是，守並沒有憤怒的情緒，只是單純感到寂寞。他自己一個人興致勃勃、自己一個人勾勒夢想。一切的一切，原來都只是自己一個人。

午後，守的身心漸漸陷入不穩定的狀態，甚至開始打嗝。守立刻明白早上施打的毒品藥效正在消退。他像隻無頭蒼蠅般四處徘徊，尋找能讓內心沉靜下來的地方。

接著，守突然開始介意他人的目光，困在一種周遭的人都在看自己的錯覺裡。只要與旁人四目相交，就會覺得對方的眼底帶著敵意。

偏偏就在這個時候，宮田有子向守搭話了。

「佐佐木，你沒事吧？你的臉色看起來很差。」

「我沒事。」守佯裝冷靜，面頰卻微微抽搐。

「是嗎。那要不要一起去個吃午餐？你也還沒吃飯吧？」

「我今天沒什麼食慾。」

「是喔，那你能陪我吃嗎？」

眼前的宮田有子對守亮出不容拒絕的微笑。守沒有回答，宮田有子便擅自解讀他答應了。

兩人來到一間辦公室附近的安靜咖啡廳，店裡只有三三兩兩的客人，輕柔地流瀉著懷舊的古典樂。

宮田有子明明說要吃午餐卻只點了冰咖啡。為了盡快結束這場午餐，守什麼都沒點。

「佐佐木，你最近發生了什麼事吧？」

宮田有子邊將牛奶倒入冰咖啡邊問。

「沒有啊，什麼事都沒有。」

「騙人。我知道很多事情喔。」

「很多事情？」

「你和林野愛美小姐還順利嗎？」

宮田有子嘴裡冒出了愛美的名字，守的臉色瞬間唰地變白。

「上次我自己去拜訪林野小姐家的那天，你也在她家吧？玄關有你的皮鞋。我後來在下班後也跟蹤了你幾次。啊，你不要覺得不舒服，我沒別的意思。然後，你都去了林野愛美的家。」

守說不出話來。他在桌子底下將右手大拇指的指甲戳進左手手背，想盡量藉由疼痛來維持平常心。

天底下會有人跟蹤他人卻沒有別的意思嗎？然而，現在不是對宮田有子生氣的時候。她接下來會丟出什麼話呢？這個女人到底知道多少？

「我就在思考這到底是怎麼回事。接下來是我的推測——」宮田有子用吸管喝了一口冰咖啡。「我很難想像你和林野愛美原本就認識，你去她家時的樣子看起來就是第一次見面。既然如此，那你就是因為高野的事情才認識林野愛美的。雖然不清楚原委，但你們後來開始交往，成為男女朋友。你之所以瞞著我，是不想讓我誤會吧？」

守思考了一會兒後便點點頭。在這裡說謊也沒有意義。

「是嗎。」宮田有子緩緩吐出一口氣。「所以最後林野愛美有承認高野的事吧？你沒跟我說是因為不想把事情鬧大？」

「對。」

「哼嗯……逼高野離職的人是你嗎？」

「……沒錯。」

「果然，原來是這麼一回事啊。」

宮田有子一副恍然大悟的表情，頻頻點頭。

「抱歉。」

「沒關係，不用道歉，都已經過去了。」宮田有子瞇起眼睛。「不過，老實說我對你的印象有點破滅，你做的這些事不是什麼正派行為吧？」

守垂著頭聽宮田有子說下去。

「我是無所謂，但如果辦公室的大家知道你和林野愛美的事會怎麼想呢？那麼一來，高野的事也會被攤到檯面上，感覺會變得很麻煩。」

守的內心蒙上一層陰影。大概是表情洩露了想法，宮田有子向守投以微笑。「啊啊，你不用擔心，我一個字都不打算說。」

話雖如此，現在還不容樂觀，守的處境依舊岌岌可危。

「相對的，能不能請你幫我一個忙呢？」

守抬起臉龐，同時嚥下一口口水。宮田有子拜託的事都不是什麼好事。

「佐佐木，你知道高野現在人在哪裡嗎？」

「我不知道。」守搖頭。

「我只知道他和太太離婚後被趕出家門，之後的消息就不清楚了。」

高野離婚……？守不知道這項情報。是太太知道他做的事了嗎？但又是誰告訴高野太太的呢?知道這件事的人有守、宮田有子、金本、山田、莉華以及愛美。守不認為高野會自己說出來。

「高野離婚了嗎?」

「好像是。」

「你聽誰說的?」

「傳言。那種事不重要。」宮田有子咚地一聲將冰咖啡放回桌上,打斷守的話。「所以這就是我的請求,佐佐木,你能不能幫我尋找高野的下落呢?」

「我嗎?」守的眉間皺起。

「對。」

「為什麼又要開始找高野——」

「你不要問理由。總之,請你找出高野人在哪裡。」

宮田有子莫名其妙的請託令守一頭霧水。

「就算你要我找,我能做的也只有打他的手機而已。發生了這些事,我不認為高野會接我電話。」

「嗯,我也覺得他一定不會接。但你試試,去找他太太或認識的人,在你能力所及的範圍內調查看看。」

宮田有子簡直匪夷所思,令人摸不清真意。起初,守以為宮田有子是基於過分強烈的正義感才會摻和進高野的事，但今天卻有了不一樣的想法。宮田有子之所以會介入，或許是因為她非常執著於高野洋司這個男人。雖然不清楚兩人之間有什麼，但這個女人對高野的執念非比尋常。

守一口氣喝完杯中的水後馬上又要了一杯。雖然身體毫無食慾卻一直感到口乾舌燥。守查過，這似乎是藥物成癮患者的一種症狀。直到不久前，守作夢都沒想過自己會變成這樣。

他很快又喝完了店員為他加的水，甚至還咬碎冰塊吞進肚裡。宮田有子一臉訝異地看著守的這副模樣。

守謊稱臨時有急事，留下宮田有子便離開了咖啡廳。

他邁開雙腿奔跑。

他在青天白日下拚命揮舞手臂，竭力狂奔。

守撞到了一個路人，背後傳來抱怨。當然，他沒有回頭，就這樣目不斜視地橫越亮著紅燈的斑馬線，四周響起刺耳的喇叭聲。

守希望此刻包圍自己的現實全都是一場夢。不，這一定是夢吧？是熱過頭的夏天讓他作的一場惡夢。

不久後，守一回到辦公室便立刻開始忙著應付申請補助的市民。儘管打算告訴嶺本自己身體不適想早退，但現場繁忙的程度卻讓守說不出口。

守並沒有很認真地聽著申請者的陳情。他左耳進、右耳出，一心等待時間的流逝。

雖說身心處於不穩定的狀態，但也有高低起伏之差和相對平靜的時間。然而嚴重時，守會被拖進一個扭曲的世界，因而陷入愚蠢的妄想，懷疑前來諮詢的人是要暗殺自己的刺客。會覺得那種妄想很愚蠢，就代表自己還有救。守這麼安慰自己也鼓勵自己、一個勁地與自己創造出來的幻覺戰鬥。

時鐘的指針指向下午五點，就在守終於送走最後一個申請者的背影時，一個頭戴帽子、帶著小孩的女人和前一個人擦身而過，走進了事務所。

守感到絕望。他怒不可遏、想質問對方為什麼要挑這個時間過來。守覺得這個女人就像是那些差勁的申請者代表，不，應該說像是降臨到自己身上這場災難的罪魁禍首。

「我想申請生活保護補助……」

女人低垂著頭，以細不可聞的聲音告知來意。

守有一股想痛毆這個女人的衝動。他緊緊抓住西裝褲的褲管，拚命壓抑這股衝動。

守帶著女人來到諮詢區，與她隔著桌子相對而坐。這個人名叫古川佳澄，三十二歲。古川佳澄身上籠罩著一股陰沉不幸的氛圍，雙眼感覺不到一絲生氣。坐在她身旁的八歲小男孩跟母親一樣，無力地低垂著頭，沒有小孩子身上應有的活力，令人聯想到飢荒中的難民兒童。

古川佳澄大概不擅言詞，以畏畏縮縮的語氣說明自己的情況。只是，她的話抓不太到重點，惹得守愈發焦躁難耐。此外，古川佳澄每句話的最後一定會加上一句「對不起」，更加挑動了守的敏感神經。在這種場合不拿下帽子的無禮行徑也讓人很火大。總之，這女人從頭到腳的每一處都令守看不順眼。

守不停抖著雙腿，體內不斷溢出的焦躁粒子也在四肢百骸裡流竄，破壞守的自律神經。

「簡單來說就是您的先生在四年前過世，您現在和這個孩子相依為命，生活拮据對吧。」

守撫著額頭、語速極快地問。他看向手掌，只見一片又濕又黏的汗水。

「對。對不起。」古川佳澄仍舊低著頭。

「那麼，您自己有找工作嗎？」

「我有看徵人雜誌投履歷，可是都沒有被錄取。對不起。」

「這一個月內您投了幾份履歷呢？」

「……大概三份。」

守傻眼到都笑了出來。「三份沒什麼好說的，認真找工作的人一次是投幾十個缺喔。」

「……對不起。」

「話說回來，現在只要有一支手機就有很多地方可以應徵吧？」

「……手機……上個月停話了……」

守嘖了一聲，從鼻子重重嘆了一口氣。

「您身邊沒有可以幫忙的親戚嗎？」

古川佳澄沒有回答，只是像個孩子似地搖頭。

「古川女士的家人、親戚以及丈夫的父母、兄弟姊妹這些人，您應該都有向他們請求援助吧？然後您又過來這裡諮詢對嗎？」

古川佳澄已經不是低頭，而是看著正下方的地板沉默不語。

守伸出食指敲打桌子，發出叩、叩、叩的聲響。食指的動作不顧主人的意願，停不下來。

「您是不是誤把這裡當成庇護所之類的地方呢？我說這些不是針對您，但大家都口口聲聲嚷嚷著生活過不下去、過不下去，然後隨隨便便就跑到這裡來，但我們也不可能那麼輕易就說聲『啊，好可憐，那就發補助吧』，對吧？」

古川佳澄的身體開始瑟瑟發抖。守想扯著她的頭髮大甩，叫她別演戲！

「我們這裡啊，必須是善盡自己能做的事、但是卻依然沒有用的情況下才過來的地方。」守敲打桌子的速度越來越快，其他手指也跟著出動，五根手指彷彿彈琴似地演奏著不安的旋律，已無法控制。「我覺得古川女士你們這樣的人有點奇怪。這世上大部分的人本來就是過一天算一天，日子也就過下去了。我想問一下古川女士，您明白自己正在給國家添麻煩嗎？我認為您應該不明白，所以生活才能這麼悠哉吧。我自己領的薪水也不多，也同樣要付房租、養活自己、給父母孝親費，生活過得真的很勉強，已經到了極限。我這麼認真過日子喔，可是卻要遭受這種不合理的對待。我到底是做了什麼？總是只有我吃虧、我痛苦，沒人願意站在我這邊也沒人願意聽我說話。沒有人愛我，沒有人愛過我喔。事情到底為什麼會變成這樣──」

某個不是守的人自顧自地吐出話語。儘管守內心的某處仍殘留著「感覺這樣不正常」的心情，卻不知道該如何讓崩壞的自己復原。

到底說了多久呢？古川佳澄在不知不覺間消失了蹤影。

27

窸窸窣窣的聲音撓著耳膜，睡在客廳的山田吉男醒了過來。昏暗中，吉男睜開眼睛，發現只有廚房亮著燈。

這裡是哪……有那麼一瞬間，吉男不知道自己現在身在何處。明明都在這裡生活一段日子了，他卻還沒有習慣環境。

廚房的燈光中有人的氣息，雖然因為隔牆看不到是誰，但應該就是佐佐木吧。仔細一看，佐佐木並不在身旁的被子裡。愛美和女兒美空睡在隔著一扇拉門的和室房間。

吉男闔上眼打算繼續睡，一陣緊急的尿意卻促使他翻開棉被起身。

他經過廚房時往裡頭瞄了一眼，果然是佐佐木。佐佐木右手拿著針筒，針頭抵在綁著橡膠管的左手臂上。因為燃燒興奮劑的關係，廚房瀰漫著一股熟成哈密瓜的甜味。

「你差不多要適可而止了吧。」

吉男出聲提醒，佐佐木卻只是張著空洞的雙眼，沒在聽人說話的樣子。

吉男嘆了一口氣走向廁所。他打開門，掀起馬桶蓋。雖然愛美要求吉男坐著如廁，吉男卻沒有遵守。小便在他的身體記憶中從小就是站著上，因此很抗拒坐下。

解放時，尿液衝擊馬桶水面那唏哩嘩啦的聲音在深夜裡顯得特別響亮。

吉男住進愛美家已經快兩週了。儘管金本命令吉男監視佐佐木與愛美，看他們有沒有造反的企圖，但兩人身上絲毫感受不到那種意念，像是連那種力氣都沒有了。雖說這麼一來自己待在這裡就沒意義了，但吉男還是很優秀地堅守使命。

話說回來，說什麼造反啊，笑死人了。自己為什麼非得打地鋪跟佐佐木睡在一起不可呢。

他解放完畢、再次回到客廳後，發現這次換成客廳的燈全開了。

吉男目瞪口呆。因為佐佐木正像個孩子似地在並排的棉被上翻筋斗。

「你在幹嘛？」

「我在打滾啊。」佐佐木咧嘴露出潔白的牙齒回答。

這傢伙終於不行了嗎。吉男心裡這麼想著。

佐佐木徹底瘋了。或許是因為本性認真的關係，所以才會往反方向偏差。

「現在是大半夜，你冷靜點。」吉男雙手扠腰道。

「總覺得身體裡的力量就像這樣爆發出來，待著不動太浪費了。」

「是嗎？那我抽根菸，你就翻到高興為止吧。」

吉男坐到椅子上，點起了香菸。

佐佐木真的不斷地來回翻筋斗。曾經，吉男是那麼莫名地討厭佐佐木，現在則是可憐他的心情居多。

「雖然這不是我該說的話，但我覺得你不要再打冰毒了。那東西跟搖頭丸根本不一樣，小心你哪一天死掉。」吉男吐著煙道。

「死掉也無所謂，我對這個世界已經沒什麼眷戀了。」佐佐木翻著筋斗，滿不在乎地回應。

「年紀輕輕怎麼說這種話。」

話說出口後吉男才發現，兩人之間的立場對調了。沒想到自己會有訓斥佐佐木的一天，而且還是這種形式。

吉男捻熄香菸，拿起手機。

『深夜打擾了。關於佐佐木，我想可能需要控制一下他的藥量，他開始出現明顯的怪異行為。』

吉男打了一段要給金本的訊息。拿藥給佐佐木的人是金本。就在吉男準備按下傳送鍵時，玄關大門方向傳來了插入鑰匙的聲音。吉男才在思考大半夜的會是誰呢，結果正是金本。仔細想想，也只可能是金本了。因為除了他之外，擁有這個家鑰匙的人都在屋裡。

「……你們在幹嘛？」

金本看著打滾的佐佐木蹙眉問。

「我正想傳訊息給您。這傢伙大概不行了，他剛剛也打了。」

吉男做出朝手臂打針的動作向金本告狀。

即使金本現在來到這裡了，佐佐木也沒有停止翻滾。金本瞇著眼睛仔細打量眼前的佐佐木。

「剛打嗎？」吉男回答：「對，剛剛才打。」金本極其不以為意地丟了句：「那就沒辦法啦，他很快就會冷靜下來了。」

金本坐到椅子上豎起兩根手指說：「山田，給我一根菸。」

「您要抽菸嗎？」

吉男訝異地問。金本應該討厭香菸才對，所以吉男不會在他面前抽菸。

「嗯嗯，偶爾一根吧。」

吉男遞出香菸，為金本點火。金本享受地深深吸了一口，暫時將煙保留在嘴裡後再緩緩吐出一縷輕煙。他微瞇眼睛，凝視上升的煙霧。

金本似乎心情很好。仔細一看，他的臉龐帶著一抹暗紅，大概是在哪裡小酌後才過來的吧。

「對了，大半夜的您怎麼會突然過來？」

「就是有點想來，沒什麼特別的事。」

金本雖含糊帶過，嘴角卻微微上揚。

吉男不再追問後，這次換金本主動開口。

「山田，你要不要去東京？」

預期外的發言令吉男倒退一步。「去東京，什麼意思？」

「很單純，就是在問你要不要離開這座破城市去東京做生意。我會去喔，我已經跟組裡說好了，快的話下個月底就能跟這裡永別了。」

「您、您突然這麼問我也不知道。而且，為什麼會問我……」

「因為你雖然窩囊卻意外好用。不但能確實完成我交付的工作，做得也不賴。之前你想騙我的事我就不計較了，跟我來吧，可以擺脫現在這種生活喔。」

「不，可是……」

「什麼可是啊。聽好了，我手頭上有工作，一個人幹的話實在忙不過來。簡單來說，就是我需要一個跑腿的。」

開什麼玩笑！誰要跟你去啊，真的別開玩笑了。

「那個工作，我可以做嗎？」

佐佐木從旁插嘴。吉男和金本看向佐佐木，只見他不知什麼時候已在地板上躺成大字形。大概是累了吧，佐佐木氣喘吁吁，胸口上下起伏。

「你這傢伙說什麼呀。」金本嗤笑了一聲。

「什麼都好，我想離開這個地方。」

佐佐木看著天花板、不帶感情地說。

「佐佐木先生，你的提議雖然令人感激，但可惜的是我不能讓你離開。我的接班人已經決定了，那傢伙近期內就會接手我的業務。」

「我已經受夠這種工作了。」

金本發出喀、喀、喀的聲響，左右甩動脖子。「放棄吧，你運氣不好。而且你之後的工作量會減少喔。接手我工作的那個男人雖然幹勁十足卻是個蠢蛋，簡單來說就是辦不了事，不可能抓到那種適合申請補助的人。」

「我不是那個意思，我厭倦的是社會個案工作員這個工作本身。」佐佐木闔上雙眼，嘴巴繼續說著。「每天每天都要面對一群差勁的傢伙，聽他們說話、向他們伸出援手……這種事很奇怪吧？根本讓人提不起勁，到頭來還要被你們這種傢伙盯上、利用，真是爛透了。」

佐佐木最後自嘲地笑了起來。

「佐佐木先生，」金本捻熄香菸，起身走向佐佐木，然後在他身旁盤腿坐下。金本在幾乎要貼上佐佐木臉龐的距離下俯瞰佐佐木。「你瞧不起不當領取補助這件事吧?所以才覺得很累。我不一樣，我認為不當領取是正確的，並沒有什麼不當。聽好了，首先，你不覺得在日本現在這種惡劣的就業環境中，想自立更生是件很奇怪的事嗎?現實就是，底層的人就算有工作，獲得的薪水也比生活保護補助還低吧?連最低限度的社會保障都沒有。對這樣的現實視而不見，然後論述理想社會也只是欺瞞、詭辯而已。也就是說，世人不該覺得『領生活保護補助的傢伙可以輕輕鬆鬆拿到錢很奸詐』，而是該想想『拚命工作領取的工資卻比生活保護補助的家庭還少，這個社會太奇怪了』才對。怎樣?批判的矛頭必須轉向國家，令人難以置信吧?不只是你，大家都誤會、搞錯了。你如果想反駁的話歡迎說說看。佐佐木先生，我認為現今這個社會，所有底層的人都應該聚集起來申請生活保護補助，這是身為國民理所當然的權利吧?而這對打造這種矛盾體制的國家而言也是最龐大的壓力。」

金本向佐佐木灌輸自己的理論。

雖然不知道金本是否真的這麼想，但這套說詞卻有股神奇的說服力。大概是因為吉男本來就是不當領取補助的那類人吧。

佐佐木一語不發，只是靜靜望著天花板。

「好啦，我差不多該走了。」

金本雙手撐膝起身。金本願意離開是很令人感激啦，但他到底是來做什麼的呢?他在這裡停留的時間甚至還不到十分鐘。

金本悠悠走向玄關，吉男也跟上前去送他。

「喔！難得都來了，就拜見一下她們的睡顏吧。」

金本掉頭轉身，緩緩拉開拉門。愛美和美空就在裡面睡覺。

「怎麼，原來你醒著啊。」

金本哼笑一聲。從吉男的位置看不到房裡的情形。

「愛美，你再忍耐一下。再過不久你就自由了。」

語畢，金本闔上紙門，再次步向玄關。

「雖然這麼晚了，但只要到大馬路應該還攔得到計程車吧。」

金本邊穿鞋邊自言自語。

「很難說耶，感覺路上沒那麼多車。金本老闆，您沒開車嗎？」

「嗯嗯，因為喝了點酒。那我就吹著夜風慢慢走回去吧，一個小時應該走得到吧。」

這麼說來，這個男人絕對不會酒駕，儘管如此卻到處販毒甚至殺人。常人實在無法理解他的標準在哪。

「山田，東京的事你考慮一下。不要做這種小家子氣的買賣，去做規模更大、更有前途的生意吧！」

相對的風險也更高吧。這種事誰不曉得。

金本離開後，吉男瞬間虛脫。他轉了轉肩膀，吁了一大口氣。

回到客廳，只見佐佐木仍是那副仰躺的大字形。吉男再度嘆了一口氣，拿起桌上的香菸點火，吐出煙霧。

「山田先生，香菸的味道好嗎？」佐佐木望著天花板問。

「你沒抽過啊？嗯……我是覺得很好啦。」

「那請給我一根。」

佐佐木抬起雙腿，利用反作用力一口氣起身。

「是可以啦，不過你拿那邊愛美的抽吧。我抽的菸焦油量比較高，很濃喔。」

吉男的下巴指向桌上愛美的菸盒。

「不要，我要抽你的。」

佐佐木都這樣說了，吉男便從自己的菸盒抽出一根遞給他。佐佐木接過菸含在嘴裡，吉男就拿出打火機幫他點燃。

佐佐木才吸了一口便嗆到咳個不停。

「我不是說了嘛。」

「但味道的確很棒。」

「騙人。」

「真的啦。」

「好好好，你也坐下吧。」

吉男示意佐佐木坐到對面的椅子上。兩人抽著菸，默默無語了一陣子。吉男斜眼偷瞄佐佐木。這小子果然不正常，明明一副懶洋洋的樣子，眼睛卻異常明亮。

「對了山田先生，你知道高野現在人在哪裡嗎？」

佐佐木突然提問。

「高野？我記得金本老闆說他讓高野在自己新開的店裡工作，好像是什麼扮裝酒店，打扮成巡警的樣子。」

「啊啊，這樣啊。早知道我就不用特地跑到他太太那裡了。」

佐佐木叼著菸，輕輕嘖了一聲。

「高野怎麼了嗎？」

「嗯嗯，有同事拜託我尋找高野的下落，但高野不接我電話，所以我今天就去了一趟他太太那裡，結果被他太太趕了出來。她對我大吼，說自己不想再和那個人有任何瓜葛，叫我不要再過去了。」

「哼嗯，聽起來很複雜。對了，他好像離婚了？他太太怎麼會知道那些事啊？」

「好像是有人送了一份文件到他們家，上面詳細記載了高野做的好事。」

「文件？」

「嗯嗯，高野太太懷疑那也是我搞的鬼。」佐佐木的菸灰幾乎都落到地板上。「對了，高野工作的那間酒店在哪裡啊？」

「我不清楚，但查一下應該很快就知道了。」

「那就麻煩你了。」

「嗯嗯。」

吉男沒有細想，一不小心便一口答應下來。但查這件事應該不用費什麼勁。

「話說，你接下來要怎麼辦？」

聽到吉男含糊又抽象的問題後，佐佐木笨拙地吸了一口菸再緩緩吐出，接著半瞇著眼睛、凝視著那道煙霧開口。

「我不知道。你這麼擔心的話一開始就不要把我拖進來啊。」

佐佐木的話語中沒有批判的意思。他的眼神愈發空洞，嘴角掛著冷笑。

望著佐佐木那張臉，吉男再次感受到自己必須想辦法換一個環境。現在的生活再繼續下去一定會有危險，最終迎向毀滅。而那一天肯定距離現在不遠。為了避免那種狀況，當務之急就是和金本切斷關係。去什麼東京啊，門都沒有。

吉男和佐佐木兩人吐出的煙霧，籠罩了整間屋子。

28

九月也進入了中旬，酷熱難耐的夏天終於要結束了。如同眾人之前的評估，今年的日本似乎創下了戰後最高溫的紀錄。

雖然很懷疑這之間有沒有關聯，但佐佐木守從今天的晨間新聞裡得知，與往年相比，今年夏天的犯罪率異常地高。只要氣溫上升，人類就會想做壞事嗎？如果是這樣的話，地球再繼續暖化下去，世界就會翻天覆地了吧。守將自己的事放到一旁，驅動想像力。

不過，今天是雨天，而且還是彷彿天空破了個洞般的傾盆大雨。像是在償還至今為止積欠的債似的，巨大的雨滴從天而落，敲打船岡的大地。仔細想想，這是梅雨季以來睽違兩個月的雨水，宣告夏天結束的那種雨。

中午，守在辦公室裡處理文書作業時，從他身後經過的宮田有子停下了腳步。

「謝謝你，各方面都是。」

宮田有子悄聲在守的耳畔道謝。昨天，守向宮田有子傳達了高野洋司被迫工作的那間酒店情報。

調查情報的人是山田，他以一副施恩的口吻表示調查意外費事。雖然問金本最乾脆，但山田似乎不想引起金本不必要的疑心，因而避開了這個方法調查。根據山田的說法，高野從幾天前就不見蹤影，簡單來說就是逃走了吧。所以金本氣得火冒三丈，派出手下追尋高野的下落。當然，守沒有告訴宮田有子這些細節，只單純告訴她酒店的位置。

宮田有子昨晚似乎就前往了那間酒店，工作人員對她說：「這裡沒有那個人。」賞了她一記閉門羹。

「所以，傍晚請讓我去府上叨擾一下。」

宮田有子淡淡地說道。這讓守懷疑起自己的耳朵。

「今天？請問，有什麼事嗎？」

「我想問林野愛美一些高野的事，現在只能靠她了。」

「她已經沒有什麼好說的了，她絕對不知道高野的下落。」

「沒關係，我只是想直接跟她談而已，不會給你添麻煩。」

「你這麼突然，我很困擾。」

「我也很困擾啊。我想要一些線索，哪怕是一點點都好。你們的事我都保密了，你就幫我吧。」

宮田有子語帶威脅。守覺得這真是夠了。

「抱歉，可以不要今天嗎？」

談話間，桌上的內線電話響了起來。守接起電話，兼職人員轉告：「佐佐木先生，您的電話。」

「找我的電話嗎？」守很意外。「請問是誰呢？」

「一位住在姓矢野的老奶奶隔壁的中村太太。」

守的心沉了下來。這個中村是位中年婦人，屢次來電申訴矢野不當領取生活保護補助，要他們取締。

守嘆了口氣，解除電話保留功能與對方通話。

中村來電的目的如同守的預測。矢野那應該已經斷絕關係的兒子現在似乎來到了矢野家中，所以中村要求守立刻過去。就在這樣的傾盆大雨中。

〈我啊，不久前稍微套了一下她的話，說我也想領生活保護補助，問她該怎麼做，結果她話匣子全開了。她跟我說其實只要強勢就拿得到，還說是小意思。我真的不能接受。矢野女士的生活過得比我還好耶，她肯定有錢。她兒子的車是賓士耶，賓士！雖然好像是便宜的賓士就是了，但她還是有能開那種車的兒子對吧？總而言之我告訴你，現在馬上過來一趟吧，不然她兒子就要回去了。啊啊，還有，千萬不能說是我檢舉的喔。〉

中村氣勢洶洶地說個不停。

「感謝您的通報，但我之後還有預定的工作，實在沒辦法馬上——」

〈什麼啊？那你們什麼時候才來抓那傢伙？就是因為老講這種話，所以才一直不能逮捕她啊。〉

「不，即使矢野女士是不當領取補助，我們也無權抓人或是逮捕。」

〈為什麼？她耍手段拿錢是違法的行為吧？不是跟小偷一樣嗎？〉

「因為我們社會福祉事務所不是這一類的機關。」

〈那你也發生活保護補助給我。〉

「啊？」

〈你們單位之前拒絕我的申請，但我的生活真的很困苦啊。你倒是好好講個讓我能接受的理由。〉

「那件事和這件事——」

〈是同一件事，絕對是同一件事。總之，你現在馬上過來。喂，快回答我呀。〉

「……我知道了，我等一下就過去。」

〈快點喔，馬上就會來吧。〉

守掛好話筒，從體內深處重重嘆了一口氣。今天是最糟糕的一天。

轉頭看向正在處理文書的宮田有子，隨即又立刻轉了回來。有那麼一瞬間，守一度考慮是否要請宮田有子陪他一同前往，但又覺得欠她人情很危險。要是宮田有子又拜託什麼亂七八糟的事，守可吃不消。

守的視線移向窗外。外頭的景象宛如守的心情寫照，漫天漆黑的烏雲彷彿吞沒了整座城市。

抵達目的地時，守的皮鞋內已濕成一片。他沒有長筒雨靴，身上的衣服雖然因為穿著雨衣倖免於難，但他對毫無防備的雙腳卻無能為力。自己到底是為了什麼非得在這樣的滂沱大雨中騎腳踏車不可呢？沿途，守沒有看見任何一個人是像自己這樣。

矢野的公寓前的確有一台靠邊停車的賓士，車號屬於春日部市。車子大概是在哪裡撞到了，前保險桿的左邊凹了進去，側邊也延伸出好幾道不淺的刮痕。守走近車子若無其事地探看車內，只見後座亂七八糟地堆了大量的毛巾。

將腳踏車停在車子旁，守就踏上了公寓樓梯。矢野住的是三〇二號室。守站在大門前按下門鈴。對講機沒有回應，大門直接打了開來。從門後現身的矢野瞪大了眼睛。

「這不是佐佐木嗎？什麼啊？你怎麼了？」

矢野一臉驚慌失措，眨著眼睛問。

「我剛好到這附近。」

「就算是剛好，但外頭雨下成這樣……怎麼回事啊？」
「令郎在裡面吧？」
矢野沉默了。雙眼緊緊瞪著守。
整個空間只剩下嘈雜的雨聲。
「你不惜做到這個地步也要為難小市民啊。」
「我也不知道，或許吧。」
矢野雙眼圓睜，無措的情緒逐漸在臉上蔓延開來。
「喂，你誰啊你！」
一名中年男子猛然從矢野背後現身，一看就知道這肯定是矢野的兒子。矢野的基因清清楚楚地刻在男子那張臉上，外擴的鼻翼和其他地方簡直像是同一個模子刻出來似的。
「你別出來。」
矢野推了推兒子的身體。
「沒關係沒關係，我們把話說清楚。」矢野的兒子揮開母親的手。「就是這傢伙吧？要你取消生活保護補助的人。」
「好了啦，這是我的問題。」
「臭小子，你欺負這種老太婆想幹嘛？領生活保護補助沒什麼大不了的吧。就是窮才領補助啊。還是說怎樣，你是要這個老太婆去死嗎？」

「我只是單純過來一趟而已。」

矢野母子同時皺起眉頭。

「沒關係啦，就繼續這樣吧。」

沉默的空氣在三人之間流轉。

「你什麼意思？」矢野一臉詫異。

「我是說，你們可以繼續維持現在這樣。我不會撤回生活保護補助。」

矢野母子眉間的皺紋變得更深了。

「那麼，我要走了，再見。」

守轉身，再度步入雨中。雨滴打在雨衣上，如機關槍般發出啪啪啪啪的聲響。守毫不避諱水窪，直直走向腳踏車。水珠附著在他的眼鏡上，滲入了他的視野。

他跨上腳踏車。一抬頭就看到矢野母子二人並肩站在三樓的走廊上俯瞰自己。只是，守不知道他們的臉上是什麼表情。

回市政廳時守是用走的，他在途中捨棄了腳踏車。由於低窪區嚴重積水，根本前進不了，繼續騎下去也只是像個笨蛋，於是守便直接將腳踏車放倒在地上。明天之後的事都不在他的考慮範圍內。

驚人的是，那台腳踏車竟然被沖了五公尺之遠。大雨形成的奔流宛如水位暴漲的溪谷。馬路上的排水溝別說是排水，根本就呈現倒灌狀態。

守將雨衣曬在安全梯一隅，換了件襯衫後又回到辦公室。放眼望去，看不到諮詢的民眾。在這種惡劣的天候下，精神狀態會選擇外出的人根本不會來這裡。

宮田有子看到守的身影後立刻就從座位上起身，走了過來。

「怎麼樣，你去矢野女士家了吧？」

「根本沒有什麼兒子。」守流暢地撒謊。

「是已經回去了嗎？」

「不是，那不是她的兒子，所以矢野女士並沒有不當領取生活保護補助，從頭到尾就是錯得離譜的誤報。」

宮田有子看著守，一副想說些什麼的樣子。而守接著開口。

「還有宮田，請你今天不要過來喔。」

「不要。」宮田有子搖頭。「我一定會去。」

「為什麼要特地挑這種雨天呢？也不考慮一下別人的困擾，你是不是有點奇怪啊？」

宮田有子蹙眉，擔心地問：「佐佐木，你怎麼了嗎？」

「還能怎麼了，我都叫你不要來了。」

宮田有子目不轉睛地凝視著守。「這樣下去如果找不到高野的話怎麼辦？」

「跟我沒關係。」

「如果永遠找不到他的話怎麼辦？那個人……要是高野走投無路跑去自殺的話怎麼辦？」

「請不要說一些莫名其妙的話。」

「你就讓我和林野愛美談談，我需要一些情報，什麼都好。如果你不理我，我也有我的打算。」

兩人互瞪著彼此，宮田有子黝黑的眼瞳微微晃動。

就在這個時候，守的視線一隅出現了兩個與這個空間格格不入、西裝打扮的男子。宮田有子也順著守的視線回過頭去。

這兩個男的雖然年齡不同，身材卻同樣壯碩，散發出某種異於常人的氣場。

「那兩個人是誰啊？」

守無法回應，內心莫名騷動不安。

即使在宮田有子回到座位後，守的目光依舊沒有離開那兩個男人。較為年長的男子走到櫃檯窗口前，從西裝內側出示一個看似黑色證件夾的東西。瞬間，守的心臟像是被人猛揍了一拳似地用力跳動。是警察……

「課長。」負責櫃檯窗口的職員回頭呼喚嶺本。
聽到呼喚的嶺本也一臉訝異，走向兩名男子。
男子和嶺本說了些什麼，但因為聲音很小的關係，從守的位置聽不確切。
過了一會兒，兩名男子在嶺本的帶領下進入了辦公室後方的會客室。
他們該不會是為了守而來的吧……守的心狂亂地跳動著。
突然，窗外亮了一下，緊接而來的是一道轟然巨響。打雷了。守望向窗外，空中有一大片沉重低垂的烏雲，緊接著一道光束再次劃破雲層，雨勢也跟著愈發磅礴。
「這是怎樣啊，日本都要被淹沒了喔。」
身旁的同事皺著眉頭自言自語。
幾分鐘後，從會客室出來的嶺本朝著守的方向走來。
果然。那些傢伙是來抓自己的。必須逃走、必須逃走……守迅速環顧四周，然而身體卻像是和椅子同化般根本站不起來，無視自己的命令。
就在守與自己的身體奮戰時，嶺本來到了他的面前。
「佐佐木，剛才那兩位好像是警察，你可以過來一下嗎？」
「警察？為什麼找我？」守竭力保持冷靜，表情卻很僵硬。
「你別怕，總之先過來。」

守在嶺本的催促下跟著他進入會客室。會客室矮桌兩側備有沙發，兩名警察坐在上位。兩人起身向守行禮。

「抱歉打擾您工作，我們是警察，有些事想請教。」

比較年輕的那個也向守出示了剛才那個黑色證件夾。大概是為了消除守的戒心，年輕警察臉上貼著一副刻意的假笑。

「你們的意思是我做了什麼嗎？」守的聲音在發抖。

「佐佐木你別激動，提到你名字的人是我。」

守扭頭看向一旁的嶺本。在嶺本示意下，守和他一起坐到了沙發上。

「你記得古川佳澄這個人嗎？」

「古川佳澄？誰？」

守一時無法想起，偏頭表示不解。

「好像是上星期來我們這邊諮詢的民眾，根據紀錄，當時是由你負責應對的。」

嶺本迅速將一張文件擺到守的面前，是申請諮詢者的來訪紀錄。上頭的確清楚寫著「諮詢者古川佳澄　負責人 佐佐木守」。但重要的諮詢內容只寫了「單親媽媽、無職、有就業可能性」。

這是自己輸入的內容嗎？守完全想不起來。他看著來訪紀錄陷入沉默後，嶺本立刻出手相救。「我們職員每天都要對應許多民眾……」

「是，您說的是，畢竟現在大環境這樣，各位應該很忙碌吧。我們說的古川佳澄是這一位。」

年輕警察從皮包裡拿出一張照片遞給守。守接過照片，那是一張女性的大頭照。

啊……守倒抽一口氣。他想起來了，是那個時候的那個女人。

「佐佐木，你有印象嗎？」

「……沒有。」守不知為何給出否定的答案。

嶺本微微挑起一邊的眉毛問：「真的嗎？」

「對。」

「這樣啊。」嶺本嘆了一口氣，看向兩位警察。「所以，這位女士怎麼了嗎？」

「很遺憾，她過世了，我們在她家中發現了遺體。」

年輕警察壓低聲音道。

守說不出話。

「過世了？」回應的人是嶺本。

「是的，去世日期恐怕是拜訪這裡後的當天晚上，不過遺體直到昨天下午才被發現。畢竟現在是這個季節，鄰居報警說出現了異臭。根據現場勘查結果，我們認為古川佳澄女士應該是自殺。」

「自殺？」

「是的。雖說就遺書而言有點簡陋，但古川佳澄女士在紙片上留下了一句話『我要去勇一郎那裡』。勇一郎是古川佳澄女士過世的丈夫。」

「啊……」

「古川佳澄女士母子的生活狀況似乎非常拮据。」年長的警察接著開口。「我們調查後發現，她們家相當貧困，連當天的三餐都有困難的樣子。加上房租欠繳，又有管理公司的壓力，大概是對未來的人生感到絕望，所以才會自我了斷吧。」

「她有小孩對吧？那個孩子怎麼樣了？」

守插嘴問道。兩個警察因為這句話相互交換了一個眼神。

「佐佐木先生，您想起來了嗎？」

「咦？」守的身體瞬間縮了回去。「嗯嗯，稍微想起來了一點。所以小孩呢？」

「大概是無法放下年幼的小孩不管吧，那個孩子也一起走了。」

「意思是母子一起自殺嗎？」

年長的警察緩緩點頭。

守覺得那個警察彷彿壓住了自己的胸口。他的背後沒有地面，只有一片無盡的黑暗。守的身體逐漸墜落，任由黑暗吞噬。

「所以，我們想問佐佐木先生的問題就是古川佳澄小姐當時的樣子。您當初有在她身上感覺到什麼異狀嗎？」
守無法回答任何話。
「佐佐木，怎麼樣？」
「……沒有什麼特別的。」
「是嗎？」年輕警察十指交扣。「我們不太理解的是，會去諮詢生活保護補助等於是古川佳澄女士想活下去的證據。那她為什麼又會在諮詢當天立即選擇死亡呢？這麼說有些失禮，但這不禁讓人聯想到是不是職員沒有認真應對她的諮詢。也就是說，古川女士遭到了粗魯的對待呢？」
「等一下，警察先生，」嶺本提高音量。「佐佐木是我們單位裡最為申請者著想、能感同身受地聆聽他們說話的社會個案工作員。我無論如何都很難想像您說的那種情況。」
「那麼用心的職員卻只留下這麼簡單的紀錄嗎？」年長的警察語帶諷刺指著來訪紀錄。「其他的申請諮詢者紀錄寫得更詳盡吧？我們做這行的，對生活保護補助多少也有些認識，這樣的內容不會太偷工減料了嗎？這樣的寫法，根本不知道古川佳澄女士說了什麼吧？」
「那是因為……一定是因為那位古川女士沒有說太多話吧。是吧，佐佐木？」
守仍舊無法給予回應。
「剛才我說的當然都只是推測。」年輕警察露出了微笑。「古川佳澄女士似乎也有一點憂鬱傾向，可以想像她會不小心把一些小事擴大解釋，或是困在自己是受害者的妄想裡。只是，我們的工作必須掌握正確的情況才行。所以能不能請您將當時的詳情告訴我們呢？」

「我……不太記得了。」

守低垂著頭，好不容易才擠出這句話。

他並沒有說謊。守的記憶裡，對於當時兩人究竟都說了什麼真的是一片模糊不清。然而他卻清楚記得一件事，就是自己對古川佳澄的態度十分刻薄。

「不記得了……嗎？」年長警察直視守的眼睛說道。「佐佐木先生，我們不是要逮捕你。假設好了，即使你對古川佳澄女士態度冷淡也構不成任何罪名。但希望你能告訴我們真相，否則死者在九泉之下也無法安息吧？」

之後，兩名警察依舊不依不饒，不斷更換各種問題，試圖盡可能獲取多一點情報，但由於守說出口的內容絲毫沒有重點，所以過了一會兒他們便離開了。「別沮喪。唯一可以肯定的是，這不是你的錯，我可以向你保證。」嶺本拍拍守的背。然而，守聽不進這些話。

守的內心深處冒出了想尋死的念頭。古川佳澄還有那個男孩的臉在守的腦海裡揮之不去。兩人只是默不作聲地看著他。

嶺本顧慮守的心情讓他早退，甚至還幫他安排了計程車。

計程車擋風玻璃上的雨刷忙碌地左右擺動、與瘋狂降落的雨水奮戰，卻一點也無法拓展前方的視野。「抱歉啊，現在得慢慢開。」全身向前傾的司機苦笑著說。

守靠在後座的椅背上，望著窗外緩緩流逝的濡濕街道。

所有的景物在他眼裡都沒有色彩。

當守將鑰匙插入大門的那一刻，「想死」的念頭頓時變成了「就一死了之吧」。那一瞬間，彷彿有人按下了守心中的某個開關，他感到大腦逐漸融成一片。

守自然而然地悄悄脫下鞋子，在走廊上前進，沒有發出半點聲響。

昏暗的客廳裡，愛美正坐在桌子前抽菸，看都不看自己一眼。

山田也在。躺在沙發上的他驚訝地說：「喔，怎麼了？今天回來得真早。」

守踏進廚房，從流理台下的櫃子裡取出一把菜刀，動作沒有絲毫猶疑。

他看向手中的刀，日光燈照在銳利的鋼片上反射出隱隱的光芒。

守踏出一步站到愛美身後。

持刀的手擅自高高舉起。

從踏進家門到這一刻為止，守一連串的動作如行雲流水，沒有激情，就像是有人在操控自己一樣。或許，就是另一個一直在內心不斷敲打警鐘的守吧。

愛美甚至沒有注意到守就在自己身後，反而是山田震驚地瞪大了雙眼。

29

「喂！你要幹嘛！」

山田突如其來的怒吼令林野愛美顫了一下。

只見山田一臉猙獰地瞪向愛美，不，是愛美的身後。

愛美回頭，就看到佐佐木面無表情地站在自己正後方。愛美立刻後退，與佐佐木拉開距離。

他是什麼時候……愛美完全沒有發現。

佐佐木手上有什麼東西在發光。不用多久，愛美便意識到那是把菜刀。

愛美反射性地奔向山田，心臟噗通噗通地狂跳。

「你、你在想什麼啊！」

山田不知所措，朝佐佐木咆哮。

佐佐木沒有任何回應，只是目光呆滯地看向愛美他們，眼神沒有焦點。

「我知道了，你又吸毒了是吧？所以我才叫你要注意啊。不對，現在應該是藥效退了嗎？是這樣啊。佐佐木，你現在馬上打一針怎麼樣？沒錯，就打一針。如果你手邊沒有的話我分一點給你。我雖然沒有冰毒，但搖頭丸的話，這個包包裡就有一堆。」

山田連珠砲似地說個不停。

「喂，你也說些什麼啊。」

「我要死，我們一起。」

佐佐木終於開了口。

愛美嚥下口水。「我們一起」的「一起」，指的是自己。

「別說蠢話了，你冷靜，嗯？冷靜點！」

山田朝佐佐木伸出雙掌。

「我想過了，覺得我一個人死好像不太對。仔細想想，愛美也有義務得死。啊啊，對了，山田先生要不要也一起呢？」

「開、開什麼玩笑！我幹嘛一定要死啊！」

「反正活著也沒什麼好事吧。」

「不要隨便決定別人的人生！總之，你先冷靜下來啦。不久前，你不是還在跟我扯一堆大道理嗎？」

「現在的狀況跟那時候不一樣。」

佐佐木從頭到尾都沒有抬高音量。他面不改色，彷彿只有嘴巴是不同生物似地輕輕開闔。那張沒有溫度的臉已經看不到一絲一毫愛美當初認識的佐佐木影子。

而且，讓佐佐木變成這副模樣的就是他們。不，是愛美自己。

神奇的是，看著佐佐木那樣的面孔，即使眼前有個試圖殺死自己的人、即使他對自己散發出殺意，愛美的恐懼卻越來越淡薄。或許是因為窗外的雨聲太激烈了吧，愛美的心也跟耳膜一樣逐漸麻痺。

佐佐木也看著愛美。愛美無所畏懼地收下他的目光。

佐佐木用了「義務」這個詞。如果佐佐木要尋死的話，自己也有義務共赴黃泉嗎？

愛美沒有答案。她雖然不想死，卻也不想活。這是愛美此刻最真實的想法。

「可以啊，一起死吧。」

明明還沒下定決心，話語卻自然而然地脫口而出。

山田一臉不可思議地看向愛美。「你在說什麼啊？」

「我說，死了也好吧。」

愛美淡淡回答。話說出口後，她發現這好像就是最符合自己心境的描述。不是「想死」而是「死了也好」。好像胡亂射出去的箭恰好正中紅心一樣。

「你們兩個人在瞎鬧個什麼勁啊！死掉的話就全玩完了吧？死掉的話一切就都沒了吧？」

山田口沫橫飛，滿臉通紅。

就在這個時候，門鈴響了起來。有人來了。然而，現在不是能回應的狀態。愛美瞥了一眼牆壁上的時鐘，下午三點。她知道是誰了，這個時間來的人一定是莉華。

幾秒後，這次門鈴連響了好幾聲。這下可以百分之百確定是莉華了。每次只要愛美回得比較慢，性急的莉華就會這麼做。

接著出現開門的聲音。「咦？門開著啊。愛美——你在家嗎——」玄關傳來莉華的聲音。「這雨真的下得超誇張……」砰砰砰的腳步聲逐漸靠近。

「哈哈，大家都在嘛。話說你們幹嘛都站著？」

來到客廳的莉華無腦地笑著，似乎沒有注意到佐佐木手上拿著菜刀。

山田向莉華開口：「你來得正好！這兩個人腦袋都不正常了。一直說要死要死的，你快想辦法幫我阻止他們。」

「要死？為什麼？」

「我才想問咧。一定沒什麼理由吧。」

「咦！」莉華睜大眼睛看著佐佐木。「你為什麼拿著那種東西？」

莉華臉色丕變。該說是勇敢還是對恐懼很遲鈍呢？她氣勢洶洶地走向佐佐木。「混蛋，你搞屁啊！」

說時遲那時快，佐佐木的右手沒有任何預兆地行動了。

他的右手迅速朝莉華一伸。整個過程就在瞬間發生了，連一秒鐘都不到。

莉華停下動作，身上的薄T恤轉眼間便被鮮血染紅。

她緩緩將手移到腹部，手上沾染了黏稠的紅色血液。

「……搞屁啊。」莉華跪下，蜷縮著身體。

愛美說不出任何話。眼前的狀況雖然單純，卻需要時間來接受。愛美第一次目睹一個人拿刀刺向另一個人的場面。

愛美看向山田。山田似乎跟自己一樣都失去了聲音。

「王八蛋！」回過神的山田大喊。「你沒事吧？」山田蹲到莉華身邊搖晃她的身體。

「……好痛、好痛。」莉華皺著臉呻吟。

「你別擔心，我馬上叫救護車。」

話一說出口，山田立刻像是想起什麼似地倒抽了一口氣，眉頭緊鎖。

愛美知道山田想到了什麼。只要叫了救護車便無法隱藏佐佐木的犯行。佐佐木要是遭到逮捕，一切的來龍去脈就會暴露到檯面上。重點是，這間屋子裡的人全部都是罪犯。

「找……阿龍……」

莉華大概也發現了這點，吐出金本的名字。

山田拿出手機迅速操作，將電話放到莉華耳邊的地板上。他似乎將手機轉成了擴音，客廳裡響起了撥號聲。電話轉到語音信箱。山田嘖了一聲再打一次，又轉為語音信箱。打到第三通時，終於聽見了金本的聲音：〈幹嘛？〉

「金本老闆，是我。莉華倒下來了，佐佐木和愛美也在，我是這裡唯一一個正常人。」

驚惶不安的山田說話顛三倒四。

〈什麼啊？不要說一些莫名其妙的話。〉

「總而言之，現在必須馬上送莉華去醫院。」

〈冷靜點，好好說話！〉

「那個……該從哪裡說起呢……」山田雙手抓著頭髮。「首先，是佐佐木突然回來拿出菜刀、說一些要和愛美一起死的屁話，然後愛美也說什麼要死，可是佐佐木捅了莉華一刀。」

〈我聽不懂。〉話筒傳出金本的嘖舌聲。〈總而言之，莉華被刺傷了吧？很嚴重嗎？〉

「我不知道，可是流了很多血。」

〈很多血是多少？算了，在愛美家是吧，我馬上過去。你不要給我發神經報警或是叫救護車喔。〉

金本單方面掛斷了電話。

「聽到了嗎？金本老闆說他現在就要過來了，你再忍耐一下。」

山田靠近莉華身邊鼓勵她。

看著那樣的山田，愛美感到意外的同時也覺得好笑。莉華就算死了也無所謂吧？至少，莉華對愛美來說一點都不重要。

愛美突然望向窗外，外頭是一片灰濛濛的天空。她瞇起眼睛，宛如受到吸引般凝視著那片灰。這種時候，她想的竟然是自己已經好久沒有看到這樣的天空了。

30

震耳欲聾的激烈雨聲敲打著耳膜。山田吉男打從心底後悔自己處在這個地方，而且還跟這一群人扯上關係。

從剛才起，腦袋裡不斷交錯響起的就是「我為什麼會遇到這種鳥事？」這句話。

山田想要倒轉時間，回到佐佐木回來之前。不，是遇到金本之前。不對，是自己還循規蹈矩、有家人也有工作的那個時候……

他的腦海中瞬間浮現了彩乃的臉孔，自己七年不見的女兒。明明之前怎麼想都想不起來，為何現在卻……

不，山田意識到剛才的那張臉孔或許不是彩乃。硬要說的話，更像是美空。

吉男看著牆壁上的時鐘。金本要多久才會到呢？從剛才掛斷電話後都已經過了十五分鐘，早知道就先問他大概什麼時候會到了。雖然吉男覺得就算金本出現，那傢伙也無法解決這個狀況就是了。

如果莉華就這樣死了，自己的未來到底會怎麼樣呢？

壓在莉華腹部上的毛巾幾乎全被血滲透，鮮血殘忍地將可愛的卡通圖案染成了暗紅色。

佐佐木抱著膝蓋在客廳角落裡發抖，不停地以聽不大清楚的音量念念有詞著什麼。吉男不知道他為什麼會變成那樣。佐佐木先前一屁股坐到地板上後馬上就出現那種奇怪的舉動。然而，他並沒有放下刀子。有鑑於他剛才突然刺了莉華一刀，吉男也不敢隨便靠近。

至於愛美，跟她說話雖然勉強會回應，卻也是盯著窗外不放，一副心不在焉的樣子。

過了一會兒，吉男的耳朵在磅礴的雨聲中捕捉到了一道獨特的粗獷引擎聲正逐漸靠近。是**Huracán**，金本終於來了。

引擎聲停息。不久，玄關大門發出開啟的聲音。

「你們到底在搞什麼鬼！」

現身的金本一臉不悅，環顧客廳一圈以掌握狀況。他的眼神在佐佐木身上停了幾秒後像是明白了一切，罵了聲：「該死！」

「莉華，是我。給我看一下傷口。」

莉華看到變身的金本，露出淺淺的微笑。金本掀起莉華的T恤凝視傷口。「啊啊，這個出血量沒關係。」

金本說得很冷靜。真的嗎？吉男感到半信半疑。

「……阿龍，我好痛。」

「忍耐點，你不會死。」

語畢，金本拿出手機撥了通電話。

「是我。我這邊有個人需要你幫忙看看，有點急，她肚子被捅了一刀……醫生，話不是這樣說的吧。我就是為了這種情況才付你錢的啊！別開玩笑了！總而言之，你給我想辦法。」

金本焦躁地大喊。

吉男從這段對話內容得知金本通話的對象是石鄉。

「那個混帳，敢給我得寸進尺，我總有一天要宰了他。」

掛掉電話的金本厲聲道。

金本的臉上失去了平日的從容。他一定不是在擔心莉華的安危，而是為情況變成這樣而煩惱。這一點吉男也是一樣。佐佐木真的發瘋的話，很多事情不就會跟著曝光了嗎？這樣一來，自己毫無疑問會被逼上絕境。

「好，莉華，我們走囉。」

「是去石鄉醫生那裡嗎？」吉男問。

「嗯，我現在開車送她過去。在那之前……」金本偏過頭瞪向佐佐木。

佐佐木仍舊像是誦經似地一個人喃喃自語，彷彿已經瞬間移動到了另一個世界。就連金本進來屋裡時也沒有表現出任何反應。

金本像隻鎖定獵物的猛獸，緩緩地靠近佐佐木。

接著，金本的身體做出行動，以電光石火的速度順勢朝佐佐木的頭部踢了一腳。

那是驚天動地的一擊，佐佐木的身體飛了出去，菜刀脫離他的手中在地板轉了幾圈又繼續滑行，接著像是鎖定吉男般朝著他的腳邊而來。吉男立刻跳起躲開。

「山田，找個地方把這小子綁了，讓他不能自由行動。」

金本甩甩下巴命令吉男後，隨即抱起莉華、準備直接離開客廳。莉華發出輕微的呻吟。

「金本老闆。」吉男朝金本的背影喚道。「我接下來該怎麼辦？」

「我說了吧。把這小子綁起來！」金本半轉過身吼道。

「你會回來吧？」

「嗯，我把莉華帶去石鄉那裡後就回來。」

「事情現在變成這樣，該怎麼辦？」

雖然沒有明確指出些什麼，但他的意思似乎有順利傳達出去。

吉男惶惶不安到了極點，無論是對於被留在這裡的這件事、還是自己將來的命運。

「……之後再想吧。」

金本停了一下後回答。那段空白，令吉男愈發不安。

金本和莉華離開已經超過了三小時。

時間來到晚間六點多，但如果只看窗外的話，幾乎沒有什麼改變。今天的天色從早上開始就一直昏暗不明。這場雨也是，絲毫沒有減弱的趨勢，彷彿天譴似地將船岡的街道都浸泡在雨水中。

吉男的精神狀態已經比剛才穩定了，只不過開始能冷靜思考之後，也再次深深感受到事情的嚴重性。

事到如今，已經無法期待佐佐木能回歸職場了吧？儘管那並不重要，但如果佐佐木從明天開始就缺勤的話，肯定會啟人疑竇，進而展開調查。就算佐佐木閃電辭職好了，但緊接在高野之後的這一連串發展，擺明了就是非常不自然，周圍的人不可能不起疑的。

如果發生奇蹟，佐佐木能跟之前一樣繼續工作的話又如何呢？

不，不可能。佐佐木的身體已經壞了，身旁的人很快就會發現他在吸毒。警察到時候當然會出動，然後總有一天會發現真相、查到山田吉男這個人嚴重涉入此案。

吉男嘆出不知道第幾百次的氣。無論他怎麼絞盡腦汁，都想不到能圓滿解決這件事的方法。他持續在沒有出口的迷宮裡徘徊，已經筋疲力盡了。

「美空，叔叔之後該怎麼辦？」

吉男無力地朝在一旁畫畫的美空詢問。

然而，藉由先前一起生活的經驗，吉男心裡也明白，美空沒有聽到自己的聲音。美空畫畫時會完全與外在世界隔絕開來。

吉男是在金本離開一陣子後才想起美空的存在。正確來說，用「發現」比「想起」更合適。吉男拉開拉門便看到手裡握著蠟筆的美空。如果她在剛才那場混亂騷動中也一直在畫畫的話，美空這孩子也不怎麼正常。

歸根究柢都是愛美這個母親的錯吧。吉男看向愛美。這個女人徹底放棄育兒的結果，就是製造出這樣的女孩。

愛美盤腿坐在窗邊、機械式地抽著菸。她將一根菸抽到底後立刻又點燃下一根。愛美的視線雖望向窗外，雙眼卻沒在看任何東西，隱約透著百無聊賴的感覺。

吉男又嘆了一口氣，脖子轉向另一頭。雙手雙腳都被吉男以塑膠繩綁起來的佐佐木軟趴趴地躺在地上。這個人也是一副失去靈魂的德性，半瞇著眼、茫然地望著半空中。

真好啊，這些傢伙。吉男突然羨慕起來。愛美和佐佐木都將自己的心放逐到了某個遙遠的地方。吉男也想像他們一樣，背離此刻這個現實。

手中的電話發出震動，吉男立刻按下通話鍵。這是他望眼欲穿的金本來電。吉男從剛才就打了好幾通電話，卻都沒有聯繫上金本。

〈事情不妙了。〉

金本開口第一句話就很沉重。

吉男的心情也一起沉落谷底。意思是還有什麼更糟的事嗎？

「怎麼了？」

〈莉華沒有恢復意識。〉

「咦？什麼意思……」

〈手術已經結束了，但她沒有從昏迷狀態醒來，石鄉也很緊張。〉

「怎麼會……金本老闆，您之前不是講得一副完全不用擔心的樣子嗎？」

吉男不小心變成質問的口氣。原以為金本會勃然大怒，但是他卻只回了句：〈嗯嗯。〉

「接下來怎麼辦？」吉男的聲音虛弱不已。

金本沉默了一會兒後終於開口：〈佐佐木在那裡嗎？〉

「對，雖然一臉呆滯就是了。愛美和她女兒美空也在。」

〈總之，我先回去。〉

留下這句話後，金本掛了電話。

吉男陷入絕望。因為金本之前說莉華沒事，他才覺得那就一定會沒事的。如果莉華就這樣死了，不，就算沒死，但之後真的不會再清醒的話會怎麼樣？吉男想的不是良心的問題，而是怕事情鬧得越大，就越容易波及到自己。

就在吉男煩惱時，客廳響起了門鈴聲。吉男反射性地跳了起來。

連愛美也有了反應，視線看向吉男。是誰？兩人以眼神互相詢問。可以確定不是金本，再怎麼說都不可能那麼快。

吉男起身確認牆上的對講機螢幕，便倒抽了一口氣。

螢幕上映出一個身穿制服的警察身影。對方垂著頭、警帽又壓得低低的，因此看不到長相，但總而言之是警察沒錯。

吉男腦袋一片空白。為什麼有警察？為什麼會過來？

門鈴再次響起。

「不好意思，有人在家嗎？」

玄關傳來低沉含糊的男人聲音。對方大概是打開大門上的投信口從那裡問話的吧。這到底——

「有人在家吧？」

門外的人不知為何知道吉男他們在家。話說回來，這個警察的聲音聽起來有點詭異。

吉男無可奈何，只好按下對講機的按鈕。與其讓愛美跟他應對，吉男覺得還是自己來比較好。

「請問是哪位？」吉男戰戰兢兢地問。

〈我是千葉縣警船岡署過來的。〉

門外的人報上來歷。儘管早就知道了，但聽到對方這麼一說後，吉男又陷入了更深的恐慌。

吉男嚥下口水，再次開口：「警察先生有什麼事嗎？」

〈我們接獲通報有可疑人士在這棟公寓前徘徊，能不能稍微請教您一些問題呢？〉

可疑人士？在這種大雨天？

「我、我們一直都待在家裡，不是很清楚……」

〈是的，我想也是。但還是希望能稍微談談。我正在請求這棟公寓的所有住戶協助。〉

不出去反而會顯得可疑嗎？不，不行，太危險了。萬一對方進來屋裡的話一切就全完了。但是，抵死不從的話會被警方盯上吧？有辦法在玄關前打發他嗎？以自己現在的心理狀態，吉男沒把握能跟警察好好周旋。今天到底是什麼日子啊？老天爺為什麼要開這種惡劣的玩笑？

該怎麼辦才好，該怎麼辦——

就在內心還沒有定論時，吉男向玄關邁出了腳步。他的腦袋已經陷入一片空白。接著，吉男彷彿受到控制似地解開了大門門鎖。

「不要開！」愛美從客廳大喊。

然而，慢了一步。吉男才剛解鎖，門外的人便立刻強行拉開大門。

眼前是一個渾身被雨淋濕的男人。

吉男啞然。

是高野洋司。

31

〈我們接獲通報有可疑人士在這棟公寓前徘徊，能不能稍微請教您一些問題呢？〉

那個自稱警察的男人用一種特別微弱的方式講話，音調也莫名低沉，感覺像是刻意壓出來的聲音。林野愛美總覺得在哪裡聽過那樣的聲音。

〈是的，我想也是。但還是希望能稍微談談。我正在請求這棟公寓的所有住戶協助。〉

接下來的這句話令愛美將記憶中的聲音和人連結了起來。

是高野洋司。就算他改變音色也瞞不過愛美，愛美認得出來。因為那個男人從前老是在自己耳邊低語。

而且，這種不自然的訪查、強勢的態度，任誰來看明顯就是很可疑。但山田卻不知怎麼了，竟然打算按照指示乖乖開門。

雖然不清楚高野是為何而來，但他既然偽裝自己的身分，就一定很危險。

「不要開！」愛美大喊。

然而為時已晚。外頭的雨聲驟然變大，大門打開了。

山田緩緩退回客廳，站在他前方的高野洋司露出面孔。

高野整個人變得面目全非——原本有些肉的身體宛如消了風的皮球般枯瘦，雙頰凹陷、眼球突出，下垂的瀏海正滴下一粒粒水珠。不知為何，身上還穿著警察制服……

「你在啊。」

高野的目光從與自己對峙的山田移到愛美身上，勾起嘴角。他的手上拿了一把將近三十公分的野營刀。

愛美的本能立刻驅使她做出行動。她揪住就待在附近的美空的衣服，將她拖到自己身旁。愛美和美空交換位置，以自己為屏障，將美空藏在身後。

「你是怎樣啊？把刀放下！」山田聲音顫抖道。

「我要把你也宰了，所有人都宰了！」高野咆哮著，眼裡帶著清晰可見的瘋狂。

「我叫你住手。我只是受人之託稍微幫點忙而已，本來就不關我的事，拜託你饒了我吧。一下菜刀一下什麼刀的，我已經受夠了。今天到底是怎樣？不要所有人都跟著一起瞎鬧啊！」

山田皺著臉大叫。然而高野似乎充耳未聞，視線停在了別處。他發現了倒在一旁的佐佐木。

「你沒有必要淪落為殺人犯吧？只是失去工作、只是被家人拋棄，這些我也都經歷過。就算這樣——」

高野皺眉，一臉不解地俯瞰著佐佐木。雖然不清楚高野是否知道佐佐木住在這裡的事，但不管怎樣，應該是對佐佐木被繩子綑綁、失去自由的狀態感到納悶吧。

重點是，即使處於這樣的狀況，佐佐木仍是瞧都沒有瞧高野一眼。

「——所以你就回去吧，就當作沒這回事，一切都還來得及。」

山田頂著一頭亂髮，拚命嘗試說服高野，但沒有人在聽他說話。

愛美望向連結陽台的窗戶，現在是上鎖的狀態。開鎖、開窗、跨過欄杆、逃到外面，和美空一起……這裡是一樓，總會有辦法的。雖然外頭下著暴雨，但那都是小問題。前提是高野能給愛美行動的機會。

高野帶著殺意來到這個家，目標當然是愛美吧。失去工作、被家人拋棄、受黑道脅迫。雖然一切都是高野自作自受，但是他卻反過來怨恨愛美。他現在應該是覺得自己已經沒什麼好失去的了。

然而愛美不一樣，她有美空。愛美用力將美空按向自己身後。雖然連她自己也無法說明這份情感，但此時此刻，愛美的的確確覺得自己必須得保護美空才行。愛美可以死，但美空不可以。

趁現在先把鎖……就在愛美的手悄悄伸向窗戶鎖的瞬間，門鈴又響了。這到底是今天第幾次了呢？愛美開始覺得門鈴的聲音就是死神的笑聲。

屋裡所有人都停下了動作。愛美覺得是金本。山田大概也有一樣的想法，他瞥了愛美一眼，點點頭。

「不准出聲喔！」

高野將刀尖來回指向山田與愛美威脅著。

門沒鎖，直接進來吧。愛美在心中祈禱。就像對佐佐木那樣，幫我們制伏高野——

叩叩叩。響起了敲門聲。

此時，佐佐木突然發出尖銳的笑聲。

「喂，安靜點！想吃我一刀嗎？」高野連忙將刀子貼在佐佐木的臉頰上。

佐佐木無動於衷，發出瘋狂的笑聲，精神已完全陷入混亂。

大門緩緩開啟，雨聲變大了。「佐佐木，你在家嗎？」玄關傳來一個女人的聲音。

愛美和山田面面相覷。不是金本。

「我聽課長說了，你沒事吧？我可以進去嗎？那個，我進去囉。」女子繼續道：「好嗎？那我就打擾囉。」

腳步聲越來越近。高野迅速藏身在陰影之中。

出現在客廳的，是社會福祉事務所那個叫宮田有子的女人。兩個月前和佐佐木一起來到愛美家、令人打從心底發毛的那個女人。

宮田有子看著屋裡的狀況，一句話也說不出來。

「……這是怎麼回事？」

她喃喃自語，目光游移，一臉不知所措。

「沒想到是你啊。」

高野從宮田有子身後低吟。

宮田有子回過頭。

「……洋司。」

宮田有子杏眼圓睜，撝著嘴角。

「果然，你跟他們也是一夥的吧？開什麼玩笑！」高野的嘴唇微微顫抖。

「一夥的？啊，不說這個了，重點是你拿著刀子幹嘛？那身打扮又是怎麼回事？」

「少囉唆！」

「我一直在找你。」

「是你先毀了我的，又有什麼好找的？」

「都是你不好，誰叫你拋棄我。你口口聲聲說要離婚，結果還是回到太太身邊，最後還對這種小女生出手。」

宮田有子說到「這種小女生」時瞥了愛美一眼。

「就算那樣也用不著做到這種地步吧？那份文件也是你送來我家的吧？」

「沒錯，不行嗎？你以為只要辭職就沒事了嗎？我絕對不允許你和太太重歸於好。」

「開什麼玩笑！你甚至還雇了黑道！」
「黑道？什麼意思？」
「都這個時候了少給我裝蒜！」
「我不知道你在說什麼。分手時我就說過了吧，我絕對會讓你後悔。」
兩人展開了令人摸不著頭緒的對話，連山田也目瞪口呆。
不過，從他們的對話中大概能明白這個叫宮田有子的女人是高野的外遇對象。這麼說來，高野以前曾提過妻子發現他外遇之類的事，或許指的就是這個女人。
佐佐木曾說宮田有子「擁有強烈的正義感和潔癖」，愛美也那麼以為。
「等一下好嗎。」山田向宮田有子舉起手打岔。「雖然不知道你是誰，但這一切都是有原因的，我只是聽命被迫幫忙，就這點而言我也是受害者——」
「礙事耶。」宮田有子揮開山田的手。「洋司，你現在住哪裡？」
「你不要問那種事了，聽我說。追根究柢是有個叫金本的黑道，是那個壞蛋把我捲進來——」
「就說你礙手礙腳了吧！」宮田有子雙手使勁把山田推開。「洋司，你吃飯了嗎？」
「跟你沒關係吧？」高野咆哮。
「沒這回事。因為你已經一無所有了，現在只能回到我身邊了吧。」
「為什麼要回到你身邊？我就是討厭你那種噁心的地方。」

「不，你說謊。其實你心裡明白，自己最後只有我。」

「開什麼玩笑！」

「洋司，跟我在一起吧，這世上就只剩下我願意幫你了。」

這句話令高野的目光垂向一旁，面露苦澀。「我想跟兒子和女兒一起生活。」

「你必須放棄這件事。你知道自己做了什麼嗎？你已經不可能回去了，你那個太太不會再讓你跟孩子見面喔。」

「還不都是你害的！」

「不，是你不對。事情會變成這樣都是你自己的錯，所以大家才會拋棄你。但是我就不同了，所以你現在只能和我在一起了吧？」

總覺得事情的發展有些詭異。不過，宮田有子似乎壓制住了高野。

愛美悄悄在心中為宮田有子加油。哪種形式都可以，只要能解除這間屋子裡的危機就好。

山田趁機看向愛美。他瞥了宮田有子一眼，像是在問「這誰啊？」愛美以唇語無聲回答：「宮田。」山田撫額，望著天花板。

「嗚嗚！」高野突然發出呻吟，肩膀抽動。還以為發生什麼事了，結果他竟然哭了起來。高野宛如遭到母親斥責的孩子，整張臉哭得皺巴巴的。「事情為什麼會變成這樣？我只是一時衝動啊！這也太過分了吧！」

「那才是我要說的話吧！」山田放聲大吼。他的眼裡也蓄著斗大的淚珠，感覺隨時會落下。「都是你們害我的人生變得一團亂，我這輩子就沒遇過一件好事！」

「你的事跟我們無關啦，閃一邊去。」

「閃一邊去？」山田將憤怒的矛頭轉向宮田有子。「如果莉華就這樣死了怎麼辦？佐佐木是殺人兇手。那讓佐佐木發瘋的人是誰？是金本吧？不是我，我也是受害者。」

「你從剛才就一直在講什麼啊？腦袋有問題嗎？」

「有問題的人是你們吧！這裡除了我之外，全部的人腦袋都不正常，所有人都在發瘋！」

「吵死了！你們不要隨便交談，小心我宰人喔。」

「宰什麼人啊！哇哇大哭的人說什麼鬼話！」

「你才在哇哇大哭吧！」

「洋司，你冷靜點。」

三人將愛美排除在外，互相叫罵。

愛美判斷應該趁現在逃走。「我們走囉，快跑。」愛美在美空耳邊悄聲道，然後抓起她的手臂。「守也一起。」美空指著倒在地上的佐佐木。「沒辦法一起。」愛美勸阻。「那我不要，我不走。」愛美懷疑起自己的耳朵。

這是美空出生以來第一次反抗。為何偏偏在這種時候……

就在母女倆僵持不下時，一道車子的重低音從遠方迅速逼近。這次真的是金本回來了。

「糟了。」山田率先反應。「金本回來了。」

愛美也有同感。儘管自己沒多久前還在祈求金本回來，但若是金本現在現身的話，感覺只會讓場面更加混亂。

「喂！你們現在立刻離開！金本回來了。」山田語帶迫切地對高野和宮田有子發話。

「為什麼一定要聽你的命令啊？金本一點也不可怕。那傢伙來了我照樣宰了他！」

「全身發抖的人在講什麼東西啊。金本身上可能有槍喔。你拿那把刀再怎麼對抗也贏不了他。」

「欸，金本是誰啊？」

「金本就是黑道、是最大的壞蛋。求你們了，趕快離開這裡，不要再讓事情變得更難以收拾！」

「所以我不是說要宰掉那個大壞蛋嗎。」

「我說了，下場就是你會被他殺掉。這位宮田小姐還是什麼的，你也說句話吧。」

「洋司，總之先去我家吧。」

「不要，那傢伙奪走了我的一切。」

「你的命還在吧？金本等一下真的會殺了你喔。」

「在那之前我會先要了他的命。」

「洋司，你不是那種有辦法殺人的人吧？爸爸是殺人犯的話，你的孩子才真的會哭喔。」

這句話令高野停下動作。他低下頭，眨了眨眼睛。

就在眾人你一言我一語時，引擎聲消失了，車子已經熄火。距離金本來到屋裡應該只剩下不到三十秒。

「啊啊，可惡！總之你們先躲在那個房間。」山田推著高野和宮田有子的背，試圖將他們趕進旁邊的房間。

「不要碰我，變態。」宮田有子揮開山田的手。

「變態還是什麼都無所謂。你們絕對不准出來，也不准出聲，我會找個理由趕快打發他走。」

山田拉開拉門，將高野和宮田有子推進房裡。「聽好了，絕對不准出來喔。」山田再三囑咐後，用力闔上拉門。

玄關大門在同一時間被人粗魯地打開，金本踩著憤怒的步伐現身了。

金本目光兇惡地環顧四周，然後與愛美對上雙眼。愛美反射性地避開了金本的視線。

「辛苦了。莉華怎麼樣了？」山田問。

「我剛才不是說了。能做的都做了，剩下的只有祈禱她醒來。」

「沒有人報警吧？石鄉醫生會幫我們想辦法吧？」

「嗯嗯，他那邊應該會看著辦。問題是……」金本低頭看向佐佐木。「這小子。」

金本走向佐佐木，用腳指尖踹了踹他的腰間。「喂，你知道自己都做了什麼好事嗎？」

佐佐木露出令人毛骨悚然的冷笑。

「不行。」金本嘖了一聲。「山田，把這小子搬走。」

山田歪著腦袋。「要搬去哪裡？」

「栃木的廢棄物處理廠有個小焚化爐。」

山田眉間的皺紋瞬間加深。「焚化爐……嗎？」

「嗯嗯，我已經跟那邊的老闆談好了，沒問題。」

「不，那個，這到底是……」

「現在只能讓他消失了吧。」

「消失？怎麼能——」

「你把這小子放著不管看看，這種狀態下他馬上就會露出馬腳。既然如此那就沒辦法了。」

「可是——」

「沒有可是，我已經決定了。愛美，你也一起來。」金本瞪向愛美。

「等等，金本老闆，殺人這種事我實在辦不到啊。」

話一說完山田的身體立刻飛了起來。金本揍了他一拳。山田的背部撞擊地面，震動甚至傳到了愛美這邊。

「少給我囉哩叭嗦！」金本臉色猙獰地怒吼。「我不能……不能栽在這種無聊的小事上！」

金本的身體微微顫抖。

山田扶著臉頰撐起上半身。「隨你要打要罵都行，就只有殺人這件事放過我吧。」山田說得斬釘截鐵。

「混帳東西，你不要得寸進尺！你留這小子一命看看，馬上就會有人發現他在吸毒。到時候這小子一定會供出我們的名字，我們只剩下這條路了。」

「我們我們我們我們——我只是聽你的命令行事而已吧。話說回來，不就是你讓佐佐木發瘋的嗎？全都是你這傢伙的責任！」

「你這傢伙？」金本嘴唇顫抖，氣得瞪凸了眼睛。「老子宰了你！」

金本抓起山田的頭髮強迫他站起身，接著順勢用力掄起山田，藉由離心力將他甩了出去。山田的身體衝破了拉門、飛進房間裡。

裡面出現了高野和宮田有子的身影。

金本喘著粗重的鼻息，怒目圓睜。

「這、這兩個傢伙是怎樣！」金本大吼。「喂！山田，這是怎麼回事？」

「我要殺了你，殺了你，殺了你。」

高野雙手握著野營刀的刀柄抖個不停，似乎是因為突然登上舞台，所以再次進入了亢奮狀態。

「喂、喂，高野，住手！」山田伸手勸阻高野。

「洋司，別這樣。」宮田有子也攔住高野的腰。

高野揮開宮田有子的手，持刀衝上前往金本刺過去。

金本立刻半旋過身體避開，接著，他迅速抓住高野的手臂試圖奪刀，而高野也拚命抵抗。兩個大男人扭打成一團。

高野和金本周遭的東西紛紛彈了開來，發出巨響。接著兩人因為踢到了躺在地上的佐佐木而同時絆倒，金本隨即跨到高野身上。刀子還在高野手中，金本拉起高野的手腕不斷朝地面猛敲。

眼見高野形勢不利，宮田有子發出怪叫上前幫忙。「放開他，放開他！」宮田有子從後方拍打金本的背。金本抓著高野的手腕，利用起身的力道賞了宮田有子的臉一記頭槌。受到衝擊的宮田有子臉上濺出血花，對著天花板直直地倒向後方。她翻著白眼，似乎失去了意識。

愛美起身抱住美空的身體。眼下只能逃走了，留在這裡的話美空會很危險。她迅速打開窗戶，跨出陽台。

說時遲，那時快，愛美的衣領遭人往後一扯，身體就飄了起來，與美空雙雙以背向的姿勢飛回屋裡。愛美的後腦杓重重地撞擊地板，視野也因為衝擊而開始搖晃扭曲。

「愛美，你別想逃。」金本的怒吼直衝耳膜。

金本不知在何時已從高野的手中奪下了刀子。

高野倒在地上、雙手壓著大腿呻吟。他的手上沾滿血液，指縫間不斷冒出鮮血，看得出來是挨了刀傷。

金本朝愛美母女走來。愛美覆在美空的身上。唯有這個孩子，愛美必須保護不可……

愛美的側腹受到一股衝擊，金本踢了她一腳。她的身軀倒向一旁，劇烈的疼痛令她說不出話，肋骨或許已經斷掉了。

就在這時，美空突然哭了出來。

美空哭了。像是把出生至今累積的哭聲一口氣傾倒而出似地嚎啕大哭。

「吵死了！臭小鬼！」

金本朝美空的頭踹了一腳，美空小小的身軀宛如人偶般飛了起來。

住手，只有美空不可以……愛美想說話卻發不出聲音。

「嗚喔——」突然間，山田發出咆哮，接著像是橄欖球員施展擒抱一樣直直衝向金本。

山田抓住金本的腰用力往前推，直到金本的背狠狠撞上牆壁。

「混帳東西，混帳東西！你竟敢做出這種事！竟敢、竟敢把彩乃，竟敢——」

彩乃——？

山田失去理智，胡亂揮舞雙拳不停地痛毆金本。

然而，這個情況沒有持續太久。山田的動作宛如沒電的玩具般兀地停止。

山田緩緩倒退幾步，一把刀深深地沒入腹部。他失去了支撐的力氣，頹然倒下。

所有人都倒下了。除了金本，屋裡全部的人都倒臥在地。這是現實嗎？這幅光景宛如一場惡夢。

今天到底是怎麼回事？所有的壞事全都重疊到了一塊。累積在這個夏天的惡行一口氣爆發，黑暗無光。

然而，愛美心中的某處似乎早已明白這一天遲早會到來。

過去，一定也有好幾個中途罷手的機會。對那些機會視而不見、放任自己隨波逐流的結果就是如此。這就是不肯挺身奮鬥、不願出聲抵抗、一味閉上雙眼的下場。

如今，這裡已無人能奮戰……除了我以外。

愛美擠出最後的力氣跪坐著起身，接著拿起掉在地板上的玻璃菸灰缸，感受到沉甸甸的重量。金本此刻剛好背對著自己。

金本氣喘吁吁。客廳裡只能聽見他粗重的喘息與外頭的雨聲。

不，不對。

愛美側耳傾聽。磅礴的雨聲中混雜著微微的鳴笛聲。這個聲音是——警車。

警笛聲瞬間變大，愛美意識到警車正朝著這裡而來。幾個成年人聚在一起上演了這麼一齣驚天動地的大騷動，一定是附近哪個鄰居報警了吧。

愛美全身失去力氣。她鬆開菸灰缸，俯身倒下。

眼前剛好是佐佐木的臉。佐佐木的眼睛只是靜靜地看著愛美，兩人就這樣一直凝望著彼此。

32

啊啊，別死啊。吉男隱隱約約明白自己正在鬼門關前徘徊。

神奇的是他沒有任何疼痛感，只覺得肚子像是抱著熱水袋一樣發熱。

吉男曾聽說過人類在生命的最後一刻可以不用感受到痛苦而死。或許，現在就是那個瞬間吧。

事情怎麼會演變成這樣呢？吉男突然開始思考起這個問題，卻也覺得人生大概就是如此吧。

吉男的人生或許沒那麼糟，雖稱不上精彩絕倫卻也非爛到谷底。到了這個地步自然而然就能這樣想了。

由於沒人肯稱讚自己，若是連吉男自己也不能肯定自己的人生，那就太可憐了。

周遭是忙碌走動的人群。

「你沒事吧？有辦法說話嗎？」

耳邊有人呼喚。

吉男半睜開眼確認，看見一個穿著制服的警察。不是高野，是真正的警察。

這樣子怎麼可能沒事啊。吉男只是動了動唇，無力地笑著。

視野漸漸縮小。

黑暗的簾幕悄悄落下。

終章

他討厭夏天。

光是看到耀眼的太陽就會心情低落，所以家裡面的窗簾一年四季都是拉上的。

今天的狀況比平常更差。他不想和任何人說話、也不想做任何事，只想一整天都窩在棉被裡。

他知道自己會這樣的原因。

因為就在幾天前，梅雨停了。身體大概意識到夏天已經來臨。

每年一到這個時節，他的身心就會變得很不穩定，內心宛如地震般、一天二十四小時都處於動搖狀態，四處徘徊尋找避難所，卻遍尋不著。

從那之後已經幾年了呢？該適可而止了吧？已經夠了吧？

他不斷這樣告訴自己卻徒勞無功。內心深處有個自己一直在抗拒夏天這個季節。

他明白這樣不對，卻也無可奈何。他無法行動。丟臉難堪的情緒再次將自己逼到盡頭。

他靜靜望著牆壁，望著埋沒在一片鮮豔色彩中的牆壁。牆上掛了大量的畫作。每個月他一定會收到一幅畫，但寄件人沒有留下姓名。他不明白這意味著什麼。

然而，他又為什麼無法丟掉那些畫呢？連他自己也覺得不可思議。

門鈴響起了。他知道是誰，他得去開門才行。理智上明白，身體卻不肯移動。

他渾身上下開始靜靜冒汗，無法順利呼吸。

門外的人在連按幾次門鈴後開始粗魯地敲門。

他蒙上棉被，雙手摀著嘴巴屏住氣息。

「您在家吧？我知道您在家裡喔。」

對方隔著門說道。社會福祉事務所的人實在煩死了。

……拜託。他總有一天、總有一天一定會東山再起，重新奪回自己的人生。所以只有現在就好，讓他一個人靜一靜……

「佐佐木先生，你夠了喔。所謂的生活保護補助，不是讓你這種人——」

惡夏

後記　悲劇與喜劇

「人生近看是悲劇，遠看是喜劇。」

這是那位家喻戶曉的卓別林的名言。

一般正確的解釋似乎是「痛苦的事在日後回想時會成為笑談」，但造成這種悲劇與喜劇差異的「近」和「遠」，或許也能替換成「自己」與「他人」吧。

為了微不足道的小事而掙扎苦惱的人看起來總顯得有些荒唐可笑，然而當相同的事降臨到自己身上時，任誰都同樣會煩惱、同樣會痛苦地掙扎。人類真的是無可救藥的生物。

不用說，人們也總是只有在隔岸的火勢燒到自己這頭的時候，才會開始失去冷靜。

於本書登場的角色也是一樣的，每個人都是為了眼前的星星之火而苦惱。他們陷入泥淖、揮舞四肢掙扎，最後做出了極端的選擇。從旁觀者的角度來看或許愚蠢可笑，但本人卻是再認真也不過。他們的行為無論再怎麼錯，都有一套屬於自己的理論與正義。

我希望自己能夠傾聽他們的主張，而非不由分說、將一切全都歸咎於自作自受而寫下這個故事。

我不想以作者的身分追究登場人物的是非善惡，因為沒有人有權利評斷他人的人生。人生這個故事的主角始終是自己，即使身負重擔也無法找人替換。這點可謂真正的悲劇，同時亦是喜劇。

而我之所以會從事這份工作，或許就是想一窺這樣的人們所展開的故事吧。這或許也又是一場悲劇、一場喜劇。

未來，衷心期盼各位也能一起陪伴這樣的我所刻畫出的「悲劇」與「喜劇」。

染井為人

二〇二〇年夏

染井為人

海神

一場無情的天災將絕望遍布，與世隔絕的小島陷入地獄，
在無盡的苦難之中，向他們伸出援手的，給予希望和力量的，
是救世主亦或一場華麗騙局？
來自東京的義工少女，無怨無悔付出後黯然失聯；
資深記者，不辭辛勞追查線索，試圖為熱愛的家鄉洗刷受騙者汙名；
充滿謎團的少年，他的沉默寡言是默認指責還是另有隱情？

誰是惡人，誰又是最大的受害者？

大地震十年後，一只沉入海裡，裝滿金條的手提箱，隨浪花被拍上了岸，
一切要從這裡說起——

染井為人

正體

逃獄、流亡、潛伏

追尋平成時代最後的少年死刑犯，命運輪轉的 488 天。

他致力活下去的生存意義，是懺悔，還是復仇呢？

★橫溝正史推理大賞優秀賞作家，挑戰被社會扭曲面掩蓋的真實呈現！

★龜梨和也主演、日本 WOWOW 電視台 2022 年春季同名電視劇原作小說！

警方鎖定的你／家屬眼中的你／媒體定義的你／

輿論談論的你／交心之人認定的你

從眾人之口吐出的言論與想法所拼湊而成的人物形象，

存在著極端的矛盾與差異性。

即便所有的人對你或多或少都抱持著相當程度的定見，

但一個揮之不去的疑惑，卻依然繚繞在每一個人的心頭：

「你，究竟是誰？」

TITLE

惡夏

STAFF

出版	瑞昇文化事業股份有限公司
作者	染井為人
譯者	洪于琇
創辦人 / 董事長	駱東墻
CEO / 行銷	陳冠偉
總編輯	郭湘齡
責任編輯	徐承義
文字編輯	張聿雯
美術編輯	謝彥如
國際版權	駱念德　張聿雯
排版	謝彥如
製版	明宏彩色照相製版有限公司
印刷	桂林彩色印刷股份有限公司 紘億彩色印刷有限公司
法律顧問	立勤國際法律事務所　黃沛聲律師
戶名	瑞昇文化事業股份有限公司
劃撥帳號	19598343
地址	新北市中和區景平路464巷2弄1-4號
電話	(02)2945-3191
傳真	(02)2945-3190
網址	www.rising-books.com.tw
Mail	deepblue@rising-books.com.tw
初版日期	2023年9月
定價	480元

國家圖書館出版品預行編目資料

惡夏 / 染井為人作；洪于琇譯. -- 初版.
-- 新北市：瑞昇文化事業股份有限公司,
2023.09
368面；　14.8x21公分
ISBN 978-986-401-656-3(平裝)

861.57　　112012330